William Santrac

Tome 2

LE TRÉSOR DES SEPT GALIONS

David Pouilloux

Illustration de couverture : Frédéric Pillot
Mise en couleur : Alexandre Roane

Magnard Jeunesse

« Il n'est pas de message codé par le génie humain
que l'intelligence ne puisse décrypter. »

Edgar Allan Poe, auteur du *Scarabée d'or.*

Je dédie ce livre à mon fils Gaspard.

Chapitre 1
Une dispute entre amis

La forêt des Borgnes n'était vraiment pas un endroit comme les autres. Elle tenait son nom d'une légende locale. La rumeur racontait qu'un capitaine, fort laid et fort cruel, y avait crevé un œil à dix de ses matelots pour des raisons mystérieuses. Il était question d'une vague histoire de trésor volé et de trahison. Ses dix hommes s'étaient vengés, paraît-il, en lui coupant les deux jambes. Certains prétendaient qu'à la nuit tombée, on entendait l'effroyable capitaine cogner ses jambes de bois contre les arbres de cette forêt.

Le jeune William Santrac n'était pas du genre à croire à de pareilles sornettes. Des choses tellement plus importantes occupaient l'esprit de ce pirate de quatorze ans. En ce milieu de matinée, il scrutait le paysage d'un air inquiet.

Du haut de son cheval, William allait et venait au milieu des arbustes, des cactus et des pins de cette maudite forêt des Borgnes, sans trouver ce qu'il cherchait. Il attrapa sa gourde, avala une gorgée d'eau et replaça l'objet dans sa sacoche latérale.

La température atteignait déjà les 35 °C. Des hordes de

mouches, de taons et de moustiques ne cessaient de les piquer, lui et sa monture.

— Maudits insectes ! marmonna William en écrasant sur l'encolure de Tornade un taon de la taille d'une guêpe.

Le garçon cligna des yeux et promena à nouveau son regard sur la végétation. Toujours rien. Quelle barbe !

Un peu plus loin, William oublia d'un seul coup la température pénible et le ballet incessant des insectes. Deux biches, un cerf et un faon venaient de traverser le chemin à vingt mètres devant lui.

William stoppa son cheval.

Le faon se plaça contre le flanc de sa mère et se mit à téter. Le cerf s'arrêta au milieu du chemin. Son pelage fauve brillait sous le soleil. Ses bois montaient à plus de trois mètres et lui donnaient une allure majestueuse et impressionnante.

Au bout d'un moment, le mâle tourna la tête et aperçut le garçon. Ils échangèrent un long regard. William eut le corps parcouru de frissons.

Le face-à-face dura quelques secondes, puis les biches remarquèrent la présence du cavalier. Leurs oreilles battirent l'air et le petit troupeau gagna en trois bonds l'épaisseur de la forêt. Le cerf fixa le garçon de son œil noir, étincelant et sauvage, puis il pénétra lentement dans le sous-bois.

William aimait ces instants magiques. Il se sentait alors relié à la nature, en paix avec lui-même, bien loin des petits tracas quotidiens du collège et des soucis ordinaires de la vie de famille.

Le cavalier soupira, puis talonna Tornade.

Le cheval reprit son pas paisible. William se remit à fouiller l'espace à la recherche de ce fichu tas de pierres.

Une minute à peine s'écoula. Ses yeux se posèrent enfin sur un monticule de cailloux en forme de pyramide. L'édifice était à moitié dissimulé par un grand bouquet de genêts en fleurs. Il se trouvait à quelques dizaines de mètres seulement en contrebas de la piste.

Cette fois, ils y étaient ! Ce maudit puits du Diable ne devait plus être très loin, pensa le cavalier. Il pouvait annoncer la nouvelle à son compagnon.

William pivota sur sa selle et regarda derrière lui.

À une trentaine de mètres, un gros garçon roux dodelinait de la tête sur une jument grise. Victor sifflotait tranquillement en observant les arbres et les fleurs sur le bord de la piste.

C'était le moment d'agir. D'un petit coup de talon, William invita Tornade à partir au trot dans la descente.

Son ami le vit accélérer et rouspéta :

– Gibier de potence !

William stimula de plus belle sa monture. Tornade entama un petit galop.

– Moins vite ! Bougre d'âne ! Je ne sais pas galoper !

Voyant l'autre cheval s'éloigner, Palomine, la jument qui portait Victor, s'élança de son mieux dans la pente pour le rattraper.

Les fesses du garçon tambourinaient lourdement la selle qu'il cramponnait de toutes ses forces.

– Maudit Santrac ! Ralentis, mille canons ! Je vais tomber !

Après un court galop, William tira sur les rênes et arrêta Tornade sous un pin au vaste ombrage. Sur la droite, il aperçut la fameuse pyramide de cailloux. Il retira son tricorne et l'agita au-dessus des oreilles de son cheval, histoire de le rafraîchir. Il profita de cette pause pour écraser des taons qui perçaient le cuir de sa jument. Du sang perla sur les poils noirs.

Un instant plus tard, tout rouge, Victor immobilisa sa monture en poussant un cri de douleur. Palomine se mit aussitôt à manger le feuillage d'un arbuste, tandis que Tornade secouait la tête pour se débarrasser des mouches grouillant autour de ses yeux.

– Espèce de malandrin ! lança Victor en fronçant les sourcils. Tu es parti au grand galop dans la descente alors que tu sais que je monte à cheval comme un sac de pommes de terre !

– Arrête ton baratin, Victor ! Tu te débrouilles très bien !

– Tu parles ! gronda Victor. Je suis nul. Et puis, faire galoper Palomine dans une fournaise pareille avec un poids comme moi sur l'échine, c'est presque un crime !

– Nous y revoilà ! Monsieur et son poids. Palomine en a vu d'autres, tu sais. C'est une jument de trait. Un tas de muscles qui pèse presque une tonne.

– Et moi presque cent kilos ! s'énerva Victor. C'est colossal ! Même pour elle.

– Pour elle, t'es un poids mouche.

– Un poids mort, oui ! Un gros plein de soupe !

– C'est bon, j'ai compris, dit soudain William. Tout le monde descend.

– Bonne idée, ronchonna Victor. Ça va la soulager !

Partis à l'aube, les garçons avaient quitté le centre équestre Le Corral des corsaires près de trois heures auparavant. William réalisait que leur randonnée avait assez duré. Victor était d'ordinaire de bonne humeur et plutôt poli. Mais là, son ami arborait une figure renfrognée, n'arrêtait pas de se plaindre et lui lançait des noms d'oiseaux à tout bout de champ. Ce n'était pas bon signe.

William décida de calmer le jeu.

– La pyramide est là, dit-il d'un ton aimable en montrant l'édifice d'un geste de la main. Ça veut dire que le puits du Diable est tout près. C'est une bonne nouvelle, non ?

Furieux, Victor resta muet.

– On n'a pas traîné, poursuivit William, un œil à sa montre qui indiquait dix heures dix. C'est bien.

– Je m'en suis rendu compte, que l'on n'a pas traîné, reprit son ami d'un ton sec. J'ai les fesses en marmelade ! Et je ne te parle pas du reste...

– Fini de ronchonner, pirate ! Le plus dur est fait.

– Je n'en suis pas si sûr, rétorqua Victor, qui songeait au puits du Diable et à son affreuse réputation.

William sauta lestement de sa selle. Il essuya son front en sueur d'un revers du bras et recoiffa ses cheveux bruns. Puis il prit deux licols dans une sacoche et retira leur filet aux chevaux.

Le garçon attacha ensuite Tornade et Palomine à un pin et les dessella. La grosse jument grise en profita pour se frotter longuement la tête contre son dos. Elle traça une série de lignes vert et marron, mélange de jus de feuilles et de poussière, sur sa chemisette blanche, à l'endroit où celle-ci était frappée d'un grand dessin de tête de mort et de sabres croisés.

Victor ressentait des douleurs dans tout le corps. Il retira son foulard jaune, s'épongea le visage et déboutonna sa chemise rouge. Au niveau des épaules, elle était décorée d'un grand navire arborant un drapeau noir. Marin dans l'âme, Victor tenait à afficher sa passion pour la mer.

Son foulard remis sur ses cheveux roux, Victor retira de son sac à dos une carte de la région. Il s'assit sur une souche et scruta le document avec une extrême attention.

– Si la pyramide est là, le puits du Diable devrait être par ici, indiqua Victor en montrant la direction nord d'un geste du menton. À cent mètres à peine. C'est vrai que l'on n'est pas loin.

– Fais-moi voir ça, demanda William en s'approchant de son ami, l'air surpris.

Son index parcourut la carte en survolant le chemin qu'ils venaient d'emprunter à cheval.

Partant du village de Haut-et-Court, où se trouvait le club équestre, son doigt passa au-dessus de champs, puis longea la côte, suivant les falaises du cap des Barriques, repiqua vers la forêt des Borgnes, remonta vers le rivage et s'arrêta près de la côte à un endroit où elle se découpait selon la forme d'un crochet.

– À deux cents mètres, estima William. Nous sommes ici. Le puits se situe là, près de cette crique. Ça fait deux cents mètres.

– Cent mètres à peine, rectifia Victor. J'ai bien regardé.

– Le double. Minimum !

– T'as mis un œil de verre dans tes orbites, ce matin ? l'interrogea Victor, les mains sur ses énormes hanches. Il y a cent mètres d'ici au puits du Diable. Pas un de plus !

– Mille canons ! Je vais compter nos pas ! s'écria William sur un ton de défi. Et si j'ai raison, on rentre au triple galop jusqu'à l'écurie !

– Et si j'ai raison, je te jette dans le puits du Diable, jockey de malheur !

– Pari tenu ! s'écria William.

Chapitre 2
Un puits maudit

D'origine terrienne, William et Victor avaient été propulsés voilà un peu plus de deux ans sur Terra incognita. Cette planète lointaine avait l'étonnante particularité d'être habitée par des pirates. Les deux garçons étaient aujourd'hui en classe de troisième au collège William-Kidd de Piratopolis. Cette belle cité était la capitale de Libertalia, seule et unique république de cette planète.

Le puits du Diable était une formation rocheuse particulièrement intéressante pour ces deux collégiens. Ils avaient choisi de décrire cet endroit extraordinaire en guise de travaux pratiques de géographie. La veille, leur professeur, un certain Francis Cornog, avait précisé à tous ses élèves qu'ils devaient préparer un exposé sur un lieu hors du commun.

Dans l'esprit de William, cette expression signifiait « inaccessible et dangereux ». Pour son ami, elle voulait plutôt dire « immense et magnifique ».

Par chance, le puits du Diable avait la particularité de répondre à leurs deux façons d'envisager la vie. Pour y accéder, il n'y avait aucune route, seulement des chemins étroits et tortueux. Il fallait se méfier de chaque caillou et de chaque racine.

Le cheval restait le meilleur moyen de transport dans cet enfer. D'une beauté sans pareille, ce gouffre avait néanmoins une sinistre réputation.

– Tu es vraiment sûr de vouloir aller là-bas ? demanda soudain Victor en rangeant sa carte. Toutes ces histoires que l'on raconte...

Debout à l'ombre d'un grand pin, il avala une longue rasade de jus de yaya, sa boisson préférée, un breuvage à base de papaye, de goyave et de citron vert. Puis il passa sa gourde à William, qui grattait la crinière brune de Tornade.

– Rien que des légendes pour faire peur aux mauviettes, rétorqua William après un silence.

– La mauviette te remercie ! s'énerva Victor.

– Mon ami ! s'écria William. C'est partout la même chose. Les gens inventent des histoires horribles sur tous les endroits un peu risqués. C'est juste pour que les enfants ne viennent pas fouiner ou jouer dans les parages. Le puits du Diable est sûrement dangereux, oui, mais, mille canons de mille galions, on n'a plus six ans pour croire à toutes les balivernes que l'on raconte à propos de ce puits !

Sur cette planète, aucun endroit n'avait en fait inspiré plus de légendes, toutes plus effroyables les unes que les autres, que le puits du Diable.

Victor connaissait bien l'une d'entre elles. Elle remontait à la fondation de la république pirate. Des centaines de loups habitaient alors la forêt des Borgnes. Pour s'en débarrasser, les pirates pratiquaient de gigantesques battues. Armés de sabres, de haches et de fusils, ils poussaient les loups en direction de l'océan jusqu'au puits du Diable. Là, les animaux, terrifiés, se précipitaient dans ce trou profond qu'une caverne sous-marine reliait à la mer. L'eau y remontait en bouillonnant et noyait tout ce qui y tombait.

Mais, à plusieurs reprises, les choses s'étaient déroulées autrement. Les loups, plus nombreux et plus rusés que prévus, avaient forcé les pirates à sauter dans le puits, les condamnant à la noyade.

Certains voyaient dans ce récit la pure vérité, d'autres un ramassis de sottises. L'épouvantable réputation de ce lieu avait pour triste conséquence que plus aucun pirate ne s'y rendait depuis des années. Sauf les ignorants, les idiots et les deux plus intrépides élèves du collège William-Kidd : William Santrac et Victor Monmouth.

– Tu as raison ! lança soudain Victor. On n'a plus six ans.

– Et puis, il faut que l'on s'entraîne, non ? remarqua William.

– C'est vrai ! Avec ce qui nous attend dans quelques semaines, on n'a pas intérêt à se laisser impressionner par des légendes à la noix ! dit Victor qui s'efforçait de prendre sur lui malgré son inquiétude. Allons voir ce fichu puits !

– Content de t'entendre parler ainsi, souligna William en sortant un ballon de footby rouge de son sac à dos. On se fait quelques passes en y allant ?

– D'accord ! On va voir ce qu'un jockey de malheur est capable de faire sans son cheval !

Avec la chasse au trésor, le footby était le sport qui occupait la première place des loisirs préférés des pirates. Ce jeu de plage ressemblait au rugby et au football américain pratiqués sur Terre.

Sans attendre une seconde, William s'élança à l'assaut de la colline. Il envoya la balle très fort à son ami, qui la prit en pleine poitrine et ne put l'attraper.

Victor la ramassa tandis que son partenaire de footby filait déjà à toute vitesse en direction du sommet de la falaise.

Il se redressa, visa et lança le ballon le plus loin possible. William, qui courait en regardant sur le côté, bondit, attrapa la balle à deux mains, virevolta en l'air et tira la langue à Victor en lui relançant le ballon.

Tu vas voir ! songea Victor. Il saisit le ballon, plia le bras, se concentra et le jeta encore plus fort. Le ballon prit une splendide trajectoire rectiligne.

William le rattrapa sans difficulté et le relança avec l'air de celui qui se moque de son adversaire.

– Tu as mangé de la ragougnasse ou quoi, ce matin ? demanda William sur un ton moqueur.

– Un jour, tu trouveras ton maître, Santrac ! hurla son partenaire, piqué au vif.

Cette fois, Victor lança le ballon avec rage. Ce n'était plus un ballon, mais un boulet de canon qui partit haut, vite et loin.

William accéléra. Hors de question qu'il rate cette balle.

Un instant, Victor se demanda s'il n'avait pas... non... je n'ai pas... il n'est pas... il ne va pas...

Son ami courait sans regarder devant lui. Il sauta très haut, attrapa le ballon d'une seule main, puis jeta un regard à son ami qui faisait une drôle de tête...

Le visage de William exprima quelque chose qui ressemblait à de la surprise et à de la tristesse. Puis il disparut de l'horizon.

Les yeux de Victor s'écarquillèrent. Un sentiment de terreur l'envahit.

– William ! hurla-t-il. William ! Mais qu'est-ce que j'ai fait ?

Chapitre 3
Le puits du Diable

VICTOR PARVINT AU SOMMET DE LA COLLINE en hurlant le prénom de son ami.

Pas de réponse.

Il s'arrêta net devant un gouffre gigantesque. Au milieu de la pente, une bouche énorme se dessinait dans la roche et plongeait à la verticale. En se penchant, Victor fut pris de vertige. Tout au fond, l'eau bouillonnait comme un bain d'acide. Le puits du Diable !

William ? Victor tourna la tête de tous les côtés. Il ne vit personne. Juste l'immensité de l'océan en face de lui et l'étendue infinie des arbres dans son dos. Son ami avait disparu, avalé par cette chose...

Non, c'était impossible. Il n'était pas...

– William ! hurla Victor, les yeux pleins de larmes. William !

Toujours rien.

Victor regarda à nouveau vers le fond du gouffre. Ses yeux glissèrent le long de la paroi cylindrique du précipice. Il ne voulait pas admettre l'évidence : son ami venait de sombrer dans ce maudit puits !

Sur la droite, à environ trois mètres, un aiguillon de roche sortait de la paroi comme une dent. Le garçon remarqua alors un lambeau d'étoffe blanche, maculé de sang.

Victor eut un pincement au cœur. Puis ses yeux replongèrent jusqu'au fond du puits. Il lui fallait une autre preuve... L'eau s'agitait en faisant un gargouillis monstrueux. Il découvrit leur ballon de footby rouge, flottant au milieu de l'écume blanche.

Plus de doute possible. Victor devait sauver son ami, si c'était encore possible. William n'était pas un bon nageur. Pas comme lui. En une fraction de seconde, Victor retira ses chaussures, recula de deux pas, gonfla ses poumons, prit son élan et se précipita dans le vide, la tête la première.

Trente mètres plus bas, des milliers de bulles éclatèrent autour de Victor. L'eau fraîche lui fouetta le corps. Sa peau se couvrit de frissons. Aussitôt, un violent courant marin l'aspira, comme si on le tirait par les pieds. Victor ne chercha pas à vaincre la force de l'océan. Il se laissa entraîner dans le boyau.

Pour se stabiliser, le garçon agita ensuite les bras et les jambes. Il devait résister au courant puissant qui s'engouffrait dans la caverne sous-marine. Victor promena son regard dans toutes les directions.

Des huîtres et des moules couvraient les parois. L'eau était trouble. Du sable, des lambeaux d'algues et des bulles par milliers l'empêchaient de voir correctement. Victor plissa les yeux. William avait-il réussi à nager et à sortir de ce tunnel ? Non, son ami se trouvait à une dizaine de mètres. Comme un pantin sans vie, il flottait près du plafond de la caverne. Le va-et-vient du courant agitait ses bras et ses jambes qui semblaient faits de caoutchouc.

Victor lança ses deux bras en avant et se propulsa en s'aidant de la paroi. Le nageur fit rapidement quelques mètres et s'approcha de William.

Soudain, sur sa gauche, une créature avança la tête et ouvrit la gueule. L'animal des profondeurs était blanc avec des taches brunes. Il était long et souple comme un grand serpent. Ses yeux gris et brillants faisaient penser à des perles. Une murène !

Victor eut un mouvement de recul. La peur lui tordit le ventre. Instinctivement, il porta la main à son mollet. Son couteau de pêche n'y était pas.

Le garçon observa William. Un nuage rouge entourait son ami qui ondulait dans l'eau, les yeux fermés, comme s'il dormait. Du sang !

Victor fouilla du regard l'espace autour de lui. Il cherchait un objet pour trancher ou piquer la murène. En vain.

Il fallait faire vite. Ses poumons commençaient à le brûler. Dans quelques secondes, Victor devrait rejoindre la surface de la mer, ou alors il se noierait...

Le garçon jeta violemment son poing en direction de la tête de la murène. Celle-ci évita sa main et le mordit à l'avant-bras.

Victor ressentit comme un choc électrique. Une douleur vive s'empara de son bras. Il serra les dents et planta les doigts de son autre main dans les yeux du prédateur.

La murène agita la tête, retira ses crocs et se réfugia dans son trou. Il pouvait passer !

Le nageur agita ses jambes et gagna le plafond de la cavité marine. Au loin, il distingua la lumière du jour qui perçait la surface de l'eau et éclairait la sortie de la caverne.

Victor saisit William sous les épaules et se dirigea vers l'extérieur en s'aidant de son autre bras.

La tête de Victor perça la surface de l'océan. Une grande goulée d'air gagna ses poumons.

William était immobile et froid.

Victor jeta un œil à la falaise blanche située en face de lui. Derrière, il y avait l'immensité liquide de l'océan. Au-dessus, un ciel clair sans le moindre nuage. Puis, soulevé par une vague, Victor distingua sur sa gauche une plage, à une vingtaine de mètres de lui.

Il nagea de toutes ses forces.

Une fois sur la plage, Victor jeta son ami au sol.

Sous le choc, William toussa, vomit de l'eau en abondance et se tordit de douleur sur le sable. Puis il ouvrit les yeux sur le visage livide de son ami.

Plié en deux, les mains sur les genoux, le bras en sang, les yeux rouges, Victor tentait de reprendre son souffle.

Les deux garçons se regardèrent longuement, puis William lâcha un maigre sourire.

– J'espère que tu n'as pas pensé que tu pourrais me faire du bouche-à-bouche, au moins ? dit-il.

– Même... à moitié mort... tu... trouves... la force... de... te moquer de moi ! balbutia Victor, encore essoufflé après son exploit. Mais, pour ta gouverne, sache que je préférerais embrasser une pieuvre plutôt que toi ! Maudit Santrac !

William eut un petit rire, mais la douleur le rappela à l'ordre

– Comment tu te sens ? demanda Victor avec un air inquiet.

– Comme si on avait essayé de me digérer...

En disant cela, William se retourna et montra son dos à son sauveur. Sa chemisette, fendue en deux, ne tenait plus que par ses épaules. Une énorme balafre partait du bas de ses reins et remontait jusqu'à sa nuque. Le sang suintait de sa plaie et coulait sur le sable.

– On va rejoindre Palomine et Tornade, j'ai ce qu'il faut là-haut pour te faire un bandage, décida Victor en l'aidant à se relever.

– Merci, fit William d'une voix très douce en fixant son ami. Merci de m'avoir sauvé la vie.

– De rien, dit Victor en fuyant le regard ému de son ami.

– Et toi, ton bras ? demanda William en découvrant le sang qui coulait de son avant-bras.

– Une saleté de murène m'a confondu avec une dorade !

– T'es vraiment un bon nageur, Victor. Sans toi, je serais...

– C'est bon, William, on ne va pas en faire tout un plat de ragougnasse, grogna Victor. Je t'ai sauvé la vie. C'est chouette. Comme ça, tu me paieras un verre de jus de yaya dans la prochaine taverne.

Le gros garçon roux aida William à se relever. Puis ils remontèrent la plage en direction d'une grotte qui s'ouvrait au bas de la falaise.

Chapitre 4
Des histoires d'amour

DES CENTAINES DE FOSSILES MARINS ornaient l'entrée de la vaste cavité. En grand amateur de créatures préhistoriques, Victor remarqua d'abord la présence de trilobites, des crustacés à l'allure de cloportes géants et vieux de plusieurs centaines de millions d'années. Plus haut, il examina la roche et découvrit la présence d'une coquille Saint-Jacques de la taille d'une baignoire.

– Ça valait la peine de te sauver, dit Victor. Tu accepterais de revenir avec moi au puits du Diable pour une « opération fossiles » ?

– Si tu acceptes d'être l'un de mes matelots pour le brevet de chasse au trésor, c'est d'accord !

– Si jamais tu es nommé capitaine, bien entendu, précisa aussitôt Victor.

– Évidemment.

Victor faisait référence à une épreuve qui attendait chaque collégien pirate vers l'âge de quatorze ans. Comme tous les élèves en classe de troisième sur cette planète, les deux collégiens devaient passer leur brevet de chasseur de trésors. Cet examen consistait en une épreuve originale : il fallait trouver un trésor. Pour décrocher son diplôme, il était également obligatoire de faire le récit de cette chasse, par écrit, sur un carnet de bord.

Tout commençait le premier juin. Ce jour-là, les professeurs de géographie choisissaient parmi les élèves les capitaines d'équipage chargés de conduire les chasses au trésor. C'était un honneur d'être nommé capitaine, et un devoir de choisir, au sein de ses camarades, trois matelots pour partir à la recherche du trésor.

Le jour J, un coffre rempli de cartes au trésor était posé au milieu de la cour du collège. Chaque capitaine devait venir prendre un de ces documents élaborés avec le plus grand soin par les professeurs.

Mais une autre possibilité s'offrait à tout capitaine : il pouvait apporter lui-même une carte au trésor, à condition qu'elle soit certifiée par un géographe officiel et hautement chevronné en la matière, le capitaine du Trésor commun en personne : Roger Rayson.

Cet homme, un des plus importants personnages de la république, était l'un des douze capitaines qui dirigeaient le pays. L'or était son domaine, son royaume, toute sa vie. Il était d'ailleurs le capitaine d'honneur de la Banque internationale pirate, la BIP. Et, surtout, il gérait le budget de la république pirate.

Mais Roger Rayson était aussi l'un des meilleurs spécialistes de la chasse au trésor. De l'avis de tous, il était le plus à même de démasquer les tricheurs et de protéger les imprudents.

Car l'histoire montrait que beaucoup de jeunes pirates tentaient de tricher en se fabriquant eux-mêmes de fausses cartes au trésor. C'était pour eux une façon d'être sûr de trouver leur butin et d'obtenir une excellente note à leur brevet. L'étape de validation du capitaine Rayson permettait de limiter ce genre de contrefaçon.

Mais il n'y avait pas que les tricheurs. Il y avait aussi d'honnêtes élèves à protéger. Certains collégiens souhaitaient partir à la chasse au trésor avec une carte qu'ils avaient trouvée, et non avec l'une de celles élaborées par les professeurs. Leur document pouvait, bien sûr, être tout à fait authentique. Mais ce cas était rare. La plupart du temps, les cartes trouvées étaient de fausses cartes réalisées soit par un farceur, soit par un fou furieux. Dans le premier cas, la carte ne menait nulle part. L'élève s'en sortait sans trop de casse. Mais, dans le second, cette carte conduisait souvent le collégien dans un piège mortel.

À ce jour, William et Victor ne s'étaient encore procurés aucune carte au trésor authentique. Ils avaient écumé sans succès toutes les plages de la région, toutes les tavernes de Piratopolis, tous les greniers des maisons abandonnées...

Petit à petit, les deux amis s'étaient faits à l'idée de piocher l'une des cartes mises au point par les professeurs.

William aurait préféré partir pour une vraie chasse au trésor. Une aventure qu'il imaginait époustouflante, pleine d'imprévus et de frissons, et non une épreuve scolaire, sans vraie surprise, où tout était calculé à l'avance, même le montant des trésors... Mais son camarade de classe et de chasse trouvait cela extrêmement rassurant.

La seule chose qui inquiétait Victor, pour l'instant, c'était de connaître les intentions de son futur capitaine.

— Concernant les deux autres matelots qui vont nous accompagner, le capitaine Santrac a-t-il fait son choix ? demanda Victor tout en contemplant l'océan

— Pas encore.

— Tu es sûr de prendre une bonne décision en me proposant de t'accompagner ? Les bons candidats ne manquent pas.

— Je sais, mais j'ai vraiment besoin de mon gros plein de soupe préféré à mes côtés.

Venant de toute autre personne, cette parole aurait eu un effet terrible sur Victor. Dans la seconde, son poing se serait fermé et il aurait assommé l'auteur de ces propos malheureux. Mais, de la part de William, Victor prenait ça comme un signe d'affection.

– Et pourquoi moi ?

– Tu connais beaucoup de gens qui se priveraient de quelqu'un comme toi s'il pouvait l'avoir dans leur équipage de chasse au trésor ?

– C'est gentil, ce que tu dis... C'est comme moi, je ne vois pas de meilleur capitaine que toi.

– Merci, mon ami, dit William, très touché. Me voilà avec un sacré bon premier matelot. Mon seul souci, reprit-il, l'air songeur, c'est de choisir les deux autres...

– Moi, j'ai ma petite idée. Mais, pour l'une d'elles, ce ne sera pas facile de la persuader de venir avec nous...

– Tu penses à Célia et Laure ?

– Oui. Célia viendra. Mais Laure...

– Et pourquoi elle ne viendrait pas ?

– Tu sais ce qui est arrivé à son père...

– Je suis au courant. Cette histoire est épouvantable...

Victor garda le silence, pensant à tout ce qu'il savait de la disparition mystérieuse du père de Laure, Jacques de La Tour d'Eyrans. Son amie lui avait raconté qu'il était parti dix ans auparavant, alors qu'elle n'avait que quatre ans. Cet as de la chasse au trésor n'avait pas donné la moindre nouvelle depuis.

– Sa mère ne la laissera pas venir avec nous, assura Victor.

– Pourquoi ?

– Tu as la mémoire courte, mon ami ! Notre aventure dans la Zone mystérieuse...

– Et alors ?

– Notre périple dans la Zone mystérieuse en compagnie du

capitaine Worral Warrec, tu te souviens ? Je te rappelle que celui que tu surnommes si affectueusement « le pire des hommes » voulait nous mettre les tripes au soleil !

Le capitaine Warrec était considéré par beaucoup comme l'ennemi public numéro un de Libertalia. Voilà deux ans, William et Victor avaient déjoué son opération de braconnage dans la Zone mystérieuse, un immense espace sauvage protégé de Terra incognita. Ils avaient également révélé qu'il amassait des fortunes en dirigeant un vaste trafic de drogue.

– Et les tigres à dents de sabre qui ont manqué de nous dévorer ? continua Victor. Et l'oiseau à tête de mort qui a failli me mettre en pièces ? Et le crocodile géant qui a coulé notre canot ? Cela ne te dit rien ?

– Si, bien sûr, mais...

– Sans parler de la balafre que tu as dans le dos depuis quelques minutes ! l'interrompit Victor. La mère de Laure ne laissera pas sa fille partir avec deux gars comme nous.

– Et si Laure ne vient pas...

– Célia ne viendra pas non plus, assura Victor avec conviction. Elle n'abandonnera jamais sa meilleure amie

– La guigne ! pesta William.

– Ça m'embêterait que Laure ne soit pas là...

William lança un regard complice à Victor. Son ami avait prononcé le prénom de Laure en lâchant un tel soupir...

– Tu es amoureux d'elle, pas vrai ?

– Je crois que oui. Mais je n'en suis pas sûr...

– Quand tu penses à elle, ça te fait des trucs bizarres ?

– Comme si j'étais dans un rêve.

– Et tu penses à elle souvent ?

– Tout le temps. Même quand je nageais, tout à l'heure, en te ramenant, je pensais à Laure. Je me disais que si jamais je me noyais, je ne la reverrais plus...

– Tu es amoureux, Victor, coupa William. N'en doute pas. Pourquoi tu ne lui dis pas que tu l'aimes ?

– Elle éclaterait de rire. Moi, j'aurais la honte de ma vie ! Une fille comme elle ne sortira jamais avec un gros plein de soupe comme moi !

William ne relança pas Victor sur ce sujet si souvent abordé.

– Et toi, avec Célia ? questionna Victor.

– Toujours pareil : un jour, elle m'adore, un jour, elle me déteste.

– Et avec les autres ?

– Les autres ?

– Oui, à peu près la moitié des filles du collège, celles qui te courent après ?

– Pas de commentaire.

La vie sentimentale de William était un immense mystère, même pour son meilleur ami. Était-il amoureux ? Et de qui ? Jusqu'à présent, ce séducteur avait toujours refusé de se confier à qui que ce soit sur ce sujet. Comme tous les élèves du collège William-Kidd, Victor se demandait avec qui son ami allait enfin se décider à sortir !

William était davantage préoccupé par la constitution de son équipage.

– Victor ! s'exclama-t-il soudain. Nous avons oublié un détail. Et si Laure était elle aussi désignée capitaine ?

– On formerait alors deux équipages différents, conclut Victor. Et là, pas la peine d'imaginer passer le mois de juin ensemble !

– Par contre, si je ne le suis pas, on pourrait faire partie de l'équipage de Laure ! On serait tous les deux matelots !

– William, tu seras capitaine, affirma Victor. Crois-moi. Et si ce n'est pas le cas, je mange ton tricorne.

Sur ces paroles, les deux garçons pénétrèrent dans la grotte.

L'endroit était large et sombre. Victor remarqua qu'un petit ruisseau serpentait entre les rochers et les paquets de varech apportés par l'océan. Il se baissa et goûta l'eau. Elle était douce. Avec un peu de chance, en remontant à la source du ruisseau, ils trouveraient une sortie.

William marchait devant Victor au milieu de morceaux de bois mort et de tas d'algues pourries. Soudain, il se cogna l'orteil contre une roche. Il hurla et jura.

Au sol, quelque chose attira alors son regard. Un objet était coincé entre une vieille barrique et des cordages à moitié ensablés.

Il s'approcha, dégagea l'objet et l'attrapa.

– Victor ! s'exclama le garçon, les yeux illuminés, en se retournant vers son ami. Regarde ce que je viens de trouver ! Incroyable, non ?

Chapitre 5
Une bouteille à la mer

DU BOUT DES DOIGTS, WILLIAM DÉGAGEA les algues et le sable qui couvraient l'objet qu'il venait de découvrir. Il le présenta à son ami.

– Qu'est-ce que ça peut être ? demanda William.

– Une bouteille ! dit Victor d'un ton faussement étonné. Vraiment incroyable !

– Merci, j'ai vu que c'était une bouteille, dit William en l'agitant comme un trophée exceptionnel. Mais ce n'est pas une bouteille comme les autres.

– Qu'est-ce que tu racontes ?

– Il y a un rouleau de papier à l'intérieur. Regarde !

D'un geste brusque, Victor attrapa la bouteille. Elle avait un petit goulot et un ventre rond. Elle ressemblait à l'une des nombreuses bouteilles de rhum ancien que le père de Victor, Niôle Monbars, entassait dans sa cave.

Le garçon l'orienta vers la lumière. Il la secoua et distingua à travers le verre épais une sorte de parchemin.

– En effet, confirma Victor. Il y a un truc dedans ! Un ivrogne a dû y glisser sa feuille d'impôts et la jeter par-dessus la falaise. Magnifique trésor, mon ami ! Mais la marée monte et je suggère de filer de ce trou à détritus marins.

De grosses vagues venaient s'écraser contre les rochers situés à l'entrée de la grotte. Sans demander son reste, William reprit sa bouteille et accéléra le pas dans la pénombre de la caverne. Pour progresser, il laissa courir ses doigts sur la paroi humide. Après une cinquantaine de mètres, il aperçut une trouée lumineuse. Il écarta un rideau de lianes et de lierre et se retrouva à l'air libre, sous un ciel bleu éclatant. Puis, Victor émergea à son tour d'entre les feuilles.

William soupira longuement, heureux de s'en être sorti sans trop de casse. Il ferma les yeux à plusieurs reprises afin de s'habituer petit à petit à la violente lumière du jour.

Les chevaux les attendaient paisiblement à quelques mètres de là.

Près de leurs montures, William mordit dans le bouchon de la bouteille, tira de toutes ses forces, mais ne parvint qu'à se faire une entaille à la bouche.

– Tu ne crois pas que l'on a mieux à faire ? lui demanda Victor, qui venait de grimper sur le dos de Palomine en s'aidant d'un gros rocher comme d'un escabeau.

La lèvre en sang, William répondit :

– Le bout de papier enfermé dans cette bouteille va peut-être changer nos vies, mon cher…

– Mais moi, je n'ai pas envie qu'elle change ma vie, rétorqua aussitôt Victor. Je la trouve parfaite !

– Même dans certains domaines, tu ne souhaites pas qu'elle change un peu ? s'étonna son ami qui secouait la bouteille.

– Oh ! Je sais à quoi tu fais allusion ! Mais je ne vois pas comment ce maudit bout de papier pourrait améliorer ma vie sentimentale ?

– Et si cette bouteille à la mer était envoyée par une fille en manque d'amour ? Et si jamais elle recherchait un garçon exactement comme toi ?

– Tu crois que c'est possible ? s'étrangla Victor, soudain intéressé.

– On ne sait jamais ce que contient une bouteille à la mer !

– Donne-moi cette fichue bouteille ! s'écria Victor. Je veux en avoir le cœur net, mille canons !

Victor bondit de Palomine, s'étala de tout son long dans le sable, mais se releva en une fraction de seconde. Il arracha la bouteille des mains de William et la projeta de toutes ses forces contre un rocher. La bouteille explosa et Victor ramassa le rouleau de papier. Il le déplia et le lut.

Son visage devint blanc comme neige.

– Que se passe-t-il, Victor ? demanda William. Ce n'est pas ce que tu attendais ?

– Pas du tout...

– C'est quoi ? Une carte au trésor ?

– Non plus, dit Victor en lui tendant le papier, les mains tremblantes. Lis. C'est une catastrophe...

William s'empara du papier et lut les quatre premières lignes :

Ceci n'est pas une lettre d'amour.
Ceci n'est pas une carte au trésor.
Ceci ne contient pas d'humour
Ceci annonce votre mort

William haussa les épaules.

– En effet, ce n'est pas réjouissant, dit-il.

– C'est une catastrophe, répéta Victor. On va mourir...

– Un jour ou l'autre, oui, dit William en déroulant le parchemin.

Ce dernier était vierge de tout dessin d'île ou de toute autre contrée mystérieuse avec la fameuse croix rouge indiquant l'emplacement d'un trésor.

– Mais ce ne sera pas pour aujourd'hui, ajouta William. Et ce n'est pas ce bout de papier qui va dire le contraire.

– Comment ça ?

– Tu n'as pas assez déroulé le parchemin. Lis, là, juste en dessous du premier, il y a un autre petit paragraphe.

Victor attrapa le papier et lut quatre autres phrases :

L'envers, c'est parfois l'endroit.
Le noir vaut bien le blanc.
Car la nuit cache le jour.
Et la mort masque l'amour.

– C'est une catastrophe ? demanda Victor.

– Non, dit William.

– Je ne comprends rien...

– Reprends les quatre premières lignes et inverse leur sens, expliqua William du ton d'un professeur s'adressant à un élève à l'esprit lent.

Victor lut alors à haute voix et lentement les quatre lignes, comme s'il déchiffrait des hiéroglyphes égyptiens :

– Ceci est une lettre d'amour... Ceci est une carte au trésor... Ceci contient de l'humour... Ceci n'annonce pas votre mort...

– Alors, mon ami ?

– J'ai peur, William !

Pour Victor, le pire était en train de se produire. Il était évident que William venait de trouver une carte au trésor, même si le parchemin de la bouteille ne contenait pas de dessin d'île au trésor, comme c'était souvent le cas. Il s'agissait sûrement d'une carte plus sophistiquée. Son camarade de classe le plus amoureux du danger sur cette planète choisirait cette carte-là plutôt que n'importe quelle autre pour leur brevet !

Victor avait conscience que William allait foncer tête baissée dans un piège mortel tendu par un dément.

Sur la route qui les ramena au Corral des corsaires, Victor élabora une riposte.

– William, j'ai une question à te poser, dit-il en arrivant au club d'équitation, un sourire aux lèvres. Tu sais que Roger Rayson, notre cher capitaine du Trésor commun, empereur de la chasse au trésor bien connu, doit absolument valider ta carte ?

– Tu es sûr ? dit son ami en retirant la selle de son cheval.

– Quand on prend une carte mise au point par les professeurs, ce n'est pas nécessaire. Mais quand on la fournit soi-même, comme on en a le droit, c'est obligatoire !

– Jamais entendu parler de ce règlement ! mentit William.

– C'est une formalité qui évite que les élèves se mettent en danger de façon inutile, précisa Victor.

– C'est drôle, on dirait que ça te fait plaisir que des obstacles se dressent sur notre route !

– Non, non, pas du tout, mentit à son tour Victor qui devint rouge pivoine. Je tiens juste à être en règle avec la loi.

– Eh bien, j'irai voir Roger ! grogna William.

– Il le faut absolument, nota Victor.

– Mais avant de lui rendre visite, je vais demander à Lucas ce qu'il en pense, ajouta William, qui imaginait que son père adoptif serait fier de sa trouvaille. Lui, au moins, n'essaiera pas de me persuader de rester à la maison pour jouer à la dînette...

– Ce n'est pas ce que je propose ! grommela Victor. Tu exagères !

– À peine ! rétorqua William.

– Moi, j'affirme simplement que l'on peut très bien faire des choses passionnantes tout en restant dans la légalité !

Chapitre 6
Les conseils de Lucas Dooh

EN FIN D'APRÈS-MIDI, William arriva à Piratopolis. Il poussa avec difficulté la grille d'entrée du 3, rue des Martyrs-de-la-Flibuste. De grandes herbes en empêchaient l'ouverture.

La haute et belle maison à colombages de la famille Dooh se dressait devant lui. Au deuxième étage, il y avait sa chambre, un endroit douillet et coloré comme il avait toujours rêvé d'en avoir un. Chez ses précédentes familles d'adoption, sur Terre, William avait dormi sur des canapés couinants, des moquettes malodorantes ou des dalles de pierres froides.

Après une lutte féroce avec la grille, William se fraya un chemin au milieu des herbes. Lou, sa mère adoptive, était allongée dans un hamac, en train de donner le biberon au petit frère de William. Âgé de 22 mois, Robin était venu au monde un peu plus d'un an après l'adoption de William par Lou et Lucas Dooh.

Le garçon salua sa mère et son frère sans s'arrêter. Mais Lou se rendit compte que la chemise de William était en piteux état. Elle l'appela :

– Je peux te parler une seconde ?

– Pas le temps... Il faut que je rédige un devoir de géographie pour demain...

— Viens ici, s'il te plaît ! insista Lou. Enfin, si tu parviens à pénétrer dans cette jungle !

Brune aux cheveux longs, Lou Dooh était une femme élégante, raffinée et organisée. Elle ne supportait ni le laisser-aller, ni la saleté, ni le manque d'efficacité. Son métier de sage-femme n'avait fait que renforcer son amour de l'hygiène et sa passion pour les choses bien faites. Elle trouvait inadmissible que le jardin soit dans un tel état alors que deux hommes en bonne santé vivaient sous son toit.

— Je pense que je vais devoir employer un troupeau de mammouths pour faire disparaître notre jungle, dit-elle. Vu que les individus mâles de cette maison semblent avoir oublié que les tondeuses existent.

William garda le silence. Plusieurs fois, il avait promis à Lou et Lucas de s'en occuper, mais à chaque fois une mission plus importante l'avait retenu. Le garçon traversa le jardin en constatant à chaque mètre qu'un phacochère à grosses cuisses aurait pu se cacher dans l'herbe.

Lou vit la blessure dans le dos de William, qui confirmait ce qu'elle avait deviné de loin.

— Une explication à ce massacre ? demanda-t-elle d'un air sombre en regardant de plus près la balafre sanguinolente.

Le bandage confectionné par Victor ne couvrait qu'en partie une plaie plus longue qu'un sabre.

— Une glissade contre un rocher...

— Et Victor ? questionna-t-elle, l'air affolé.

— Il n'a rien... Enfin, presque rien...

— Presque rien, ça veut dire quoi ?

— Il s'est fait mordre par une murène, mais ce n'est pas trop grave, assura William.

— Par une murène ! s'énerva Lou. J'espère au moins que ça en valait la peine !

– Oh, ça oui ! J'ai découvert un parchemin dans une bouteille, et...

William s'interrompit pour ne pas effrayer Lou davantage. Il ne souhaitait pas en rajouter en précisant qu'il pensait que c'était une carte au trésor.

– Et c'est quoi, ce parchemin ?

– Victor dit que c'est une vieille feuille d'impôts glissée dans une bouteille à la mer par un ivrogne...

– J'espère que ce n'est pas autre chose, dit Lou d'un air soupçonneux.

Lou se leva de son hamac et posa Robin au sol. Le bébé s'accrocha aussitôt à la jambe droite de William. Le grand frère s'accroupit et prit le petit dans ses bras en poussant un long cri de douleur...

– William a bobo ? demanda Robin.

– Oui, répondit son grand frère. Il a bobo. Gros bobo.

– Allons dans la salle de bains voir si l'on trouve assez de produit désinfectant pour ce gros bobo, dit Lou d'un ton sévère. Je propose ensuite un débat entre Lucas et toi sur l'art de tondre les pelouses quand elles sont hautes de plus d'un mètre... Qu'est-ce que tu en penses ?

William grogna. Il avait envie de parler de carte au trésor, on lui parlait de pelouse. Quelle barbe !

Ce dimanche soir-là, une fois encore, Lucas Dooh rentra tard chez lui. Le père adoptif de William était désormais capitaine en second de la Brigade de répression des trafics illicites. Il était sur un « énorme coup », une enquête qui lui mangeait ses journées de l'aube au crépuscule. Il dirigeait une opération visant des trafiquants de rhum.

Lucas Dooh était un homme blond de trente-six ans, fort beau et fort patient, de l'avis général. Lorsqu'il était encore capitaine de la Nature, son charisme et son sang-froid lui avaient valu le titre de capitaine le plus apprécié du peuple pirate. Mais, depuis quelque temps, les traits marqués de son visage et ses cheveux ternes trahissaient son épuisement. Il travaillait trop et ne dormait pas assez. À fleur de peau, il avait tendance à envoyer promener toute personne qui lui faisait perdre son temps. Ses réserves de patience étaient aussi vides que le ventre d'un squelette.

Vers 23 heures, la discussion au sujet de la pelouse eut bien lieu. Elle fut très courte. William s'engagea une nouvelle fois à couper la forêt vierge qui progressait dans le jardin familial. Il promit de le faire le dimanche suivant. Mais le ton de la conversation ne fut pas vraiment celui auquel William s'attendait.

– J'ai un conseil à te demander à propos de ma carte au trésor, dit le garçon d'un ton réjoui en pensant à la carte qu'il avait trouvée avec Victor. Je...

– Et moi, j'en ai deux à te donner, le coupa Lucas, les yeux rougis de fatigue et l'air franchement agacé. Le premier, c'est d'écouter un peu mieux ce que l'on te dit. Quand Lou te demande de tondre cette satanée pelouse avant que des bêtes sauvages viennent s'y installer, ce serait bien que tu le fasses. Il ne semble pas que ce soit au-dessus des forces d'un garçon de presque quinze ans !

William ne sut pas quoi répondre.

– Le second, c'est de ne pas mettre ta vie en danger à la moindre occasion. Cette histoire de puits du Diable et de carte au trésor sans dessin ne tient pas debout

– Pourquoi ça ?

– Je n'ai ni le temps ni l'humeur pour te l'expliquer. Mais, crois-moi, question cartes au trésor, je sais de quoi je parle.

– Je...

– S'il te plaît, abrégea Lucas. Je n'ai pas fini. Si tu as besoin d'une carte pour ton brevet, je veux dire une vraie, va plutôt faire un tour chez papy Dooh.

– Pourquoi ?

– Dans son grenier, mon père a un coffre à te montrer. Il m'en parle depuis des semaines ! Et ce coffre ne t'arrachera pas la moitié de la peau du dos pour te fournir ce que tu recherches !

– Il y a des cartes dedans ? demanda William d'une voix mi gênée, mi intriguée.

– Évidemment ! Sinon, je ne te le proposerais pas, dit Lucas d'un ton cinglant. Et je compte sur toi pour aller voir Roger Rayson et faire valider la carte que tu auras choisie, n'est-ce pas ?

– D'accord, concéda William qui se sentait humilié.

– Allez, bonne nuit, fiston, dit Lucas en bâillant.

– Bonne nuit, répondit William avant de monter les escaliers d'un air sombre.

Il entra dans sa chambre sans allumer la lumière.

Le cœur lourd, le garçon s'allongea sur son lit tout habillé et se tourna vers la fenêtre. Le rideau de sa chambre dansait, ballotté par l'air doux du soir. La Lune éclairait la silhouette des toits de Piratopolis.

Un nuage masqua la Lune.

Plongé dans le noir, William se demandait bien ce qui pouvait se passer ailleurs. Ici, il trouvait étrange que l'on attache autant d'importance à une maudite pelouse, et si peu à une carte au trésor. Ce monde tournait-il bien rond ? Il avait la vague impression de vivre en compagnie de gens qui ne le comprenaient pas, ou, en tout cas, de moins en moins. William pleura en silence.

Le nuage passa et la Lune se mit à nouveau à briller, éclairant la surface de son bureau. Le vent poussa le rideau.

William cligna des yeux. Il lui semblait avoir distingué pendant une fraction de seconde une petite lueur verte, à l'endroit même où il avait posé sa carte au trésor.

Intrigué, il se leva. Il pensait qu'un ver luisant était passé par la fenêtre et était venu se poser sur son parchemin.

Non. Rien. Le vent écarta à nouveau le rideau. La lueur verte réapparut. Elle paraissait venir de l'intérieur du rouleau de papier.

William se leva et déroula sa carte. Il la plaça sous la lumière de la Lune. Pas d'insectes. Mais un chiffre. Un chiffre qui phosphorait en haut de son parchemin : sept.

Le garçon fit glisser le parchemin sous la lumière de la Lune. Le titre de sa carte au trésor apparut alors en entier : *Le Trésor des sept galions.*

Chapitre 7
Le coffre de papy Dooh

LE LENDEMAIN, APRÈS LE COLLÈGE, William passa voir ses grands-parents. Il était environ 18 h 30 quand il arriva chez Lise et Léon Dooh, les parents de Lucas.

Le couple habitait à quelques pâtés de maison de chez leur fils, au 42, rue de la Vieille-Caravelle. C'était une demeure ancienne, en bois, à un étage, au toit noir, à la façade jaune et aux volets rouges.

William jeta un œil à travers le portail du jardin. Lise Dooh arrosait des pieds de tomates. Léon Dooh cueillait des goyaves du haut de son escabeau en bois. Un couple de cacatoès blancs caquetait en se faisant des mamours dans le grand kapokier qui trônait au milieu du jardin.

William poussa le portail et s'approcha de ses grands-parents.

Madame Dooh était une petite femme ronde, aux bras bien musclés. Elle n'avait aucune peine à soulever le gros arrosoir qu'elle utilisait pour ses tomates. Comme beaucoup de femmes de son âge, Lise avait les cheveux colorés en violet. Son visage rayonnant était fripé comme une vieille pomme. Elle portait un pantalon corsaire, rayé orange et vert, et une chemise rose pâle.

De grande taille, Léon Dooh avait les cheveux gris, longs et attachés en une queue de cheval nouée d'un ruban de soie rouge à l'ancienne mode. Son visage était fin, bronzé et couvert de taches de rousseur. Cet ancien capitaine de la marine marchande portait un tricorne gris et usé. Sa chemise blanche et sa salopette bleue étaient barbouillées de taches de fruits.

– Descends de cet escabeau immédiatement ! lança Lise à son époux au moment où William la rejoignait.

– Bonjour, mamy, dit le garçon.

– Quel bon vent t'amène, mon chéri ? demanda Lise.

– Un coffre, avec des cartes au trésor dedans, lui expliqua son petit-fils.

Elle embrassa William en le serrant fort dans ses bras. Le garçon se contracta de douleur.

– Qu'est-ce que tu t'es fait encore ? lança Lise d'un air navré.

– Je me suis blessé hier... Une chute !

– Comme ton imbécile de grand-père qui n'en fait qu'à sa tête ! Tout ça pour faire du jus de yaya maison ! Tu vas descendre illico de cet escabeau !

– Message reçu, Capitaine ! lança Léon tout en descendant de son perchoir.

Le garçon remarqua que Léon Dooh avait un bandage au niveau du coude droit, un pansement sur la pommette gauche et une attelle à la jambe droite.

– Tu es tombé, papy ?

– Oui, hier, du papayer, dit son grand-père en indiquant du regard un arbre aux gros fruits jaunes situé derrière eux. Mais mieux vaut la honte que le déshonneur !

– Comment ça ?

– Mieux vaut la honte d'une chute devant tout le monde parce que l'on veut des fruits frais pour faire un bon jus de yaya à son petit-fils que le déshonneur d'acheter du jus de yaya tout fait à l'échoppe du coin !

Lise Dooh scruta son mari avec fureur. Ce dernier prit son petit-fils par le bras et le tira hors de la vue de son épouse.

– Alors, ces cartes ? Lucas t'en a enfin causé ? Pas trop tôt ! dit le vieil homme. Viens par là. Elles sont dans le grenier.

Léon Dooh se dirigea vers la maison en boitant comme s'il avait une jambe de bois.

– William, je compte sur toi ! Tu interdis à ce vieux macaque de grimper dans ce fichu grenier ! hurla Lise, de loin.

– Message reçu, Capitaine ! fit William.

– Cap sur les cartes au trésor ! Mille galions ! s'écria son grand-père.

L'escalier qui menait au grenier était situé au fond du couloir. En haut, une grande trappe permettait d'accéder à la vaste pièce qui servait depuis une quinzaine d'années de débarras. Ce grenier était aussi l'ancienne chambre de Lucas. William poussa la trappe, qui frappa le parquet dans un grand fracas et souleva un nuage de poussière.

– Regarde à côté du lit en fer, tu devrais trouver le coffre, lui cria Léon du bas de l'escalier. La clé est dans une vieille boîte de biscuits au sel « Le gros marin ». Elle est rouge avec un gros marin dessus.

– Où ça ?

– Dans l'armoire, avec le miroir brisé. À côté de la bibliothèque. Tu trouves ?

– Un gros marin ?

– Oui, un gros marin avec une barbe rousse et un tricorne bleu. Et une morue dessinée dessus.

– Une morue ?

– Je vais quand même pas t'expliquer ce qu'est une morue, mille canons ! Alors ?

Dans la lumière jaune qui filtrait à travers une grande fenêtre de forme ovale, William cherchait l'armoire au miroir brisé. Il zigzaguait dans une pièce très longue, basse de plafond et pleine de toiles d'araignée.

William se faufilla entre des malles, des armoires, un grand bureau, des cartons de linge, des chaises pliantes, un fauteuil défoncé, des cannes à pêche, des coffres, un lit, des jouets de toutes sortes, des lampes, des piles de livres, des caisses de bandes dessinées, des cageots de fossiles, des ballons de footby, des trophées sportifs, des sacs de vêtements...

– Ce n'est vraiment pas facile de circuler, dit-il.

– J'ai demandé à ton père de venir faire le tri. Mais il n'a jamais le temps !

– Je suis au courant, dit le garçon en ouvrant une armoire. Ah, ça y est ! Je vois la morue. Le gros marin. Et la clé !

William attrapa la clé, recula, pivota, avança, tourna, s'appuya sur une pile de livres et, enfin, s'agenouilla à côté du coffre. Deux cadenas rouillés empêchaient son ouverture.

Le garçon glissa la clé dans chacun des cadenas et fit basculer le couvercle du coffre tout doucement.

Il n'avait encore jamais vu une chose pareille

Il était difficile de dire combien il y avait de cartes au trésor dans ce coffre d'à peine un mètre de long pour un demi de haut et de large. Au moins une cinquantaine, peut-être plus, estima William, les yeux écarquillés.

Les rouleaux de papier étaient attachés à l'aide d'un ruban. William passa sa main dessus, frôlant plusieurs parchemins comme s'il caressait un animal qu'il ne souhaitait pas effrayer.

Le jeune pirate attrapa un rouleau jauni pourvu d'un ruban de soie rouge. Il le dénoua et déplia la carte. Il orienta le document vers la lumière du jour.

William vit d'abord le dessin d'une île aux formes très découpées. La ligne de côte avait vaguement l'allure d'un croissant écrasé dans la partie nord.

La carte s'intitulait : *Le Trésor de l'île Coco.*

Un tampon à l'encre rouge indiquait : *Carte valide.*

Une note écrite à la main était griffonnée à l'encre violette, en haut à droite de ce document :

Lucas Dooh, c'est un excellent travail pour votre brevet blanc. Toutefois, attention à ne pas mettre en danger vos partenaires d'équipage sans leur accord écrit.

La carte était pourvue d'une note : B. Et, dessous, William découvrit une signature : *R.R.*

– Tu as trouvé les cartes ? hurla son grand-père.

– Ah, ça oui ! répondit William.

– Parfait !

– C'est qui, R.R. ? demanda William.

– Roger Rayson, ça te dit quelque chose ? dit Léon Dooh comme si son petit-fils posait la question la plus stupide qui soit.

– Non, pas du tout, répondit William d'une voix faussement naïve. Merci, papy...

– Je te laisse, je vais préparer le dîner. Tu manges avec nous ?

– Qu'est-ce qu'on mange ? Pas de la ragougnasse, j'espère ?

– Non, du gigot de jambe de bois, ça te va ?

– Parfait, je reste.

– Dans trente minutes, tu descends.

– Bien reçu.

Léon Dooh laissa William à sa découverte stupéfiante. Il était tombé sur le brevet blanc de chasseur de trésors de Lucas ! L'épreuve que tout collégien de quatrième devait passer un an avant le vrai brevet ! Il avait eu un B. Dans la tête de William, c'était l'équivalent d'un 17 sur 20. Impressionnant !

William plongea sa main une seconde fois dans le coffre. Il

en sortit un rouleau de papier attaché avec un ruban de soie noir.

Le garçon détailla la carte et eut un choc en lisant : *Le Trésor des sept galions.*

Un tampon indiquait : *Carte non valide.*

Une île en forme de lézard était dessinée assez maladroitement au milieu du parchemin.

William fit la moue et attrapa un autre rouleau, ficelé d'un ruban rose.

L'orthographe de l'auteur de cette carte laissait visiblement à désirer : *Le Trésaur des cept gallions.*

Un tampon indiquait que la carte n'était pas valide.

Pas de note, pas de signature R.R. Rien.

William commençait à s'inquiéter. Et si la carte qu'ils avaient dénichée dans la grotte voisine du puits du Diable était du genre « Le Trésor des sept galions. Non valide » ?

Le garçon farfouilla à nouveau et découvrit une carte au trésor extraordinaire.

Le titre de la carte était majestueux et mystérieux : *Le Trésor du galion d'or.*

Un tampon indiquait : *Carte valide.*

Une longue note manuscrite à l'encre violette suivait :

Lucas Dooh. Merveilleux travail de chasse au trésor. Vous avez ramené votre équipage sain et sauf, sans trop de casse, en bon capitaine. Très bon choix de partenaires. Excellente entente dans le groupe. La lecture de votre carnet de bord de chasse au trésor était un pur délice. Quelle écriture ! Quel sens du récit ! Coups de théâtre ! Mystères ! Frissons ! Quant à votre trésor, un galion en or pur de 22 kilos, il a toute sa place dans notre musée de la marine. Je suis fier de vous. Roger

La note de Lucas était exceptionnelle : A.

William était épaté. Il venait de découvrir le brevet de chasseur de trésors de Lucas ! Il en aurait pleuré de joie. Effectivement, quand Lucas lui avait dit, la veille au soir, qu'il s'y connaissait en cartes au trésor, c'était plus que vrai.

Ce qui étonna le plus William, c'est que Roger Rayson s'était contenté de signer de son simple prénom. C'était dire s'il avait été sous le charme du travail de Lucas ! Les mains tremblantes, William renoua le ruban bleu et posa délicatement la carte du brevet de son père à côté de lui.

Après un quart d'heure de fouille et de lecture, il avait récupéré une dizaine de cartes au trésor valides et non utilisées. Il pourrait s'en servir pour son brevet, le cas échéant. Lucas avait dû les trouver, les présenter à Roger Rayson, mais n'avait pas eu le temps de les chasser toutes.

Il mit également de côté une douzaine de cartes non valides, la moitié ayant bizarrement pour titre : *Le Trésor des sept galions.*

Pourquoi étaient-elles non valides ? William souhaitait avoir rapidement une réponse claire. Il pressentait le pire pour sa propre carte. Avant de faire son choix définitif – prendre un trésor « officiel » ou bien le sien –, il tenait à en apprendre davantage.

Qui interroger ? Son grand-père, un homme d'expérience ? Victor, un ami à qui il pouvait tout dire ? Roger, le meilleur spécialiste de la question ? Lucas ?

William tâta le terrain avec Léon Dooh.

Durant le repas du soir, le grand-père de William lui expliqua que le Trésor des sept galions était une légende. Selon lui, et son épouse Lise le confirma, ce trésor n'existait pas. On l'appelait même, à en croire certains, « le Trésor fantôme ».

Chapitre 8
Le trésor fantôme

LE LENDEMAIN DE SA VISITE chez Lise et Léon Dooh, William se lança à la recherche d'informations moins démoralisantes que celles données par ses grands-parents. Eux non plus ne croyaient pas une seconde à l'existence du Trésor des sept galions.

Tôt le matin, William entra d'un air agacé dans la taverne du Tigre à dents de sabre, monta les escaliers et déboula dans la chambre de Victor.

Allongé sur son lit, son ami était en train de lire les *Mille bonnes raisons de ne pas faire n'importe quoi avec n'importe qui quand on part à la chasse au trésor.* Un ouvrage qu'il avait déjà lu cinq fois et qu'il relisait en cette période de préparation du brevet.

William constata que la chambre de son ami était dans le même état que la sienne, c'est-à-dire qu'il y régnait un désordre ahurissant. Elle ressemblait à une cabine de bateau après le passage d'une tempête. Par terre, sur son lit ou sur son bureau, des vêtements sales se mêlaient à des livres scolaires et des cartes marines. Non loin de là, un ballon de footby trônait au milieu de papiers de bonbons, d'une vieille peau de banane et de boîtes de maquettes de bateaux.

William donna un coup de pied dans le ballon, jeta au sol une chemise qui cachait un tabouret, puis s'assit lourdement. Aussitôt, il pressa son ami de questions au sujet du Trésor des sept galions.

Tout en croquant dans une jambe de bois en chocolat, Victor lui avoua qu'il ne connaissait pas trop le fond de cette histoire. Il savait seulement que, dans les blagues pirates, chaque fois qu'un personnage était particulièrement stupide, il disait à un moment ou un autre qu'il cherchait le Trésor des sept galions. Cette réplique avait pour effet de déclencher l'hilarité générale dans n'importe quelle taverne du pays.

– Ceux qui croient à l'existence de ce fichu trésor sont apparemment tous à moitié cinglés, résuma Victor, du chocolat plein la bouche.

– Merci pour cette information capitale, se contenta de lui répondre William.

Roger Rayson avait-il le même point de vue que Victor ? Difficile de le savoir. Son travail de gestionnaire du Trésor commun, le budget de la république de Libertalia, lui prenait un temps considérable. Sans parler de son poste de président d'honneur de la Banque internationale pirate. Ses responsabilités l'obligeaient à rester tard le soir et à prendre certains rendez-vous au milieu de la nuit. William n'avait pas encore réussi à le rencontrer.

Lucas ? Il n'avait de conseils à donner à William qu'entre deux portes, en quelques secondes.

Le soir même, le garçon s'aventura à lui parler du Trésor des sept galions. Lucas, en guise de réponse, éclata de rire. Sous le regard complice de Lou qui se pinça le nez pour ne pas rire aux éclats elle aussi...

– Il y a trois types de populations qui s'intéressent à ce trésor, lui dit-elle en pensant le faire rire : les ivrognes, les bannis et les gens stupides. Et, souvent, ces trois populations n'en font qu'une !

William comprit qu'il devrait se débrouiller seul.

Le samedi après-midi suivant, soit une semaine avant le choix de la carte au trésor pour son brevet, il fonça à la bibliothèque.

Entourée de tours de livres anciens, Célia Bilkis était assise seule au bout d'une longue table. Elle passait ses doigts dans ses cheveux blonds bouclés, le regard plongé dans une lecture passionnante.

William l'observa sans bouger. Il la trouvait très belle, avec sa robe verte à fleurs bleues et cet air boudeur qui ne la quittait presque jamais.

Il s'avança tout doucement vers elle, sans qu'elle le voie. Il posa sa main juste à côté de la sienne et approcha son visage à quelques centimètres de sa joue. Il lui murmura un bonjour dans l'oreille.

Célia poussa un petit cri de surprise.

– Je te dérange ? dit-il.

– William ? Qu'est-ce que.... Tu...Tu m'as fait peur, dit-elle, le teint écarlate. Non, non... Tu ne me déranges pas... Je révisais...

– Le brevet ?

– Eh oui...

– Comme tout le monde, déclara William d'un air mystérieux. Tu lis quoi ?

– *Les annales du brevet de chasse au trésor. Carnets de bord commentés et corrigés.*

– Intéressant ?

Les yeux de Célia se fixèrent sur le beau visage de William.

– Euh, oui, très intéressant, répondit-elle comme si elle essayait de sortir d'un rêve. Et toi, tu fais quoi, ici ? Tu cherches quelqu'un ?

– Non, j'ai ce qu'il me faut, dit William en jetant un regard charmeur à Célia.

Le visage de la collégienne prit feu.

– Je cherche des informations, continua le garçon.

– Et sur quel sujet ?

– Les trésors qui ont le chiffre sept dans leur titre, lança William d'un air innocent en s'asseyant à côté de Célia.

– Le Trésor des sept galions ! s'exclama brusquement Célia d'un air entendu, censé déclencher l'hilarité de n'importe quel pirate.

William n'eut même pas un sourire.

Célia comprit instantanément que sa réplique était tombée à plat. William ne savait peut-être pas que ce trésor était l'objet de moquerie depuis des siècles ?

Elle enchaîna aussitôt :

– Il y a le Trésor des sept galions, répéta-t-elle comme si de rien n'était. Il y a aussi le Trésor des sept îles... le Trésor des sept perroquets... le Trésor maudit du capitaine aux sept orteils... le Trésor des sept nains...

– Je suis impressionné, dit William en embrassant la joue de Célia.

– Pourquoi ? demanda Célia, qui n'avait pas encore réalisé que William venait de l'embrasser.

– Pour rien, répondit le garçon avec un regard admiratif.

En fait, William était impressionné par le savoir de Célia. Sa connaissance des livres lui donnait parfois le vertige.

– Et où puis-je trouver une liste de tous les trésors avec le chiffre sept ?

– Pour... pour... pourquoi ? balbutia Célia, troublée.

– Pour avoir une liste plus longue, pardi ! mentit William, qui voulait simplement trouver un livre qui parle de son trésor.

– Tu as un livre, pas mal du tout d'ailleurs, se reprit Célia. Il s'intitule : *Mille et une cartes au trésor.* Il est de Anaïs Rackham. Un autre, de Bruce Malbrute, dont j'ai oublié le titre. Il est écrit avec un crochet à la place de la main, mais bon, c'est assez drôle et complet. Tu as aussi celui d'Alexandra Mondragon. Une femme qui a la réputation d'être folle à lier, mais qui écrit magnifiquement. Et puis...

– Je crois que ça ira, dit gentiment William en lui posant la main sur l'épaule. Je vais commencer par ces trois-là.

– D'accord, répondit Célia. Tu les trouveras sûrement au rayon Exploration.

William s'en alla en direction du rayon indiqué par Célia.

La jeune fille soupira longuement en regardant partir William. Il était parfois si froid avec elle, mais parfois si tendre...

Sous le panneau « Exploration », William chercha un mot auquel se raccrocher. Trésor. Non. Aventure. Non. Chasse. Non. Il scruta le haut du meuble de bibliothèque. Une étiquette indiquait : « Classement des livres par nom d'auteur dans l'ordre alphabétique ». Il gagna la lettre R.

Anaïs Rackham avait écrit une dizaine d'ouvrages. Malheureusement, il manquait le fameux *Mille et une cartes au trésor.*

Une élève se planta à côté de William. La jeune fille, au visage couvert de boutons, tenait une douzaine de livres dans ses bras. Elle était petite, portait une robe bleue et faisait mine de ne pas voir William, un garçon qu'elle considérait comme le plus beau du collège, et de loin le plus inaccessible.

– Je peux jeter un œil à ce livre, s'il te plaît ? fit gentiment William en pointant le doigt sur la couverture de l'ouvrage. Je te le rends aussitôt. Je dois vérifier un truc. C'est bien Clotilde, ton prénom ?

– Euh, non, c'est Leslie, répondit la jeune fille, sidérée et charmée que William s'adresse à elle. Tiens.

– Désolé, Leslie, murmura William, rouge de honte.

– Aucune importance, soupira la jeune fille.

William examina la table des matières. Tout en haut, sous le titre « Les plus grandes arnaques du siècle », il lut la première ligne : *Le Trésor des sept galions.*

Page onze, William trouva des informations assez déplaisantes. Il apprit que le chiffre sept était en général « plutôt mauvais signe ». Il était souvent un premier indice pour détecter une supercherie. Le chiffre sept manifestait « un manque d'imagination certain » des « arnaqueurs » qui fabriquaient de fausses cartes au trésor pour se payer la tête des gens. Et celles qui proposaient de découvrir « Le Trésor des sept galions » figuraient au sommet des grands classiques des fausses cartes.

Ce fut comme un coup de poignard pour William.

L'air abattu, il rendit son livre à Leslie. Puis il tenta de se remémorer les conseils de lecture de Célia. Il se souvenait de Bruce Malbrute et d'une certaine Alexandra Mon... machin chose.

William laissa Leslie à ses rêveries de prince charmant et se retrouva à la lettre M.

Les livres de Bruce Malbrute étaient du genre comique. L'auteur était un spécialiste des recueils d'histoires de chasse au trésor. Sous sa plume, des pirates racontaient leurs mésaventures, plus ou moins vraies de l'aveu même de Malbrute, et plus ou moins amusantes de l'avis de William.

L'un d'eux s'intitulait : *Les cocasses et rocambolesques aventures des plus pittoresques chasseurs de trésors de l'histoire. Tome 1.* Plusieurs histoires effrayantes évoquaient des pièges, des déceptions et des morts dans des conditions horribles. William constata que ce chapitre avait pour titre « Le Trésor des sept galions : ceux qui sont revenus et les autres ». Les autres ? Une longue liste de pirates partis à la recherche de ce satané trésor et jamais revenus !

William sombra dans le désespoir.

Découragé, il chercha sans grande conviction le livre du dernier auteur qui écrivait « magnifiquement », selon Célia. Alexandra Mon... machin chose.

À sa grande surprise, le garçon découvrit un fort bel ouvrage, intitulé : *Les plus belles cartes au trésor jamais découvertes.* L'illustration de couverture montrait une flottille de navires toutes voiles tendues, en file indienne sur une mer chahutée et voguant sous un ciel zébré d'éclairs. Un magnifique soleil rouge sang se devinait derrière les nuages noirs.

L'auteur se nommait Alexandra Mondragon.

La première phrase du livre enflamma l'esprit de William :

Longtemps, j'ai cru que le Trésor des sept galions était une légende...

Chapitre 9
L'énigmatique Alexandra Mondragon

LE LIVRE D'ALEXANDRA MONDRAGON combla William de bonheur. Le collégien y trouva exactement ce qu'il recherchait : du réconfort. Pour la première fois, on ne lui disait pas qu'il s'accrochait à un rêve ridicule en voulant chercher le Trésor des sept galions.

C'était même tout le contraire.

La lecture de l'ouvrage le persuada qu'il y avait en effet quelqu'un sur cette planète qui pensait comme lui : ce trésor n'avait rien d'une légende. Selon Alexandra, il fallait seulement qu'une personne ayant plus de courage, de chance et d'espoir que les autres se lance à sa recherche et le trouve enfin, après des siècles de sommeil dans sa cachette.

Sous la plume divine d'Alexandra Mondragon, William découvrit l'histoire de ce fabuleux trésor.

Tout avait commencé au début du XVIIIe siècle, sur Terre. C'était l'époque où la marine espagnole dominait les mers et les océans. Depuis deux siècles, la flotte de l'or faisait la fortune de la couronne d'Espagne. Des galions partaient du port de Séville, en particulier, traversaient l'Atlantique, passaient par les îles Caraïbes et faisaient voile jusqu'en Amérique du Sud.

Là-bas, dans les ports de Porto Bello, Cartagena et Vera Cruz, on les chargeait d'or et d'autres richesses arrachées aux peuples de ce continent au prix de crimes affreux. Les bijoux, les masques et les statuettes en or étaient fondus sur place afin d'être transformés en barres, lingots, chaînes, plaques et pièces d'or. Ces dernières étaient appelées doublons et frappées du visage du roi Philippe V d'Espagne.

Chargés d'or, de pierres précieuses et de perles, les galions se rassemblaient dans le port de La Havane, puis partaient en convoi en direction de l'Espagne. Sur le chemin du retour, le pire danger était les bandes de pirates qui attendaient qu'un vaisseau soit isolé par la tempête pour l'attaquer et s'emparer de sa cargaison.

En 1715, un convoi de 11 navires quitta le port de La Havane. Jamais autant d'or n'était parti de Cuba en une seule fois.

Une tempête éclata au large des îles Bahamas. Quatre des onze galions furent projetés vers l'ouest, sur le rivage proche de la Floride. Des centaines de pirates n'eurent qu'à ramasser cet or. Un certain Auguste de La Tour d'Eyrans s'octroya à lui seul la cargaison entière de l'un des vaisseaux.

Sept galions disparurent corps et biens.

Deux théories virent le jour. Alexandra Mondragon les exposait dans son livre d'une façon magistrale.

D'après la première théorie, les sept galions avaient fait naufrage en plein océan et sombré dans les profondes fosses de l'Atlantique. Alexandra Mondragon mettait en doute cette hypothèse avec un argument de poids : où donc étaient passés les corps des marins noyés lors de ces naufrages ?

Selon la seconde théorie, la tempête rencontrée par les onze navires n'était pas une tempête ordinaire. C'était un phénomène magnétique bien connu des habitants de Terra incognita : la turbine du Démon. Les sept galions furent emportés en direction d'une autre planète, à travers une faille de l'espace-temps : le tunnel énergétique reliant la Terre à Terra incognita. Un tunnel que William et Victor avaient emprunté deux ans et demi auparavant.

Alexandra Mondragon défendait cette version de l'histoire. À l'appui de sa théorie, elle publiait la lettre d'un marin de la *Santa Francisca*, l'un des quatre galions échoués sur les côtes de Floride.

Moi, Riccardo Salinas, je suis un survivant. Avant de mourir, je dois soulager mon âme en confessant un secret.

En l'an de grâce 1715, j'étais à bord de la Santa Francisca, *l'un des onze galions de Sa Majesté le roi Philippe V d'Espagne.*

De retour des Amériques, notre convoi a rencontré ce qu'aucun homme n'a jamais vu. Ce n'était pas une tempête, c'était un démon qui crachait la foudre et mugissait comme un million de bêtes sauvages.

Grand amiral de la flotte de l'or et seul maître à bord, notre capitaine Carlos del Dongo en perdit la raison. Pour affronter le démon, il nous ordonna d'abord d'attacher les onze navires ensemble puis de faire feu ! Les onze galions envoyèrent une volée de boulets. Tous nous furent renvoyés comme une poignée de graviers !

La suite ne vaut pas la peine d'être racontée. J'ai simplement survécu car j'ai coupé le lien qui nous unissait aux sept vaisseaux qui nous précédaient, et aux trois qui nous suivaient. Pour faire face à ce danger-là, je pensais que chacun devait tenter seul sa chance.

Je sais que j'ai ainsi abandonné mes frères marins à leur funeste destin. Je suis maudit à jamais. Que celui ou celle qui en a la force pardonne ma lâcheté et mon crime.

Dans une note, Alexandra Mondragon précisait que ce parchemin pouvait être un faux. William apprécia l'honnêteté de l'auteur. Elle ne cherchait pas à dissimuler les faiblesses de sa théorie, et cette attitude rendait ses propos d'autant plus dignes de foi.

La carte que détenait William était désormais plus valide que jamais à ses yeux.

Le garçon estima qu'il était temps d'en dire davantage à Victor. Il était important de convaincre son ami de l'accompagner dans son expédition. Mais William craignait sa réaction. Il devait lui avouer que le trésor qu'il cherchait était celui des sept galions. Comment allait réagir son ami ?

Sans attendre, William fonça chez Victor et le retrouva dans sa chambre. Il lui annonça ses intentions.

– William ! Ta chute dans le puits du Diable a endommagé ton cerveau, ma parole ! hurla Victor, les bras au ciel. Tu sais que, sur cette planète, tu dois être le seul à croire encore à l'existence de ce trésor ?

– Victor, calme-toi.

– Non, je ne me calme pas !

– Il n'y a pas de quoi te mettre dans un état pareil !

– Oh que si ! Partir à la recherche du Trésor des sept galions est sûrement la pire idée qu'un pirate ait eue depuis un siècle ! Et dire que je t'ai promis de te suivre si jamais tu étais nommé capitaine d'équipage !

– Tu peux revenir sur ta parole, grogna William, les sourcils froncés.

– Quand je m'engage, je m'engage, martela Victor. Je ne suis pas un malandrin !

– Et moi, je ne veux pas t'obliger à m'accompagner !

– William, s'il te plaît, le pria son ami dans un élan de persuasion. Choisis n'importe quel autre trésor ! Celui des trépassés, ou celui des vingt-quatre nigauds, ou même le Trésor de la forêt des Borgnes, tu sais, celui qui fait peur à tout le monde, avec cette histoire des dix matelots borgnes ? Nous sommes déjà allés dans cette forêt, tu te souviens ?

– J'ai fait mon choix, Victor. C'est le Trésor des sept galions, pas un autre.

– Mais quand Célia et Laure vont apprendre ça, elles ne voudront jamais faire partie de ton équipage !

– C'est ce que nous verrons.

– William ! reprit son ami. Au collège, quand ils vont savoir que l'on part à la recherche du Trésor des sept galions, ils vont se payer notre tête. J'aurai la honte de ma vie.

– Je te promets une chose, dit William d'un ton solennel. Personne ne se moquera de toi. Je garderai les noms de mes matelots secrets.

La désignation des capitaines d'équipage de chasse au trésor était sans aucun doute l'un des moments les plus importants de la vie d'un jeune pirate. Ce jour-là, on s'habillait avec autant d'élégance et de raffinement que lors de son propre mariage.

Le collège William-Kidd accueillait donc ce mercredi la foule des grands jours. Les collégiens et leurs parents étaient réunis, pour cet instant émouvant, dans la cour principale.

William était vêtu d'une resplendissante veste bleu marine aux épaulettes dorées. Il portait sa chemise rouge en lin et il était chaussé de bottes de cuir noires. Son pantalon blanc était également du plus bel effet. Son tricorne noir orné d'un lacet doré couronnait ses cheveux bruns.

À côté de lui, adossée à l'une des colonnes de marbre rose de l'établissement scolaire, Célia Bilkis portait une robe blanche décorée de pierres multicolores. Tout en replaçant l'une de ses mèches blondes derrière son oreille, elle regardait William d'un œil envoûté.

Tout près d'eux, Victor remettait sa chemise dans son pantalon. Un bouton de sa culotte venait d'exploser sous la pression de son ventre.

Mordillant son collier de perles, Laure observait Victor avec une tendresse amusée. Dans sa robe de soie noire à petits pois blancs, elle était éblouissante de beauté. Si l'on s'approchait un peu, on devinait que les pois de sa robe étaient en réalité de minuscules têtes de mort.

Sur l'estrade installée devant le préau, le professeur de géographie Francis Cornog lissa son bouc. Puis il regarda sa montre. Quatorze heures trente. Il pouvait annoncer les noms des capitaines d'équipage pour le brevet de chasse au trésor.

– Mesdames et messieurs, chers élèves, chers parents, bonjour à toutes et à tous, et bienvenue au collège William-Kidd, déclara-il. Je sais que vous attendez cet instant avec impatience.

Les bras croisés sur la poitrine, William était au premier rang de l'assemblée. Comme tous les élèves, il se demandait s'il allait être sur cette liste prestigieuse. Mais il avait également peur, tout au fond de lui, qu'un autre de ses amis le soit également. Non par jalousie, mais parce qu'il éprouvait déjà de la tristesse à l'idée de partir sans l'un d'eux.

Francis Cornog sortit un rouleau de papier de la poche intérieure de sa veste de velours. Il la déplia, puis observa la foule avec bienveillance.

– Nous avons classé les capitaines d'équipage par ordre alphabétique. Après avoir été désigné, chaque capitaine est prié de venir sur la scène pour choisir une carte au trésor dans le coffre ici présent. Toutes les cartes qui sont ici sont valides. Comme il est de coutume, si jamais un capitaine désigné souhaite utiliser sa propre carte, qu'il approche sans crainte et nous dise quel trésor il souhaite chasser. Je sais que cela se produit de moins en moins, mais pourquoi pas... Il y a peut-être encore un vrai pirate parmi nous !

La foule comprit le clin d'œil humoristique du professeur. Depuis plusieurs années, aucun jeune pirate n'avait pris le risque de proposer sa propre carte au trésor pour le brevet. Les derniers à avoir tenté le coup avaient récolté des notes exécrables. Aucun d'entre eux n'avait trouvé le trésor indiqué par leur propre carte.

Les mots du professeur Cornog ne firent pas rire William. Il n'avait pas prévu qu'il devait annoncer devant tout le monde qu'il se proposait de chasser le Trésor des sept galions...

Victor le dévisagea avec inquiétude.

Et Francis Cornog commença à lire la liste des noms :

– Juliette Boulard, Butor Caraccioli, Aminata Diarra, Hassan El Kenz, Ruben Fernandez, Eva Hovorkova, Bao Li, Bjarnulf Lipiki...

Une vingtaine de noms furent cités dans l'ordre alphabétique. Tout le monde nota que de La Tour D'Eyrans, nom de famille de Laure, n'avait pas été prononcé par le professeur. Pourtant, Laure était considérée comme l'une des meilleures élèves dans cette discipline. En revanche, le vingt-et-unième nom ne surprit personne.

– J'appelle enfin William Santrac. Et je précise que William est le dernier de la liste. Tu peux venir. Voici ta broche de capitaine.

Chaque collégien nommé capitaine d'équipage pour le brevet recevait une broche en or représentant une tête de mort et deux tibias croisés.

– Maintenant, le coffre à cartes est à toi, continua Francis Cornog. Il t'en reste une.

William n'alla pas en direction du coffre. Il fonça sur le micro et dit d'une voix presque inaudible :

– J'ai ma propre carte. Et...

Il s'interrompit un instant. Lucas et Lou observaient leur fils avec incrédulité. Il n'allait tout de même pas...

– Et ? le relança Francis Cornog, quelque peu surpris.

– Mon trésor est... hésita William en posant un regard triste sur son professeur.

– Et ton trésor est... répéta Francis Cornog avec un soupçon d'inquiétude dans la voix.

– Et mon trésor est le Trésor des sept galions...

Le professeur Cornog n'en crut pas ses oreilles. William, son meilleur élève, son digne héritier, sa fierté d'enseignant, était-il devenu fou ?

La foule éclata de rire. On se tapa sur les cuisses en pleurant et en se jetant des regards complices. Le grondement des rires déferla sur William comme une énorme vague, froide et sans fin.

Au milieu de la foule, Lou et Lucas étaient les deux seules personnes adultes à ne pas rire.

Victor était blanc comme un mort. Célia eut presque aussi honte que lui. Quant à Laure, elle fondit en larmes et quitta le collège sur-le-champ.

William Santrac ressentit alors la plus grande honte de sa vie.

Chapitre 10
Le déshonneur de William

UN PETIT GROUPE SE FORMA autour de William. Ses amis et ses parents le regardaient, sans savoir quoi dire pour les uns ou comment lui parler pour les autres.

Assis sur un banc, l'air abattu, William aperçut Célia en pleine discussion avec un grand garçon blond, vêtu avec élégance, un sabre à la ceinture. Le duo s'interrompit et s'approcha de lui.

– Je tenais à te féliciter pour ta prestation, Santrac, dit le grand garçon blond.

– Ah oui ? s'étonna William en plantant ses yeux dans ceux de Butor Caraccioli.

Ce garçon était son rival en tout point au collège. Il passait notamment son temps à tenter de séduire Célia ou à prendre des cours particuliers d'escrime pour se hisser au niveau de William.

– Le spectacle que tu nous as proposé tout à l'heure était un très grand moment pour nous tous, ajouta Butor d'un ton méprisant. Tu as un vrai talent comique.

William garda le silence un instant.

– Moi, je sais que nous avons tous les deux rendez-vous samedi, en salle d'armes, dit-il alors d'un ton froid. Sabre en main, je pourrai à mon tour apprécier ton talent comique !

– Je serai là, tu peux y compter, répliqua Butor.

Il se retira après avoir salué Célia d'un baiser sur la main qui irrita William. Aussitôt Butor parti, William prit la parole :

– Autant vous le dire, je m'en fiche pas mal d'avoir eu honte devant tout le monde, tout à l'heure. Mieux vaut la honte que le déshonneur...

En face de lui, Lucas se disait qu'il avait déjà entendu cette phrase des centaines de fois... Son père était encore passé par là.

– Pourquoi parles-tu de déshonneur ? demanda Célia, assise à ses côtés.

– J'ai trouvé cette carte, et c'est mon devoir d'aller chercher ce trésor. Je ne veux pas de vos faux trésors. J'en veux un vrai. Et si je ne vais pas le chercher, j'aurai l'impression de trahir quelqu'un.

– Tu parles de l'auteur de la carte ? lui demanda Victor.

– Exactement, confirma William en le scrutant avec dureté.

– Et tu as eu le tampon de validation de Roger Rayson ? ajouta son ami.

– Pas encore, répondit William. Je lui montre ma carte ce soir. On verra ce qu'il en pense, lui !

– Roger te dira que ce trésor est une légende, William, dit Célia. C'est sûr. Une légende que l'on nous raconte depuis notre enfance pour nous faire rêver.

– Et pour vous faire rire, apparemment, rétorqua William sur un ton déplaisant.

Célia, blessée, se leva et lança un regard navré à Lou.

– C'est une belle histoire, assura la mère de William. Je comprends ta fascination. Mais ce récit est une impasse. La seule chose qui t'attend, c'est une grande déception. Tous les pirates qui ont tenté le coup sont morts, disparus ou se sont ridiculisés. Cesse un peu de faire l'enfant !

William leva les yeux vers sa mère. Il la fixa d'un air effaré.

Comment pouvait-elle lui dire une chose pareille ? Jamais de sa vie, William ne s'était senti aussi peu enfant. Il avait même l'impression d'avoir pris sa première décision d'homme. Il tourna le regard vers son père.

Lucas Dooh observait son fils. Il devinait la rage qui bouillait en lui en ce moment. Il tenait à prendre la parole pour tenter de l'apaiser. Mais, depuis quelque temps, Lucas avait du mal à trouver les mots justes.

– Tu as beaucoup de courage, dit-il. Je t'admire pour ça, fiston.

William sentit les larmes lui monter aux yeux. Quelqu'un croyait-il en lui ?

– Mais j'espère que tu sais ce que tu fais, ajouta Lucas sur un ton très sérieux. En te disant cela, je pense à ton équipage. Celles et ceux qui partiront avec toi seront sous ta responsabilité. Tu auras leur vie entre tes mains. Tu le sais ?

– Oui, je sais tout ça, répondit William. Mais il semble que les traîtres et les trouillards ont envahi la cour du collège, ajouta-t-il en examinant successivement les visages de Victor puis de Célia. Je partirai donc chasser ce trésor, et seul.

William épingla sa broche de capitaine au revers de sa veste et replaça son tricorne. Puis il se leva et s'en alla sans se retourner.

Le soir venu, William s'habilla pour sortir. Il avait rendez-vous avec Roger Rayson à 22 h 30, seul horaire disponible avant le 1er juin sur l'agenda de cette personnalité très occupée. Le capitaine du Trésor commun avait coutume de recevoir tard, soit parce qu'il ne pouvait pas faire autrement, soit parce que certaines personnes l'exigeaient par discrétion.

William devait simplement obtenir la validation du capitaine.

Ne tenant plus en place, vers 22 heures, William sortit de sa chambre. Une minute plus tard, il passait les hautes herbes du jardin familial. Il enfila ensuite la rue des Martyrs-de-la-Flibuste.

Tapi dans le noir, quelqu'un l'attendait.

Une silhouette se découpa dans la nuit et s'approcha de lui.

– Laure ? C'est toi ? demanda William.

– Oui, c'est moi. Salut.

– Salut. Qu'est-ce que tu fais là ?

– Je voulais te voir.

– Que se passe-t-il ?

– Tu vas à ton rendez-vous ?

– Oui, je vais voir Roger...

– Je peux faire un bout de chemin avec toi ?

– Si tu veux.

William et Laure s'engagèrent dans la rue des Corsaires-borgnes.

– Je voulais t'expliquer pourquoi j'étais partie, tout à l'heure...

– Ah oui, dit William, gêné, en se souvenant de la fuite de Laure.

– Tu dois penser que c'est parce que je n'ai pas été nommée capitaine d'équipage ?

– Oui, répondit William. Je pense que cela m'aurait fait de la peine, à ta place. Tu le mérites tellement.

– C'est gentil, William, mais la vérité, c'est que j'ai demandé à ne pas être nommée capitaine.

– Ah, bon ? Mais c'est un honneur, et tu es si douée en chasse au trésor !

– William, je ne suis pas comme toi. Je ne me sens pas capable de prendre une telle responsabilité. Je n'ai pas assez confiance en moi.

Pendant de longues minutes, William écouta Laure avec la plus grande attention et, aussi, la plus grande stupéfaction. Elle lui expliqua qu'elle n'avait pas l'âme d'un chef. Son tempérament angoissé ne correspondait pas à ce que l'on pouvait attendre d'un capitaine. Elle avait le sentiment qu'au moindre obstacle, elle paniquerait, s'enfuirait, abandonnerait. Selon elle, il fallait plutôt être rassurant, sûr de soi et, surtout, capable de s'adapter aux pires situations de danger. Laure se sentait trop fragile pour affronter tout cela.

– C'est pour ça que tu es partie ? s'étonna William. Tu avais peur que l'on se moque de toi parce que tu n'étais pas nommée capitaine ?

– Non, William. Ma décision était prise depuis longtemps. Et je n'avais pas peur de la réaction des autres. Ils peuvent bien penser ce qu'ils veulent. Je me fiche pas mal du qu'en-dira-t-on. Je suis partie...

Les mots restaient bloqués dans sa gorge.

– Je suis partie à cause de toi, William. Ce que tu as dit m'a bouleversée...

– Comment ça ?

– Le trésor que tu cherches...

– Toi aussi, tu trouves cela ridicule, dit William d'un air navré.

– Non, je trouve cela beau, au contraire, dit Laure, des sanglots dans la voix.

– Que se passe-t-il, Laure ?

– Tu dois être au courant, pour mon père ?

– Je sais qu'il est... enfin qu'il a...

– Mon père a disparu, William. Et je pense que je dois te dire comment les choses se sont passées... C'est très important.

À quelques pas de la maison de Roger Rayson, Laure s'arrêta. Des larmes coulaient sur ses joues et brillaient sous les lumières de la cité.

– Il y a dix ans presque jour pour jour, mon père est parti à la chasse au trésor. Et il n'est jamais revenu, comme tu le sais. Je ne voudrais pas qu'il t'arrive la même chose.

– Mais pourquoi veux-tu qu'il m'arrive la même chose ? Je serai... très prudent... je ferai tout mon possible pour...

– William ! le coupa Laure, la gorge serrée. Mon père... Mon père cherchait comme toi le Trésor des sept galions...

La jeune fille s'effondra en larmes dans les bras de William.

– Je t'en supplie, dit-elle dans un sanglot. Ne fais pas la même bêtise que lui. Je n'ai pas envie de te perdre.

William garda le silence. Il serrait Laure dans ses bras, sentant que c'était alors la seule chose à faire.

– Je ne supporterai pas de... de...

Laure ne termina pas sa phrase. Elle recula, s'essuya les yeux et lança à William un regard d'une infinie tristesse. Puis elle recula encore et s'enfuit dans la nuit en pleurant.

William tenta de la rattraper, mais Laure le rejeta d'un mouvement de bras. Le garçon se demanda alors si toute cette histoire en valait la peine. N'était-il pas en train de se tromper comme jamais auparavant ? Ses amis et sa famille n'avaient-ils pas raison, au fond ? Son entêtement pouvait lui coûter la vie, sans parler de celle de ses compagnons d'aventure. Ce trésor n'existait sans doute pas.

William fut à deux doigts de tout abandonner, lorsqu'un événement imprévu changea tout.

Un bruit de bois cognant contre les pavés le fit sursauter. Le garçon se cacha sous un porche et observa une scène incroyable.

Un homme énorme passa devant lui. En manteau de pluie, il portait un gigantesque chapeau orné de trois longues plumes. Une béquille sous le bras, il claudiquait en direction de la maison de Roger. Il respirait péniblement.

Jamais William n'avait vu un homme aussi grand et aussi massif.

L'homme s'arrêta devant la porte de Roger Rayson. Le souffle court, il regarda dans toutes les directions, puis frappa à la porte. William observa sa montre. Il était 22 h 25. C'était l'heure de son rendez-vous. La porte s'ouvrit et Roger apparut sur le seuil.

– Qui êtes-vous ? demanda le capitaine du Trésor commun d'un ton suggérant qu'on le dérangeait. Et que voulez-vous ?

Dans la pénombre, le capitaine ne parvenait pas à identifier le visage de l'homme.

– Bonsoir, Capitaine, ai-je besoin de me présenter ? demanda l'autre en retirant son chapeau.

– Non, en effet, votre voix parle pour vous. Daniel O'Connor, le prince des bannis, me rend visite ! Cela fait si longtemps que je n'ai pas entendu vos si ténébreuses cordes vocales...

William fut lui-même stupéfait par la voix de l'homme. Son timbre était aussi grave que celui d'un chanteur d'opéra.

– Que faites-vous ici, O'Connor ? ajouta Roger Rayson. Quel mauvais vent vous amène ?

– Capitaine, j'ai un marché à vous proposer. Puis-je entrer ?

– J'ai un rendez-vous qui ne saurait tarder, répondit Roger en fouillant l'obscurité du regard.

– Je dois vous confier des informations de la plus haute importance, affirma l'autre en s'avançant de deux pas.

– De quoi s'agit-il ? dit Roger visiblement agacé.

– Du Trésor des sept galions, déclara son visiteur d'une voix mystérieuse.

Chapitre 11
Les dix doublons d'or

– LE TRÉSOR DES SEPT GALIONS ! reprit le capitaine Roger Rayson. Rien de moins ! Vous plaisantez, j'espère ?

– Vous et moi savons que je ne plaisante jamais, dit Daniel O'Connor d'un air sombre. Je n'ai plus d'humour depuis longtemps.

– Et moi, je n'ai pas de temps à perdre, gronda le capitaine. Cessez de poursuivre cette vieille lune ! Ha ! Ha ! Ha !

– Ne riez pas, Capitaine ! ordonna l'autre. Cette fois, j'ai des preuves, ajouta l'homme de sa voix caverneuse en posant sa main sur une poche de son vaste manteau.

Roger Rayson toisa O'Connor d'un œil mauvais. L'homme gardait un visage impassible.

– Précisez votre requête, dit Roger. Et, par pitié, soyez bref.

– J'ai de quoi vous faire changer d'avis, monsieur le capitaine du Trésor commun, dit Daniel O'Connor en insistant fortement sur les derniers mots. Maintenant, la balle est dans votre camp, ajouta-t-il en reculant d'un pas.

Roger Rayson garda le silence quelques secondes. O'connor affichait une assurance que le capitaine ne lui connaissait pas.

– Entrez, dit-il enfin. J'espère que personne ne vous a vu.

L'échange auquel William venait d'assister le persuada qu'il était dans le vrai, avec sa carte et ce maudit trésor. Le capitaine Rayson en personne semblait penser que le Trésor des sept galions existait bel et bien.

Il fallait agir vite. William voulait en apprendre davantage sur cet homme aussi énorme que mystérieux... Il devait assister à la suite de cette étonnante conversation.

Le garçon emprunta une impasse qui donnait sur le jardin de la maison de Roger Rayson. Un gros pied de lierre grimpait au coin du mur jusqu'au deuxième étage.

Deux minutes plus tard, William était sur le balcon. La porte-fenêtre du bureau du capitaine était entrouverte. Une lumière jaune filtrait à travers les rideaux blancs de la pièce. Entre les nombreux tableaux qui décoraient les murs, des armoires vitrées encombrées d'objets de collection occupaient la pièce.

Alors que son hôte s'installait, Roger passait ses doigts dans sa barbe d'un blanc aussi pur que celui de ses cheveux. Ses lunettes d'argent aux verres ronds étaient posées devant lui. Il les attrapa et les posa devant ses yeux d'un beau bleu sombre.

Daniel O'Connor était maintenant assis en face de lui, une pipe en os de cachalot à la main, sa béquille posée sur un pouf en cuir marron. William pouvait enfin voir le colosse en pleine lumière.

L'homme était d'une taille prodigieuse. Le plus impressionnant n'était pas son corps, large, gras et puissant, mais sa chevelure et sa barbe, d'un roux éclatant et d'un volume colossal. Ses cheveux formaient une énorme masse autour de son visage d'un blanc effrayant et se terminaient en deux grosses tresses qui pendaient jusque sur ses cuisses. Son abondante barbe flamboyante descendait sur sa poitrine comme une couverture et finissait elle aussi en quatre tresses attachées par des rubans noirs. Ses yeux, vert clair, enfoncés dans leurs orbites et surmontés d'énormes sourcils, exprimaient quelque chose de mauvais.

En regardant toutes ces tresses partant de cette tête aux yeux sans vie et glissant sur ce ventre flasque, William ne pouvait s'empêcher de penser à la tête et aux tentacules d'une pieuvre hideuse posée sur ce corps énorme comme sur un rocher.

Le géant roux prit alors un paquet de tabac dans sa poche, en attrapa une pincée et bourra sa pipe.

— Cela ne vous dérange pas ? demanda-t-il en montrant sa pipe au capitaine.

— Pas le moins du monde, répondit Roger Rayson en attrapant la sienne dans un tiroir de son bureau.

Daniel O'Connor alluma son tabac et tendit son briquet à son interlocuteur. Le capitaine le saisit et porta la flamme jusqu'à sa pipe. Le tabac s'embrasa. Une fumée épaisse s'éleva devant le visage de Roger, se mêla à celle de Daniel O'Connor, s'engouffra par la porte-fenêtre et glissa sous les narines de William. Une odeur puissante et végétale monta jusqu'à son cerveau.

— Alors, ce trésor ? lui demanda Roger d'une voix presque amicale. Vous l'avez trouvé ?

— Trouvé ? Ce n'est pas le mot, répondit son visiteur, l'air un peu gêné. Je dirais plutôt : approché.

— Approché, dites-vous. Intéressant, nota Roger Rayson. Mais encore ?

— Comme je vous le disais, j'ai des preuves concrètes de l'existence du Trésor des sept galions, mais je n'ai pas encore en ma possession la cargaison des navires.

— Des preuves concrètes ? reprit le capitaine du Trésor commun.

— Tenez, fit alors Daniel O'Connor en sortant une bourse de cuir de la poche de son manteau. Je les ai trouvées près d'une île dont je garde le nom secret. Un spécialiste tel que vous saura apprécier ces pièces.

En disant cela, O'Connor posa son regard sur une armoire vitrée située sur sa gauche. Elle contenait des dizaines de pièces de monnaie en or, argent et cuivre, de différentes époques et de diverses origines : françaises, portugaises, anglaises, américaines, mais pour la plupart espagnoles.

William observait la scène avec attention. Le prince des bannis souriait en toisant Roger de ses yeux éteints. Il lissait ses hideuses tresses rousses comme s'il caressait un renard.

Roger ouvrit la bourse et renversa son contenu sur son bureau. Il y avait là une dizaine de pièces d'or. Le capitaine eut un petit mouvement de recul qui fit sourire O'Connor. Il avait reconnu instantanément les dix pièces qui étincelaient devant lui. Il ne s'attendait pas à ça...

Durant près d'une minute, il les scruta. Des doublons. Espagnols. Roger Rayson semblait à la fois fasciné et inquiet. Il se leva sans rien dire, ouvrit son secrétaire et sortit une loupe d'un tiroir.

Il examina à nouveau les pièces d'or avec minutie. Il n'était pas question de se faire avoir par des imitations d'excellente qualité.

Plus le silence de Roger Rayson durait, plus le sourire d'O'Connor s'élargissait.

— Qu'en pensez-vous ? demanda le géant roux, l'air satisfait.

— Laissez-moi une minute, répondit Roger qui se leva à nouveau.

Chapitre 12
La proposition du prince

LE CAPITAINE SE DIRIGEA VERS UN TABLEAU représentant un convoi naval de sept galions. Il retira le tableau du mur. Un coffre-fort se trouvait derrière. Roger Rayson tourna un gros bouton de métal à droite, puis à gauche, encore à droite et, enfin, tira la porte du coffre. Il ôta des dossiers. Une petite boîte de cuir rouge apparut. Il la prit et la déposa sur son bureau.

Une pièce d'or en tout point identique à celles apportées par Daniel O'Connor s'y trouvait.

– Même date, 1714, même origine, Amérique, même métal, de l'or pur, même visage, celui du roi d'Espagne, commenta O'Connor de sa voix grave.

– En effet, dit Roger Rayson. Il n'y a aucun doute là-dessus. Ces doublons appartiennent eux aussi au Trésor des sept galions.

Tapi dans le noir, William était stupéfait par ce qu'il entendait. Après un long silence, Roger Rayson demanda :

– Qui est au courant de votre trouvaille ?

– À part vous désormais, uniquement des personnes de confiance, précisa O'Connor.

– Votre troupe de bannis, je suppose, dit Roger d'une voix froide. Le prince et ses sujets... Que voulez-vous en échange ?

– Retrouver mon rang et mon honneur.

– Rien de moins... souffla Roger Rayson. Quand je parlais d'échange, je faisais référence à la totalité du trésor, précisa le capitaine du Trésor commun. Pas à ces dix doublons.

– Cela allait sans dire, nota Daniel O'Connor. Je n'imagine même pas que la totalité des pièces du coffre du capitaine de la *Santa Monica* suffirait à vous faire parler d'échange...

– Nous parlons la même langue, constata Roger Rayson avec satisfaction. Vous m'en voyez ravi. Alors, soyons clair : qu'entendez-vous par retrouver votre rang et votre honneur ?

– Vous savez aussi bien que moi ce que j'ai enduré voilà vingt-trois ans, sept mois et quatorze jours, n'est-ce pas ?

– Bien entendu. J'ai fait partie de ceux qui vous ont condamné à vingt ans de bannissement.

– Cette peine m'a écarté de ma cité bien-aimée pendant si longtemps... Et, surtout, chaque fois que je reviens ici, elle me condamne à me déplacer la nuit, comme une bête monstrueuse, afin que personne ne reconnaisse celui qui...

O'Connor perdit un instant de sa superbe. Les lèvres tremblantes, il semblait profondément mal à l'aise. Il s'épongea le front avec un mouchoir de soie noire. Les souvenirs atroces qui le hantaient depuis de si longues années remontaient et l'empêchaient de poursuivre la conversation. La nature des crimes qui lui avaient valu sa condamnation aurait fait froid dans le dos à n'importe qui.

L'imagination de William tournait à plein régime.

– Je sais ce que vous avez fait, relança Roger Rayson. Passons.

– Bien, se reprit Daniel O'Connor. Cela ne se voit peut-être pas, mais je suis mourant. Avant de quitter cette terre, je souhaite être lavé de mes crimes. En échange du Trésor des sept galions, je veux être élu capitaine. De cette manière, le peuple pirate me regardera tout autrement et conservera de moi un souvenir plus glorieux.

– Vous n'avez aucune chance, O'Connor, rétorqua aussitôt Roger Rayson. Personne n'a oublié. Nul être humain ne votera pour vous.

– Je ne fais pas allusion aux postes des onze premiers capitaines, mais au douzième, précisa O'Connor. Je souhaite que vous usiez de votre influence pour me faire élire capitaine du Hasard...

Depuis qu'il vivait à Piratopolis, William savait bien sûr que douze capitaines dirigeaient la république de Libertalia. Ils étaient élus chaque année par tout pirate de plus de dix-huit ans. Le garçon n'ignorait pas que l'un des douze capitaines était celui du Hasard et qu'il était élu d'une autre façon. Il était élu par les onze autres lors d'un tirage au sort... Le hasard le désignait, d'où son nom.

– Je vois, dit Roger Rayson. Vous voulez que le nom que j'inscrirai sur mon bulletin lors du prochain vote soit le vôtre.

– Exactement.

– Mais il y a dix autres capitaines, et donc dix autres noms dans le tricorne du hasard, cher ami...

– Oui, mais n'est-ce pas la main du plus jeune capitaine qui plonge dans ce tricorne et qui tire au hasard l'un des onze bulletins ?

– Si, en effet...

– Et ce jeune capitaine, n'est-il pas Marco Mollo, votre ancien assistant et aujourd'hui capitaine de la Carte des passages secrets ?

– Et alors ? Je ne vois pas où vous voulez en venir.

– Ne me prenez pas pour un imbécile, Commodore ! Vous l'aiderez à bien choisir ! Je sais que sa main est la vôtre !

Daniel O'Connor s'était mis subitement à appeler le capitaine

Roger Rayson « Commodore ». Cette fois, William était incapable de comprendre ce qui se passait. Un secret devait lier ces deux hommes. Mais lequel ?

Daniel O'Connor était dans une colère noire. Les veines de son visage ressortaient monstrueusement et donnaient à sa peau laiteuse un aspect marbré terrifiant. Debout, au milieu de la pièce, il vociférait, les bras au ciel, cognant sa béquille contre le sol.

– Mille tonnerres de mille canons ! hurla l'énorme pirate roux. Le poste de capitaine du Hasard sera mon salut ! S'il m'est attribué, le peuple pirate se dira que la bonne fortune m'est revenue, car j'étais innocent. Ou que Dieu m'a pardonné mes crimes, même si j'étais coupable ! Quoi que penseront alors les uns ou les autres, je pourrai à nouveau marcher dans la rue comme un homme et non plus comme un monstre.

– Je ne peux pas négocier une chose pareille avec le Conseil des douze capitaines ! Ils ne me suivront pas ! Ce que vous me demandez est contraire à la loi, au code de la piraterie, à tout ce qui fonde notre république ! répliqua Roger Rayson dans un élan solennel.

– Ah oui ? Alors, essayez d'imaginer ce qui se passerait si le Trésor des sept galions tombait entre les mains d'un autre homme que vous. Vous voyez très bien à qui je fais allusion... Avec ce trésor, il aurait entre les mains un pouvoir immense ! Nous parlons tous les deux de plusieurs centaines de tonnes d'or, n'est-ce pas ?

– Vous avez la main lourde, cher ami ! Personne ne sait exactement ce qu'il y a dans la cale de ces vaisseaux ! Personne !

– Qu'importe ! gronda l'autre. Vous savez qu'il aurait à coup sûr les moyens de fonder une autre république tout à côté de celle de Libertalia, pas vrai ?

Roger Rayson sembla paralysé par cette dernière réplique.

– Et qui dit deux républiques, vous le savez mieux que moi, dit la possibilité d'une guerre ! hurla le géant roux, le visage si rouge qu'il paraissait couvert de sang.

Impressionné, le capitaine garda le silence.

– La vérité est là, continua l'homme à la voix de ténor. Des millions de pirates déçus par votre façon de diriger la république ou assoiffés d'or rejoindront qui vous savez pour l'aider à fonder la sienne. La Zone mystérieuse est vaste, il y a mille endroits où il pourra s'installer. Et on le suivra ! Et on fera la guerre pour lui ! Ce que j'exige en échange du Trésor des sept galions, quelle que soit sa nature exacte, n'est rien pour vous Commodore. Vous êtes un homme puissant. Et votre première mission reste de préserver la paix par-dessus tout !

William commençait à comprendre pourquoi le Trésor des sept galions n'était pas un trésor comme les autres. Les pirates refusaient d'y croire parce qu'ils savaient au fond d'eux que le pire pouvait arriver avec sa découverte.

– Je vais donc me retirer, dit soudain Daniel O'Connor d'une voix apaisée. Dans quelques jours, quelques semaines au plus tard, mes hommes et moi aurons trouvé le trésor, Commodore. Et, je vous le dis avec quelques affreuses arrière-pensées à l'esprit : il serait stupide de me faire suivre par les hommes de la brigade d'espionnage pirate. Je connais leur façon de travailler, vous l'imaginez. Alors, pas d'entourloupe entre nous... J'ai mes hommes à moi, mes bannis.

– Je n'ai aucun doute sur ce point, glissa Roger Rayson d'un ton ferme.

– J'ai besoin de votre accord, maintenant, ajouta l'autre après un instant de silence. Que décidez-vous ?

Roger Rayson s'approcha de Daniel O'Connor et lui chuchota quelques mots à l'oreille. William n'entendit pas ce que le capitaine murmurait. Mais O'Connor eut un petit sourire triomphant.

– Cela me convient, déclara-t-il alors de sa grosse voix, tout en tendant sa main au capitaine qui la serra vigoureusement. Bonsoir, Commodore. Vous avez pris une sage décision. Soyez-en sûr.

L'homme roux mit son chapeau et s'en alla. Le bruit de sa béquille frappant la route s'évanouit petit à petit dans la nuit. William attendait de ne plus l'entendre pour redescendre du balcon où il était caché depuis plus d'une demi-heure. C'était le moment de partir, mais...

– William ? fit soudain le capitaine Roger Rayson. Tu peux entrer. Il est parti. Je pense que nous avons à parler.

Chapitre 13
L'impossible décryptage

– Je suis désolé, Capitaine ! commença William. Je vous ai épié comme le pire des malandrins. J'ai certainement entendu des choses que tout le monde devrait ignorer. Je suis prêt à aller en prison, s'il le faut !

– William, dit gentiment Roger Rayson. Nous n'en sommes pas là ! En prison ? Morbleu ! Pourquoi ?

– J'ai entendu votre histoire de Trésor des sept galions, tout de même ! Et j'ai compris que vous avez passé un marché avec cette brute rousse pour sauver la république de Libertalia ! s'indigna William. Je suis un fichu espion !

– Parmi les meilleurs, n'en doutons pas !

– Vous voyez, vous êtes d'accord !

– Ton internement serait prématuré, William, dit Roger. J'ai besoin de toi ! Un bon chercheur de trésors a toujours un côté espion. Il doit savoir se cacher pour récupérer des informations. Et puis, soyons franc, si je t'ai laissé écouter notre conversation, c'est que je le voulais bien... Si ma mémoire est bonne, tu as une carte au trésor à me soumettre ?

– Exact.

– Et il s'agit bien d'une carte qui permettrait de trouver le Trésor des sept galions ?

– Vous êtes au courant ?

– Oui.

– Grâce à vos agents de la brigade d'espionnage pirate ?

– Oui.

– Mais ma carte est peut-être fausse ?

– Nous allons vérifier tout de suite si cette carte est valide. Car, ne l'oublions pas, au départ, tu as pris rendez-vous pour obtenir mon tampon officiel !

– C'est vrai, mille canons ! Mon brevet ! Je l'avais presque oublié !

– Montre-moi ta carte. Elle pourra peut-être nous permettre de trouver ce fichu trésor avant O'Connor.

William s'empressa de donner le précieux document à Roger Rayson. Puis, tous les deux passèrent dans une salle attenante au bureau du capitaine.

– Mon labo, dit Roger Rayson.

Le laboratoire d'analyse des cartes au trésor était un endroit spacieux et bien équipé : une grande table lumineuse, des cartes, des loupes, des bocaux remplis de réactifs pour encres invisibles, des globes représentant Terra incognita, des règles, des équerres, des compas, des centaines de cadenas, des dizaines de coffres, des trousseaux de clés, etc.

William remarqua un tableau. Il comportait une phrase qu'il connaissait par cœur mais qu'il avait toujours eu du mal à accepter : *Un trésor n'appartient pas à celui qui le recherche, ni à celui qui le trouve, mais à celui qui le prend.* Loi 2 du code de la Piraterie.

– Je trouve cette loi bizarre, nota William.

– Oui, mais c'est la loi, remarqua Roger Rayson. Il faut s'y faire. La meilleure preuve que cette loi est juste, c'est la carte que tu viens de me donner.

– J'ai du mal à le croire.

– Mon cher William, celui ou celle qui a recherché et trouvé le trésor te propose de venir le prendre, non ?

– Vous avez raison, Capitaine, accepta William. Mais comment savoir que c'est une vraie carte ?

– En général, celui ou celle qui envoie une carte au trésor, une vraie, laisse toujours quelques indices prouvant qu'il ne s'agit pas d'un document comme les autres, précisa le capitaine en dépliant la carte sur la table lumineuse. Et comme il est question du Trésor des sept galions, cet indice doit être très spécial. Seul un pirate chasseur de trésors chevronné doit pouvoir le détecter.

Roger Rayson lut le texte écrit à la main sur le parchemin découvert par William :

Ceci n'est pas une lettre d'amour.
Ceci n'est pas une carte au trésor.
Ceci ne contient pas d'humour.
Ceci annonce votre mort.

L'envers, c'est parfois l'endroit.
Le noir vaut bien le blanc.
Car la nuit cache le jour.
Et la mort masque l'amour.

– Quel genre d'indice peut-on laisser ? demanda William, penché sur la carte.

– Une signature, un dessin caché, une phrase clé écrite à l'encre invisible, un style de papier, un rébus, une microcarte que l'œil seul ne peut discerner, énuméra Roger Rayson. Très joli texte, ma foi, commenta-t-il. Et quelle belle façon d'écrire à la plume...

– Je trouve aussi, dit William, admiratif du style employé.

– Vois-tu, jeune pirate, continua le capitaine, quand on a un trésor et que l'on souhaite qu'il soit découvert, on laisse forcément une trace quelque part.

– Justement, il y a un détail qui me chiffonne, sur ce point.

– Lequel ?

– Je me demande pourquoi une personne qui possède un tel trésor nous envoie une carte pour qu'on vienne le prendre. Elle devrait le garder pour elle, non ?

– C'est une excellente remarque, observa le capitaine. Je vois deux hypothèses pour l'expliquer. Soit la personne ne peut revenir par ses propres moyens, et cette carte est une sorte d'appel à l'aide. Soit cette personne souhaite confier son secret avant de mourir.

William était épaté par le capitaine Rayson.

– Vois-tu, William, continua Roger qui promenait une loupe sur la carte, cela fait plus de quarante ans que je m'intéresse à ce trésor. J'ai fouillé plus d'îles, de lagons, d'épaves, j'ai retourné plus de terre, de pierres et de vase que n'importe qui sur cette planète pour le trouver. Je n'ai mis la main que sur un seul des doublons du capitaine de la *Santa Monica.*

– Carlos del Dongo ? demanda William.

– Oui, confirma Roger. Il avait avec lui un coffre rempli de mille doublons frappés à l'effigie du roi d'Espagne, Philippe V. Des doublons trois fois plus gros que de coutume. Il tenait à faire un cadeau spécial à son souverain bien-aimé. Et tu sais ce qui est arrivé à son convoi ?

– La turbine du Démon ?

– Exact, moussaillon, confirma Roger Rayson. La *Santa Monica* fait partie des sept galions qui ont traversé l'espace-temps pour atterrir sur Terra incognita. Pendant le tourbillon monstrueux qui a propulsé les sept vaisseaux espagnols jusqu'ici, on suppose que le capitaine del Dongo avait son coffre avec lui.

– Que s'est-il passé pour que ses pièces d'or s'envolent ?

– Dans la tempête qui l'a accueilli sur Terra incognita, il a dû perdre son coffre. Celui-ci s'est probablement brisé, et les beaux doublons qu'il contenait se sont éparpillés, sans doute non loin de l'endroit où les sept navires se sont échoués.

– Mais vous avez trouvé l'un de ces doublons d'or ?

– C'est sûr, mais pas le moindre bout de coffre, pas le moindre morceau de la figure de proue de la *Santa Monica* ! Je ne parle même pas des six autres galions ! Mille canons ! Toute cette sueur pour ça ! grogna Roger en sortant de sa poche la grosse pièce d'or du capitaine del Dongo.

– Elle est magnifique, dit William en l'attrapant. Elle ferait un beau bijou.

– Tu as une fiancée ? demanda le capitaine d'un air entendu.

– Qui sait, Capitaine ? répondit William, toujours réservé dès qu'il s'agissait de parler de ses amours.

Après un instant de silence :

– Et vous, Capitaine, dit William, pourquoi Daniel O'Connor vous a-t-il appelé « Commodore » ?

– Qui sait, William ? répondit alors Roger Rayson avec un air mystérieux.

– Nous avons tous nos petits secrets, n'est-ce pas ?

– Bien sûr. Et c'est ce qui nous rend intéressants.

Roger Rayson utilisa plusieurs produits pour révéler d'éventuels messages secrets inscrits à l'encre invisible sur la carte. Mais ni le jus de citron, ni l'huile de méduse, ni le sérum de requin, ni l'extrait de jus de yaya, ni l'élixir de décryptage large usage ne révélèrent le moindre mot.

Le capitaine interrogea William du regard. Le garçon lui expliqua que le titre de la carte devenait lisible à la lumière de la Lune. Un classique, expliqua Roger, lorsque l'on utilisait une encre fabriquée à partir d'eau de mer et de pigments de plusieurs espèces de calmars tropicaux.

Après avoir encore examiné le texte pendant plusieurs minutes, Roger Rayson exprima une joie enfantine.

– William ? s'exclama-t-il, le regard ivre de bonheur.

– Oui ! Que se passe-t-il ?

– Je suis un imbécile !

– Impossible !

– Oh que si ! J'avais sous les yeux depuis plus de deux heures un indice me démontrant que cette carte au trésor était authentique, et je ne le voyais pas !

– Qu'avez-vous trouvé ?

– Cette façon si folle de faire les « f », cette manie de faire les « d » comme ça, cet art de faire les « p » avec cette belle boucle ! Pourquoi ne l'ai-je pas vu tout de suite ? Nom d'une barbe de bouc !

– Je ne comprends rien ! s'écria le garçon.

– Suis-moi ! lui lança le capitaine.

Le duo passa dans la pièce d'à côté. Roger Rayson ouvrit son coffre-fort et en sortit un porte-document qu'il déposa sur son bureau. Puis il détacha le ruban qui le fermait.

– J'ai dans cette chemise top secret les photocopies des plus beaux carnets de bord de chasseurs de trésors. Tu as sous les yeux les meilleures notes de tous les temps, de tous les brevets jamais passés sur Terra incognita.

William ne voyait pas où le capitaine voulait en venir. Il songea seulement au brevet de chasseur de trésor de Lucas et à son carnet de bord, qui lui avait rapporté la note exceptionnelle A.

– Je connais l'auteur de ta carte au trésor, William. Je la connais mieux que personne !

– C'est une femme ?

– Oh que oui !

– Qui est-ce ?

– Je dois d'abord vérifier que je ne suis pas en plein délire, William !

Le capitaine tournait des pages et des pages. William essayait de lire les noms des élèves qui avaient eu des notes prestigieuses. C'était une suite de A.

– Pourquoi gardez-vous tout ça ? lui demanda le garçon au moment où il lisait les noms de Steven Teach, un inconnu, puis de Jacques de La Tour d'Eyrans, puis de Daniel O'Connor...

– C'est ainsi que je repère mes futures recrues pour la brigade d'espionnage pirate, répondit Roger. Et que je détecte souvent les futurs capitaines de la République.

– Cette fois, je comprends, dit William, qui découvrait le nom de son père, avec une certaine fierté, sur une copie.

– Lucas Dooh, quel élève ! commenta à cet instant le capitaine.

Puis une copie inattendue survint. William fut comme assommé par cette découverte.

– Tu as vu, je suppose ? demanda Roger.

William acquiesça d'un signe de tête.

– C'était un élève brillant, ajouta Roger en retirant le carnet de bord de chasseur au trésor d'un homme que William connaissait si bien.

– C'est ce texte que vous cherchiez ?

– Non, mais je ne peux m'empêcher d'y jeter un œil, je l'avoue, dit le capitaine. Je n'ai pas eu beaucoup de copies comme celle-là à corriger, dans ma vie.

– Il était doué à ce point ?

– Il a obtenu une note hors catégorie, William, précisa Roger en tendant le document au garçon. Cela m'arrive tous les dix ans d'attribuer une semblable note.

William découvrit le A. Mais tout à côté, il y avait trois étoiles.

– Pourquoi avez-vous ajouté trois étoiles ?

– Lorsqu'un élève découvre un vrai trésor, il bénéficie d'une note hors catégorie. Plus ce trésor est important, plus il a d'étoiles.

– Trois étoiles, c'est le maximum ?

– Non, c'est cinq.

– Et quel trésor a-t-il découvert ?

– Le Trésor du flibustier fantôme. Un coffre rempli d'émeraudes, de saphirs, de diamants, d'opales, de perles... Absolument inoubliable. Encore aujourd'hui, j'ai l'éclat de ces sublimes pierres précieuses dans les yeux.

– Et qu'a-t-il fait de tout cela ?

– Il a gardé pour lui une perle rouge.

– Une perle rouge ?

– Rarissime. Énorme. D'un rouge sang et de la taille d'un œuf de colombe.

– Et le reste ?

– Il l'a offert au Musée d'histoire de la piraterie. Un cadeau extraordinaire, il faut en convenir.

– Je ne le pensais pas capable d'une telle générosité, confia William, troublé par ce qu'il venait d'apprendre.

– Worral Warrec est parfois surprenant, conclut Roger en saisissant une nouvelle copie. Tout comme ma chère Alexandra.

– Alexandra ? s'étonna William. Alexandra comment ?

– Mais il n'y en a qu'une à mes yeux, mon cher. Alexandra Mondragon.

– Alexandra Mondragon ? répéta bêtement William.

– Oui, la plus grande chasseuse de trésors qu'il m'ait été donné de noter, et surtout de lire ! Ses « f », ses « d » et ses « p » sont d'une beauté que l'on n'oublie pas. En théorie ! Quel imbécile !

– Nous parlons bien de la même personne, Capitaine ? Celle

qui a écrit ce livre : *Mille et un trésors pirates* ? demanda William.

– Exactement.

– Celle qui a écrit : *Longtemps, j'ai cru que le Trésor...*

– ... *des sept galions était une légende !* continua le capitaine.

– Qui est cette femme ?

– Un génie de la chasse au trésor ! Et elle l'a enfin trouvé, ajouta-t-il en comparant la forme des lettres de la carte de William à celle de la copie du carnet de chasseur de trésors de son ancienne élève.

– Comment pouvez-vous en être sûr ?

– Si Alexandra nous envoie cette carte, c'est qu'elle l'a trouvé, ce fichu Trésor des sept galions !

– C'est peut-être une menteuse ? suggéra William. Les filles aiment bien mentir !

– William, pas de phrases aussi stupides dans ta bouche, rétorqua le capitaine. Alexandra ne ment jamais !

Chapitre 14
La vraie carte et la fausse

QUE FAIT-ON MAINTENANT ? s'inquiéta William.

– Une compétition est engagée entre nous et O'Connor, affirma Roger Rayson. Nous avons un peu de temps devant nous, si j'en crois les délais que le prince des bannis m'a demandés. Mais tu dois former ton équipage au plus vite et aller chercher ce fichu trésor.

– Mais je ne sais pas où est ce trésor, Capitaine !

– Tes amis doivent t'aider à déchiffrer cette carte. Moi, j'ai tout essayé. Cette chère Alexandra Mondragon, comme je la connais, a dû écrire une phrase, ou des codes, ou dessiner une carte invisible qui indique où elle se trouve.

– Capitaine, je ne comprends pas pourquoi Alexandra s'est donné tout ce mal. Pourquoi n'a-t-elle pas dessiné une carte toute simple avec une croix sur une île, comme tout le monde.

– Je pense qu'elle ne souhaitait pas que n'importe qui soit capable de trouver le Trésor des sept galions.

– Le premier collégien venu ?

– Peut-être, dit Roger Rayson, mais surtout pas un homme à l'âme noire comme O'Connor et quelques autres. J'irai jusqu'à penser qu'elle a tout fait pour qu'une seule personne soit capable de la déchiffrer.

– Vous, n'est-ce pas ?

– En toute modestie, je crois que oui.

– Le meilleur chasseur de trésors de la planète, évidemment, souffla William. Et l'homme le plus droit de la république.

– Tu vas me faire rougir, William, dit gentiment Roger Rayson. Mais comme tu le vois, Alexandra s'est trompée. Je suis aujourd'hui incapable de déchiffrer un document si savamment élaboré. Voilà la mission qui vous attend, toi et tes amis.

– Entendu, Capitaine, mais je vois juste un problème : je ne suis pas sûr que mes amis veuillent me suivre...

– Pourquoi donc ?

– Ils pensent que cette carte est fausse, que son auteur est un fou dangereux qui ne rêve que d'une chose : nous faire tomber dans un piège mortel !

– Que comptes-tu faire ?

– Il me faut au minimum votre tampon de validation. Pour Victor. Il aime les documents officiels.

– Je ne peux pas faire ça, assura le capitaine.

– Pour quelle raison ? Cette carte au trésor est parfaitement valide, c'est vous qui l'avez dit !

– Oui, mais si tu te faisais chiper cette carte ? Avec mon tampon, quelqu'un d'autre que toi pourrait comprendre que ce trésor existe réellement.

– Quelle poisse ! s'énerva William.

– Pas de panique, matelot ! s'exclama Roger Rayson. J'ai une solution !

Le capitaine prit un parchemin vierge, le frappa avec trois tampons différents et griffonna quelques lignes dessus. Il roula le papier, l'attacha avec un ruban violet et le donna à William.

– À brûler dès qu'il l'a lu, ordonna le capitaine. Pas de blague, hein ?

– D'accord !

– Si, avec ça, Victor ne vient pas avec toi, c'est à pleurer ! Qui sont tes autres membres d'équipage possibles ?

– Célia Bilkis et Laure de La Tour d'Eyrans.

– Difficiles à convaincre ?

– Célia, non. Cela devrait aller, assura William d'un air complice.

– Je vois, glissa Roger Rayson, qui devinait les liens unissant les deux jeunes gens. Laure ?

– Impossible.

– Dommage, remarqua le capitaine. Laure serait une équipière exceptionnelle pour toi. La bibliothèque de son père regorge d'archives extraordinaires. Une documentation qui te serait sans doute utile pour préparer ton expédition. Jacques de La Tour d'Eyrans a passé sa vie dans les contrées les plus hos tiles de cette planète. Quant à ses carnets de bord de chasseur de trésors, je donnerais ma collection de monnaies anciennes pour y jeter un œil, ne serait-ce qu'une heure !

– Je tenterai de la convaincre, dit William. Mais ce ne sera pas facile.

– Sans doute, murmura le capitaine, qui réfléchissait. D'autant que sa mère, Gloria, n'est pas du genre commode. Je me souviens d'un échange plutôt rude avec cette dame. Tu l'as déjà rencontrée ?

– Jamais.

– Ce sera une muraille à franchir, résuma le capitaine. Je te conseille d'être diplomate avec elle. Elle est très à cheval sur certains principes. La politesse, la tenue vestimentaire et toutes ces choses...

– Je m'en souviendrai, promit le garçon.

Le capitaine paraissait ennuyé. Finalement, Roger sortit de sa poche le gros doublon d'or provenant du coffre du capitaine del Dongo.

– Je ne suis pas superstitieux, dit-il soudain, mais je tiens à mettre toutes les chances de notre côté. Tout à l'heure, tu m'as dit que cette pièce d'or ferait un beau bijou. Tu avais raison. Ce doublon fera un parfait porte-bonheur et, surtout, je crois qu'il pourrait impressionner ton amie Laure. Je te l'offre.

– Je ne peux pas accepter un cadeau pareil ! Je sais que cette pièce est très précieuse pour vous.

– Un vrai cadeau doit être précieux pour celui qui l'offre, pas seulement pour celui qui le reçoit, William. Mais, avant de te confier ce doublon, je vais jouer aux orfèvres. Mon père était bijoutier et il m'a transmis non seulement sa passion pour l'or. mais aussi un peu de son savoir-faire.

Roger ouvrit un tiroir, puis une boîte jaune qui s'y trouvait et en sortit une pièce de métal grise. Il alluma ensuite un chalumeau et posa la pièce de métal sur une planche de bois.

– Je vais te confectionner un médaillon avec cela, dit Roger. Ce métal devient de la pâte à modeler à la température de 70°C. Très pratique pour y incruster une pierre ou un doublon.

Le capitaine appuya fortement sur la pièce d'or pour que celle-ci s'enfonce dans le morceau de métal brillant qu'il avait chauffé. Puis il glissa un lacet de cuir dans un petit anneau qu'il venait de visser sur la tranche de la pièce de métal.

Roger Rayson passa le médaillon autour du cou de William.

– Merci, Roger, je suis très touché.

– Nous sommes quelques-uns à avoir au moins un doublon du coffre du capitaine Carlos del Dongo. Jacques de La Tour d'Eyrans, O'Connor, Worral Warrec... Celui qui en a le plus est sans aucun doute celui qui est le plus près du trésor. Parions qu'il s'agit d'Alexandra...

Le garçon et le capitaine quittèrent le laboratoire pour rejoindre le bureau. Il était temps de se séparer.

– William, je te confie là une mission secrète, c'est une évidence, annonça Roger Rayson en posant sa main sur l'épaule du garçon.

– D'accord, Capitaine. Quelles sont les consignes ?

– Le secret, le plus grand secret, souligna Roger Rayson. Pas un mot à qui que ce soit sur ta mission, sauf à ceux qui formeront ton équipage.

William regarda le capitaine en faisant une mine sombre.

– En revanche, ne leur dis pas que l'auteur de la carte est Alexandra. Il est possible qu'ils la considèrent comme folle et son nom pourrait les faire fuir...

– Compris, dit William. Et que dois-je dire à Lou et Lucas ?

– Je m'occupe des adultes, enchaîna Roger Rayson. De tes parents en priorité et des membres du Conseil des douze capitaines...

– J'aime mieux ça, commenta William. Et pour les autres ?

– Pour les autres, tu es rentré dans le rang, tu t'es rendu compte que ton idée était stupide et suicidaire. Tu pars à la recherche d'un trésor classique comme tes camarades de collège.

À cet instant, Roger tourna sur lui-même et s'écria :

– Ha, elles sont là ! J'ai autant de mémoire qu'une vieille barrique trouée contient de rhum !

Le capitaine se dirigea vers un coffre métallique rouillé, à moitié caché par un vieux tapis poussiéreux.

– Avant de partir, il te faut une couverture, conseilla le capitaine en ouvrant le coffre. Une carte au trésor qui ait l'air d'une vraie aux yeux des autres, mais qui soit fausse. Elle te sera utile pour faire illusion auprès des curieux et des malveillants.

– Bonne idée ! s'écria William en pensant à Butor Caraccioli, son rival, plus curieux qu'une pie et plus malveillant à son égard qu'un charognard découvrant un mouton blessé.

– Voici une carte truquée qui ressemble en tout point à celles que l'on propose aux élèves de ton âge pour le brevet de chasseur de trésors, ajouta le capitaine en tendant au garçon un rouleau de papier.

– *Le Trésor maudit du capitaine Gouchkaplouc*, lut William à haute voix. Vous dites qu'elle est truquée ? À cause du nom stupide de cet homme ?

– Non, parce que cette carte comporte des colonnes de chiffres et de lettres qui n'ont aucun sens, mais à qui on peut faire dire ce que l'on veut. Il y aussi des phrases totalement banales que l'on peut interpréter à sa guise... Et, bien entendu, elle comporte le tampon officiel de validation.

– Je vois, dit William. Si on m'attrape, je donne cette fausse carte au trésor en disant que c'est elle qui m'a mené où je suis, et je garde la vraie...

– Tu as tout compris...

– Et si on me vole la vraie ?

– Il n'y a pas de tampon de validation dessus, donc...

– Le voleur pense qu'elle est fausse...

– Admirable ! s'émerveilla le capitaine.

William enroula la carte au trésor truquée et la glissa dans son étui cylindrique.

– J'ai une semaine de stage d'essai de métier, dans les prochains jours, dit William. Vous pensez que je dois l'annuler ?

– Pour être franc, je pense que ce n'est pas l'idée du siècle, dit le capitaine. Cela pourrait éveiller les soupçons des curieux et des malveillants. Comme je le dis souvent, un bon espion est un espion qui donne l'impression de vivre normalement à tout le monde, même à son meilleur ami.

– C'est entendu, je ferai mon stage, assura William, pas vraiment ravi, compte tenu de ce qui l'attendait.

– Ce sera une semaine essentielle pour la préparation de ton expédition et pour gagner un peu d'or de poche. Le matériel de chasseur de trésors coûte une vraie fortune. Ce magot ne sera pas de trop.

– Une vieille amie m'a dit qu'elle m'aiderait à sa manière, dit William.

– Je suppose que tu parles de Gladys Garcia, la patronne de Piratos Extrémos, le magasin préféré des pirates aventuriers et des meilleurs espions...

– Vous savez tout, c'est énervant à la fin !

Sur cette parole qui le fit sourire, le capitaine raccompagna le garçon à la porte.

– J'ai une question bizarre à vous poser, dit William, la main posée sur le loquet de la porte. Pourquoi me faites-vous confiance ?

– Il y a deux ans, tu avais à peine douze ans. Pourtant, tu as réussi à démasquer Worral Warrec. Tu as découvert ses infâmes trafics, les safaris qu'il organisait pour sa clientèle fortunée et tu as traversé la Zone mystérieuse en affrontant les bêtes sauvages les plus dangereuses de cette planète. Aujourd'hui, tu as presque quinze ans.

– Ce n'est pas très vieux, nota William.

– C'est vrai, mais tu es mûr, jeune pirate ! Et sache qu'autrefois, sur les mers, on a vu des matelots de ton âge nommés capitaines par des équipages assurés qu'il n'y avait pas meilleur que le plus jeune d'entre eux pour ce poste. William, tu es intelligent, inventif et courageux, et tu as été le premier, pour ne pas dire le seul, à croire en cette carte.

– Vous pourriez envoyer vos hommes ?

– Hélas, non, William. Il se trouve que, dans une autre vie, Daniel O'Connor travaillait pour moi, à la Brigade d'espionnage pirate. Il connaît toutes les ficelles du métier... et tous mes hommes. Mais, face à lui, tu as un atout de taille.

– Lequel ? demanda William.

– Ta jeunesse.

– Je ne comprends pas.

– O'Connor ne soupçonnera jamais qu'un garçon qui n'a pas quinze ans possède autant de talents que toi. J'ose le dire : je ne vois aucune personne, en cette république de Libertalia qui m'est si chère, capable de revenir sain et sauf de cette aventure avec plus de chances que toi. Un vieux capitaine comme moi doit encourager les nouvelles générations à prendre des responsabilités. Cette épreuve te préparera aux grands événements de ta vie future. Alors, bon vent, jeune Capitaine !

– Merci, Capitaine ! lança William avant d'être serré contre la poitrine du plus expérimenté des chasseurs de trésors de Terra incognita.

Mais, avant de partir, le garçon osa poser la question qui hantait son esprit depuis de longues heures :

– Vous pensez qu'elle est encore vivante ?

– Je le souhaite de tout mon cœur. Mais il est possible que cette carte soit le testament d'Alexandra, son dernier message. Je garde espoir, mais je reste prudent. Allez, au revoir, William.

– Au revoir, Capitaine.

– Et j'ai confiance, tes amis vont tous aller avec toi ! Commence par celui qui est le plus facile à convaincre.

En franchissant le seuil de la porte, William pensa aussitôt à Célia.

Chapitre 15
Le pari de Laure

LE LENDEMAIN MATIN, UN SAMEDI, William frappait à la porte de la famille Bilkis. Célia n'était pas là. Elle était à son cours de dessin, qui précédait sa leçon de danse pirate et son cours de mandoline. Le garçon partit à la rencontre de la jeune fille.

Devant le fronton en pierres sculptées de l'école des Beaux arts de Piratopolis, la discussion prit un tour inattendu.

– On peut y aller, dit William. Roger m'a donné son accord.

– C'est tout ce que tu as à me dire ? demanda Célia.

– Je ne tiens pas à parler de notre affaire en public, précisa William. C'est une mission secrète...

– Cela n'empêche pas la politesse, que je sache ! s'énerva Célia. Je suis conquise d'avance, pas vrai ? Alors, pas la peine de dire un seul mot gentil à son futur matelot pour lui donner envie de venir !

– Célia, mille canons ! Ne t'énerve pas !

– Tu devras te passer de moi !

– C'est impossible !

– J'ai des tas d'autres propositions ! Et, au moins, certains y mettent les formes, quand ils veulent vraiment que je vienne avec eux !

– Je vois à qui tu fais allusion, s'agaça William. Eh bien, pars avec ce pied tendre de Butor Caraccioli, si ça t'amuse ! Ce gars-là vaut moins qu'une fiente de mouette ! Et c'est un fieffé gredin, en plus !

– William ! Je t'interdis ! Butor n'est pas un gredin !

– Et comment tu appelles ceux qui ne supportent pas les intrus ? Tu sais, les gars comme moi qui débarquent de la Terre et que ce monsieur aimerait tant renvoyer chez eux ?

– Il a beaucoup évolué sur ce point !

– Balivernes ! C'est un gredin !

– Les gens peuvent changer, William ! Tu es bien placé pour le savoir !

Célia faisait référence au lourd et mystérieux passé de son ami.

Quelques années plus tôt, lorsqu'il habitait sur Terre, William avait été placé dans un centre pour jeunes délinquants après quelques coups d'éclat pas très glorieux. Cela ne l'avait pas empêché de repartir de zéro et de se comporter, depuis, comme un parfait gentilhomme, la plupart du temps.

– T'es rien qu'une gourde ! hurla William.

Vers 11 heures du matin, il arriva à la taverne du Tigre à dents de sabre. L'établissement était tenu par Jackie et Niôle Monbars, les parents adoptifs de Victor. Son ami avait une autre paire de parents adoptifs, Fabiana et Sergueï Kouglof, qui vivaient à l'autre bout de la république, dans le village de Mille-Troncs.

Entouré de livres, Victor était assis à une grande table. Il grignotait tranquillement des biscuits tout en prenant des notes.

– Ami pirate, l'heure est grave ! s'exclama William en claquant ses mains sur la table. Le capitaine d'équipage que je suis a besoin de recruter le meilleur matelot que l'on ait vu naviguer sur une mer. J'ai nommé Victor Monmouth l'intrépide !

Pour éviter une mésaventure comparable à celle qu'il avait subie avec Célia, William avait préparé son entrée en matière.

– Pas si vite ! lança Victor, l'œil soupçonneux. Pas d'entourloupe avec moi, maudit bonimenteur ! Tu as d'abord un document à me montrer : une carte validée en bonne et due forme !

– J'ai mieux !

– Ah oui ? Et c'est quoi ?

– J'ai un parchemin écrit de la main même du capitaine Rayson, murmura William pour ne pas éveiller la curiosité des pirates accoudés au bar. Et ce parchemin est pour toi !

– C'est impossible ! s'étrangla Victor, qui n'en croyait pas ses oreilles. C'est un faux !

– Eh non, cher ami, dit William. Pour des raisons que je t'expliquerai plus tard, Roger ne pouvait apposer son tampon sur ma carte, mais j'ai ici un document qui persuaderait un aveugle de me suivre.

– Fais-moi voir ça ! grogna Victor en attrapant le rouleau de papier que lui tendait son ami.

Sur le document, il y avait trois tampons officiels : celui de la Banque internationale pirate dont Roger était le président, celui du capitaine du Trésor commun, et enfin celui de la république de Libertalia ! Suivaient ces quelques lignes :

Cher Victor,

La carte au Trésor des sept galions de William est authentique. Un jeune capitaine tel que lui a besoin d'un équipage à la hauteur de la grande et périlleuse mission qui l'attend.

Sur cette fichue planète, je pense qu'il n'y a pas meilleur marin, ni meilleur compagnon d'aventures pour William que vous.

Avec ma plus grande considération,

Roger Rayson, capitaine du Trésor commun.

– William, je viens avec toi ! s'exclama Victor, les larmes aux yeux. Et je vais de ce pas encadrer ce merveilleux papier officiel et le placer au-dessus de mon lit.

– Désolé, Victor, mais il faut le brûler immédiatement, nota William en sortant un briquet de sa poche. Notre chasse au trésor est une mission top secret !

– Je suis maudit ! gémit Victor en voyant les flammes consumer le mot de Roger Rayson.

Au programme de William, il restait Laure et sa terrible mère.

Aux alentours de 14 heures, il arriva devant la grille du parc qui entourait le domaine de la famille de La Tour d'Eyrans. La demeure de Laure se trouvait 300 mètres plus haut. Le chemin qui y menait serpentait au milieu de massifs de fleurs et de rangées de palmiers, de bananiers et de figuiers de barbarie. Des cacatoès roses croquaient des noix de cajou sur les pelouses tandis que des colibris vibrionnaient autour des arbustes en fleur.

La façade de la maison présentait onze colonnes de marbre blanc et une porte en chêne de quatre mètres de haut. Un château ! songea William, impressionné.

Pour l'occasion, le garçon portait une belle chemise blanche à col corsaire, un pantalon bien coupé et un tricorne noir du plus bel effet. Il devait éviter toute faute de goût avec la mère de Laure.

Devant la porte, William replaça son col de chemise, glissa son tricorne sous son bras et sonna, le menton en l'air.

Une femme noire en robe sombre ouvrit la porte. Elle portait une rose rouge dans les cheveux. C'était Gloria de La Tour d'Eyrans, la mère de Laure. Son visage était fermé, son sourire éteint, son regard dur.

– Bonjour, Madame, dit William.

– Bonjour, jeune homme.

– Je suis William, un ami de Laure.

– William Santrac, je suppose ? proposa la femme d'un ton aride. J'ai beaucoup entendu parler de toi.

– En bons termes, j'espère...

– Ma fille ne tarit pas d'éloges à ton sujet, dit Gloria d'une voix amère. Que veux-tu ? J'espère que tu ne viens pas lui demander de participer à une de tes folles aventures.

– Je vous demande pardon ?

– Je sais ce qui s'est passé dans la Zone mystérieuse, mon cher, il y a deux ans. J'ai lu les journaux. Votre disparition pendant des semaines a ébranlé ma fille. Je souhaite lui éviter ce type d'émotions fortes...

Sans le dire, Gloria pensait aussi aux pleurs quotidiens de Laure durant la période de disparition des deux garçons.

– Je n'en doute pas, mais...

– Et j'étais dans la cour du collège quand tu as parlé d'aller chercher ce fichu Trésor des sept galions ! le coupa Gloria d'un ton sec.

– Je tiens à vous rassurer, Madame, dit calmement William. J'ai en ma possession une carte au trésor tout à fait classique et tout à fait valide. Et il ne s'agit pas de ce triste trésor dont vous parlez...

– Tiens, donc ? Et puis-je la voir, cette carte classique ?

– Bien entendu, répondit William en sortant une carte de son étui cylindrique.

– Le Trésor maudit du capitaine Gouchkaplouc, lut Gloria. C'est étrange.

– Qu'est-ce qui est étrange ?

– Je pensais que tu étais comme mon cher mari, répondit la femme. Un ambitieux jamais satisfait qui a longtemps hésité entre la politique et la chasse au trésor. J'aurais préféré qu'il devienne capitaine, tiens ! Au moins, il n'aurait pas complètement abandonné sa famille pour son maudit Trésor des sept galions.

– J'ai beaucoup évolué sur ce point, assura William en ayant une pensée pour Célia. J'ai laissé de côté ce maudit trésor. Les gens peuvent changer, n'est-ce pas ?

Après un silence et un long regard scrutateur, Gloria de La Tour D'Eyrans se détendit.

– Laure est à l'écurie. Elle se prépare pour une balade. Elle sera contente de te voir. Elle a des choses importantes à te dire, paraît-il...

La famille de La Tour d'Eyrans possédait une écurie de course. Plus de cinquante pur-sang faisaient la fierté de ce domaine hippique. Laure passait la plupart de son temps libre à monter à cheval. Il lui arrivait souvent de participer à des compétitions. À l'âge de onze ans, elle avait déjà remporté le Grand prix d'Armorique, une course réservée aux chevaux de moins de trois ans. Elle avait ensuite enchaîné les victoires et les trophées. À treize ans, elle avait reçu le prestigieux Sabre d'or de la plus jeune championne de courses hippiques ayant vingt victoires à son actif avant l'âge de quinze ans.

Le samedi, Laure passait la journée avec ses champions afin de les préparer pour les courses du dimanche.

– Laure ? appela William en entrant dans l'écurie.

– Je suis là !

William pénétra dans un box. Les pieds dans un lit épais de paille blonde, Laure sellait un magnifique pur-sang gris.

– Quelle belle surprise, William ! s'exclama la jeune fille. C'est gentil de passer me voir. Et dis donc, quelle tenue !

– J'ai fait quelques efforts, concéda William en saluant Laure d'un baiser sur la joue.

– Pour moi ? demanda Laure, l'air innocent.

– Oui, et pour ta maman, reconnut William.

– Tu as bien fait, ça évite des discussions pénibles avec elle, sourit Laure au moment où elle passait le mors à son cheval gris. Et puis, moi aussi, j'aime bien quand tu t'habilles avec élégance... Tu es vraiment très séduisant.

William leva un sourcil, puis il détailla à son tour la tenue de Laure.

Elle avait noué ses cheveux bruns en deux nattes qui descendaient jusqu'à sa ceinture et lui donnaient, avec la peau bronzée de son visage, une allure d'Indienne. La jeune fille était habillée d'une veste de velours grenat et d'une belle chemise blanche à col chantilly. Elle portait un pantalon beige d'équitation et de hautes bottes noires luisantes.

– Tu es ravissante, constata William. Comme toujours.

Laure eut d'un seul coup chaud au visage.

– Et comment se nomme cette merveille ? enchaîna rapidement William, qui caressait l'encolure du beau pur-sang gris.

– Dalakanios.

· Superbe !

– C'est le plus beau de l'écurie, dit la jeune fille en fixant longuement William, à deux doigts de rougir tant le regard de Laure était insistant. Il a un cœur énorme et c'est une flèche. Ça te plairait de le monter ?

– Maintenant ?

– Pourquoi pas... Tu as peur ? demanda Laure avec un sourire plein de malice.

– Tu plaisantes ? Je serais ravi...

– Tu as mieux à faire, alors ? l'interrompit Laure.

– J'ai un programme chargé et...

– Nous avons à parler, tous les deux, n'est-ce pas ?

– C'est vrai, concéda William sans lutter pour contredire Laure.

Il partageait avec elle une passion pour l'équitation et il lui était difficile de résister à l'appel d'un galop avec un cheval aussi splendide que Dalakanios.

– Autant discuter en faisant quelque chose d'agréable, non ? insista Laure d'une voix douce.

– C'est d'accord, je monte cette merveille, dit William en caressant la tête du cheval qui mâchouillait son mors. Et toi ?

– Caraïbe, une pouliche de deux ans. Cette demoiselle a besoin d'entraînement avant sa première course. Une balade avec ce vieux briscard de Dalakanios lui fera du bien.

Dix minutes plus tard, les deux jeunes gens étaient en forêt, au pas.

– Je tenais à m'excuser pour l'autre soir, commença Laure sans regarder William. Je suis venue chez toi sans prévenir et j'ai tout fait pour te dissuader de partir... Je suis désolée.

– Ce n'est rien...

– Je n'ai pensé qu'à moi, à mes histoires de famille, poursuivit Laure. C'était un moment difficile pour toi. Tu devais prendre une décision et je suis venue me mêler de tes affaires. Je me suis comportée comme une godiche. J'espère que ce que je t'ai dit ne t'a pas fait changer d'avis.

– Tu n'as rien d'une godiche, Laure, dit le garçon. Tu es merveilleuse.

Les battements du cœur de Laure s'accélérèrent.

– C'est gentil, William.

– Et puis, je n'ai pas changé d'avis. Au contraire.

– Tu veux dire...

– Oui, je pars à la recherche du Trésor des sept galions.

– Et tu es venu ici pour me prendre comme matelot...

– Sincèrement, au départ, je pensais te proposer de venir avec moi. Mais ta mère m'a dissuadé de le faire...

– Comment ça ?

– Elle m'a dit qu'il était hors de question que je t'entraîne dans une de mes folles aventures.

– Elle t'a dit ça ? Quel toupet ! Mais de quoi se mêle-t-elle ?

– C'est ta mère... Et tu as quatorze ans.

– Ma mère me voit encore comme une gamine. Depuis la disparition de mon père, elle est sans cesse sur mon dos !

William garda le silence. Il ne souhaitait ni mettre de l'huile sur le feu, ni se fâcher avec son amie. Caraïbe, la pouliche que montait Laure, commençait à s'impatienter. Elle faisait des petits sauts sur le côté et se cabrait.

– Et que dit Roger Rayson de ta carte ? demanda Laure, la mâchoire serrée, après un moment de silence.

– J'ai sa validation, dit William.

– J'ai du mal à le croire, s'étonna Laure en tirant sur les rênes pour calmer sa pouliche.

William n'avait plus le parchemin couvert de tampons, mais il avait mieux. Il posa les rênes sur l'encolure de Dalakanios qui, lui, gardait son calme. Il retira son collier et le tendit à Laure.

– Regarde ce médaillon. La pièce qui est au centre...

– Je sais, le coupa Laure, qui avait immédiatement reconnu la pièce d'or. Et que dis-tu de ce doublon espagnol datant de 1714 ? ajouta-t-elle en plongeant la main dans son col de chemise et en arrachant d'un coup sec le lacet de cuir qui s'y trouvait.

William observa la grosse pièce d'or.

– C'est la même, dit-il en redonnant son pendentif à Laure.

– Mon père me l'a donnée le jour de son départ, dit Laure sur un ton déterminé. Ce jour-là, il m'a juré que je le reverrais un jour, quoi qu'il lui arrive. J'en ai assez de l'attendre. Tu veux toujours de moi dans ton équipage ?

– Oui, dit William.

– Tu aimes les paris ?

– C'est une passion.

– En voilà un, alors. Si tu arrives avant moi au cèdre, dit Laure en pointant un arbre gigantesque qui dessinait une pointe au sommet d'une colline, je pars à la recherche de ce satané Trésor des sept galions avec toi. Et qu'importe ce qu'en pense ma mère ! Si je gagne, tu... tu me donneras un... tu me donneras ton doublon.

– Je tiens le pari, répondit William en rattachant le collier autour de son cou.

Laure lança un regard de défi à William

Prêt ?

Quand tu veux.

Les deux cavaliers talonnèrent leur monture de toutes leurs forces. Et les deux pur-sang partirent dans un nuage de poussière.

Laure savait très bien qu'elle avait donné à William le cheval le plus rapide. Il gagna.

De retour à l'écurie, Laure s'enquit du nom des autres membres d'équipage. Son ami lui expliqua que Victor était partant, mais que Célia boudait pour des raisons de formulation maladroite de sa demande. Laure conseilla à William de lui dire qu'elle venait.

Le soir même, quand Célia apprit que Laure, sa meilleure amie, bien sûr, mais aussi la plus jolie fille de la ville à ses yeux, avait finalement décidé d'accompagner son William, elle changea d'avis. La jalousie fait parfois des miracles ! pensa le garçon.

Chapitre 16
Une affaire de plantes

L'ÉQUIPAGE DE WILLIAM était désormais au grand complet. La première énigme à résoudre pour le quatuor consistait à savoir où cette chasse au trésor allait les mener. Dans quelle île mystérieuse se cachait donc ce Trésor des sept galions ?

Pour préparer leur expédition, il était difficile d'imaginer meilleur endroit que la bibliothèque de Jacques de La Tour d'Eyrans. Elle aurait en effet fait pâlir de jalousie le directeur de celle de Piratopolis, si celui-ci avait été autorisé à la visiter. Des milliers de livres, des tonnes d'archives, des cartes parmi les plus rares y étaient méticuleusement classés à l'abri des regards indiscrets. Car le père de Laure était un homme secret. Ses activités devaient rester connues de lui seul. Longtemps, il avait interdit à sa propre fille de pénétrer dans ce lieu.

Chacun se demandait ainsi comment cet homme avait, à lui seul, découvert plus de trésors qu'aucun pirate en ce monde. Il avait sans doute une recette bien à lui pour expliquer la découverte des plus beaux butins. Ses prises lui avaient d'ailleurs permis de faire construire la plus belle maison de la ville, au milieu du plus grand parc privé de la cité.

Son père ne pouvant désormais lui en interdire l'accès, Laure avait proposé que la bibliothèque soit leur quartier général.

William, Victor, Célia et Laure avaient à leur disposition une grande table ovale. Une boîte remplie de personnages, de navires, de coffres de marine en réduction permettait de mettre en scène leurs déplacements sur les cartes de Terra incognita que Victor avait apportées.

La mère de Laure glissa un œil dans la grande salle. Elle était ravie de voir sa fille et ses amis travailler dans cette pièce sans vie depuis trop de temps. Elle était également rassurée à l'idée que Laure allait partir à la recherche du Trésor du capitaine Gouchkaplouc.

William déplia la carte au Trésor des sept galions

– Nous sommes donc ici, aujourd'hui, dit-il en plaçant quatre personnages sur le quartier sud de Piratopolis. Notre pire ennemi se nomme Daniel O'Connor, ajouta le garçon en posant un pirate à tête rousse près des autres figurines.

– Qui est cet O'Connor ? demanda Victor.

– Un ancien de la Brigade d'espionnage pirate, précisa William. Autrefois, il a travaillé avec Roger Rayson. Mais ce gars-là a fait des choses qui lui ont valu d'être banni pour vingt ans...

– Des choses ? nota Célia.

– Je ne sais pas quoi exactement, assura William. C'est un géant roux, avec des tresses. Il a des yeux éteints et méchants. Roger le nomme « le prince des bannis ». Quelqu'un pourrait se renseigner sur lui ?

– Moi, proposa Célia. Je vais fouiller les archives du *Pirate libéré*. Je fais un stage de journalisme, la semaine prochaine.

– Bien, dit William. Maintenant, nous devons étudier la carte et trouver l'endroit où se trouve le trésor.

– Que t'a dit Roger à ce sujet ? demanda Laure.

– Il pense que la carte renferme un message, un dessin ou un code invisible, résuma le jeune capitaine. Nous avons essayé plusieurs produits, mais rien n'est apparu.

– Quel genre de produits avez-vous utilisés ? l'interrogea Laure.

– Jus de citron, l'huile de méduse, élixir large usage...

– On peut dire que vous avez tout essayé, dit Victor, à part le concentré de ragougnasse, évidemment !

Les quatre amis éclatèrent de rire. La ragougnasse était un plat pirate que Victor aimait par-dessus tout, mais il avait une couleur marron et était si gras qu'il aurait taché la carte au trésor sans espoir de pouvoir la récupérer.

Célia attrapa la carte et l'observa avec attention. Elle lut les quelques lignes qui y figuraient :

Ceci n'est pas une lettre d'amour.
Ceci n'est pas une carte au trésor.
Ceci ne contient pas d'humour.
Ceci annonce votre mort.

L'envers, c'est parfois l'endroit.
Le noir vaut bien le blanc.
Car la nuit cache le jour.
Et la mort masque l'amour.

– Il manque deux lignes, dit-elle.

– Comment ça ? demanda Laure.

– C'est une forme classique de poème pirate, poursuivit son amie. C'est un poème en bateau.

– C'est possible, confirma Laure.

– Vous pouvez m'expliquer ? demanda William. J'ai largué les amarres, là.

– Quatre vers courts, deux vers longs, quatre vers courts, ça ne te dit rien ? demanda Célia.

– Non, rien, dit William, l'air embarrassé.

– C'est l'architecture d'un poème en bateau, expliqua Célia, grande spécialiste de poésie.

– Et pourquoi on appelle ça ainsi ? demanda Victor.

– Quand tu fais faire un quart de tour à un poème en bateau, ce poème ressemble à un bateau de profil, continua Célia. Les deux vers longs forment le mât, tu comprends ?

Victor s'imagina la scène. Oui, effectivement, en faisant pivoter un poème ayant cette forme, cela pouvait vaguement faire penser à un navire.

– Entre les deux paragraphes, précisa Célia, il y a juste l'espace pour les deux vers. Le message secret est là, j'en mettrais ma main dans un seau de goudron.

– Ces flibustières de la poésie sont extraordinaires, commenta Victor, admiratif. Et comment les révéler ?

– Je reviens, dit Laure.

La jeune fille se leva et disparut au milieu des étagères de livres.

Un instant plus tard, Laure était de retour, un vieux cahier à la couverture de cuir rouge à la main.

– C'est le carnet de bord de mon père, dit-elle. Je connaissais l'endroit où il le cachait... Dans la précipitation de son départ, il l'a oublié... Il y notait les énigmes les plus bizarres qu'il avait résolues. Il classait tout par thème.

Laure feuilleta le carnet et s'arrêta sur le chapitre intitulé : « Encre invisible ». Elle lut :

Il existe autant de types d'encre invisible qu'il existe de fruits sur Terra incognita. Pour trouver le révélateur, il faut d'abord se mettre dans la peau de celui qui a écrit le message. Qui est-il ? Quels sont ses goûts ? La personnalité de l'auteur d'une carte au trésor se cache toujours dans le produit qu'il a utilisé.

William était gêné. Sur les conseils de Roger Rayson, il ne devait pas parler d'Alexandra Mondragon. En même temps, il devait aider ses amis à trouver la nature de cette encre invisible.

– Quand je lis ces quelques vers, dit William, j'ai l'impression d'avoir affaire à un véritable écrivain, vous ne trouvez pas ?

– Je suis d'accord avec William, dit aussitôt Célia. L'auteur de cette carte n'est pas n'importe qui ! Il écrit merveilleusement.

– Et alors ? demanda Victor.

– C'est un indice important, confirma Laure. Pas d'autre idée ?

– Il y a deux fois le mot amour, nota Victor, l'air songeur. On dirait que c'est une fille qui a écrit ça.

– Intéressant, Victor, commenta Laure. Je trouve aussi ce message assez romantique, et plutôt féminin, même si rien n'est sûr...

– Nous avons donc affaire à une femme écrivain, résuma William.

– Je connais ce poème ! s'écria soudain Célia. Du moins, le premier vers. C'est un texte de... de... de... Archibald Read ! Un homme ! On s'est trompés ! Je ne me souviens plus du titre de ce poème, mais le début, c'est : *Ceci n'est pas une lettre d'amour. Oh non, ma chérie, c'est une lettre pour toujours.* Laure, tu as un recueil de poésies du XIXe siècle ?

– Je pense !

– Fonce ! hurla Célia, surexcitée.

– Tout le monde cherche ! s'écria Laure, folle de joie.

Quelques instants plus tard, Victor tomba d'une échelle, un livre à la main.

– Ça va ? s'inquiéta Laure.

– Tout va bien, marmonna-t-il. Je suis intact !

– Je parlais du livre, Victor !

– Merci pour moi, grogna Victor. Mais oui, il va bien aussi.

Le livre qu'il avait déniché s'intitulait : *Recueil des plus somptueux poèmes d'amour du* XIX*e siècle,* par Fergus de Beauregard. Célia fit la lecture de la page 114 à ses amis.

La clé de l'énigme apparut au dernier paragraphe de ce poème, intitulé « Les encres de mon cœur »

Je t'écrirai mille poèmes
Avec toutes les encres du monde
Mais celle que je préfère
C'est l'encre des cieux.

– C'est quoi, l'encre des cieux ? demanda Victor. C'est beau, comme nom.

– Un nectar d'orchidée, précisa Laure. L'orchidée perroquet. Une fleur rarissime.

– Et comment marche cette encre invisible ? demanda William.

– Soumettons la question à papa, dit Laure en feuilletant le cahier de son père.

Jacques de La Tour d'Eyrans notait qu'un message écrit avec le nectar de l'orchidée perroquet se révélait en le frottant avec les pétales de cette même fleur. Le message apparaissait sous la forme d'un superbe bleu clair. D'où son nom d'encre des cieux.

– On est dans la ragougnasse, conclut alors Laure. Si la personne qui a écrit cette carte a utilisé du nectar d'orchidée perroquet, il nous faut des pétales de cette fleur. Et on n'en trouve pas sous le sabot d'un cheval !

– Pas sûr, affirma Victor en se frottant les mains.

– Comment ça ? demanda William. Cette plante pousse sur ton balcon ?

– Non, mais le jardin des plantes est un paradis pour les orchidées, assura son ami. J'y ai fait un stage d'essai de métier de botaniste, l'an passé.

– Génial ! s'exclama Laure.

– Pas forcément, commenta Victor. Vous ne connaissez pas madame Ninnog Cornog. La femme de notre professeur de géographie est la conservatrice en chef du jardin des Plantes. Une amoureuse des fleurs comme pas deux ! Elle ne nous laissera pas arracher une de ses plantes vertes sans rien dire !

– Pas sûr, reprit Laure à son tour. Il y a ici de quoi apprivoiser cette sauvage conservatrice du monde végétal, ajouta-t-elle.

La jeune fille balayait du regard les magnifiques étagères de livres qui montaient comme des tours autour d'eux.

Les jeunes pirates quittèrent la demeure de la famille de La Tour Eyrans, puis ils gagnèrent en quelques minutes le Parc central. Implantée au cœur de Piratopolis, cette vaste étendue verte abritait un écrin de verdure sublime, le jardin des Plantes. Sur une cinquantaine d'hectares, la flore la plus riche et la plus belle de la république s'épanouissait sous l'œil passionné, vigilant et redoutable de madame Ninnog Cornog.

Ils pénétrèrent dans la serre principale.

– Bonjour, madame Cornog, dit le garçon en apercevant la femme dissimulée par une touffe de grandes feuilles d'un vert brillant.

– Tiens, Victor ! Quelle bonne brise t'amène ? Et bonjour à tous, ajouta-t-elle en voyant les trois amis qui l'accompagnaient.

William, Célia et Laure saluèrent la conservatrice.

De très petite taille, blonde et frisée, elle portait une chemise blanche et un pantalon marron à fleurs jaunes. Ses cheveux formaient une masse abondante sur sa tête et avaient un aspect étonnant, comme si un petit animal était pris dedans et essayait d'en sortir. Cette chevelure semblait ne pas avoir rencontré de peigne depuis au moins dix ans.

Mais le plus surprenant était ailleurs : madame Cornog s'appuyait sur une canne, car sa jambe droite était enflée et bandée jusqu'au genou.

– Comment allez-vous ? demanda Victor.

– Pas très bien, comme tu le vois, répondit-elle.

La conservatrice boitait en faisant le tour d'un arbre à fourmis dont le tronc grouillait d'insectes transportant des bouts de feuilles.

– Ma jambe me fait un mal ! continua la femme. La goutte...

– Vous mangez trop de viande, gronda Victor. Je vous l'ai déjà dit !

– Je sais, mais que veux-tu, mon amour pour les végétaux est tel que je me refuse à en croquer un seul !

Victor se retourna vers ses amis, les yeux écarquillés.

Vous avez entendu ce que j'ai entendu ? dit-il entre ses dents.

– Que me vaut cette visite ? le relança madame Cornog.

– En fait, balbutia Victor, mal à l'aise, nous aurions besoin d'une orchidée perroquet pour utiliser ses pétales. C'est important car...

La canne s'éleva aussitôt dans les airs et retomba en un éclair sur la tête de Victor.

– J'aimerais mieux m'arracher un œil ! hurla-t-elle, outrée. Couper une fleur d'orchidée perroquet ! Et dire que j'ai abrité cette ignoble vipère durant une semaine dans mes serres !

– Je suis désolé ! cria Victor.

– Comment oses-tu ? Malotru !

– Je suis désolé ! implora Victor.

– Et moi donc ! Mon meilleur stagiaire en botanique depuis quinze ans ! Quelle déception ! s'énerva Ninnog Cornog en cognant sur le dos du garçon.

– Arrêtez ! s'exclama Laure. Nous allons vous expliquer !

– Vous avez intérêt ! Et que ça saute !

– Nous en avons besoin pour déchiffrer un document ! Pour une carte au trésor, raconta Laure.

– Comment ça ? s'énerva-t-elle. Mon mari vous a demandé d'arracher mes fleurs ?

– Pas du tout, assura Laure. Mais, pour notre brevet, nous avons un document écrit avec de l'encre des cieux.

– Je vois, mais tout de même ! Cette plante est rarissime. On ne la trouve que sur deux ou trois îles ! Il faut vingt ans pour qu'elle donne sa première fleur ! C'est un chef-d'œuvre de la nature !

– Nous comprenons tout cela, continua Laure. Aussi, pour nous faire pardonner, nous avons un petit cadeau.

La jeune fille ouvrit son sac à dos et en ôta un gros livre

Je m'appelle Laure de La Tour d'Eyrans.

Vous êtes la fille de Jacques ? s'étrangla madame Cornog, confuse.

– Vous connaissez mon père ?

– C'était un de mes anciens étudiants. Un garçon ambitieux et brillant. On ne l'oublie pas.

– Eh bien, comme vous le savez, mon père a beaucoup voyagé. Des contrées qu'il a explorées, il a ramené des tonnes de plantes.

– Je n'en doute pas, grommela Ninnog, il avait l'âme d'un collectionneur.

– C'est vrai, reconnut Laure, mon père aimait ramasser tout ce qu'il trouvait. Et voilà ce qu'il a fait des plantes les plus rares qu'il a découvertes.

Laure tendit un ouvrage d'une épaisseur considérable :

– Je crois que cet herbier mérite d'être ici, dans votre bibliothèque, assura la jeune fille. Il renferme des centaines de végétaux extrêmement rares.

– Il m'est impossible d'accepter un cadeau pareil ! répondit la femme, la voix tremblante.

– Si, assura Laure. Mon père aurait été heureux de le savoir en votre possession.

– C'est un cadeau merveilleux, dit la femme, émue aux larmes. Je ne sais que dire... Comment vous remercier ?

Il y eut un long silence. Les quatre jeunes gens regardaient madame Cornog d'un air entendu.

– Eh bien, c'est d'accord ! pesta la conservatrice tout en parcourant l'ouvrage offert par Laure. Où est donc mon fichu sécateur ?

Chapitre 17
Un île très mystérieuse

LES QUATRE AMIS ÉTAIENT DE RETOUR chez Laure. Assis autour de la grande table ovale de la bibliothèque, ils observaient la fleur bleu et jaune à l'allure d'oiseau offerte par la conservatrice en chef du jardin des Plantes, madame Ninnog Cornog.

En frottant l'espace qui séparait les deux paragraphes de leur carte au trésor à l'aide des pétales de l'orchidée perroquet, deux nouveaux vers apparurent :

Cent noms d'îles ne vous diront pas celle que je suis
Mais ma montagne noire vous racontera la suite de l'histoire.

— Encore une énigme ! s'agaça Victor. J'espère au moins qu'elle n'est pas à base de plantes !

Il avait encore à l'esprit les coups de canne de madame Cornog.

— Vous en pensez quoi ? demanda William, surpris par les deux phrases qu'ils venaient de découvrir.

— J'ai l'impression que la première nous donne la clé du lieu à trouver, remarqua Laure. La seconde indique une montagne noire, un lieu où l'auteur de la carte a dû laisser un document pour nous indiquer la marche à suivre...

– Ce que tu dis sonne juste, commenta Victor.

– Combien existe-t-il d'îles sur Terra incognita ? se hasarda Célia.

– Je crois que 327 000 est un chiffre acceptable, dit Victor. C'est écrit dans notre livre de géographie. La moitié d'ailleurs sont inexplorées et beaucoup n'ont même pas de nom.

– J'aurais mieux fait de me taire, constata Célia en se couvrant le visage de ses mains.

– Pas du tout, dit William. Ta question était pertinente.

– Tu penses ce que tu dis ? demanda Célia.

– Oui, assura William. Et je m'en explique. Victor vient de nous dire qu'il y avait plusieurs centaines de milliers d'îles sur notre planète. Or, l'auteur de la carte a écrit : « Cent noms d'îles ne vous diront pas celle que je suis ». Ce que je comprends, c'est qu'il nous indique de ne pas chercher le nom de notre île parmi toutes celles qui existent. Le nom de l'île est dans la phrase elle même.

– William a raison, confirma Laure. Le nom de l'île est toujours quelque part sur la carte. Et cette phrase n'est pas là par hasard

– Cette île est vraiment mystérieuse, dit Célia. L'île mystérieuse... C'est pas un titre de roman, ça ? William ? Un écrivain français ?

– Jules Verne, répondit Victor. Un génie.

– Je suis heureuse d'avoir un peu de répondant dans cette salle, dit tout haut Célia. Je me sens parfois si seule !

– Victor, tu as bien dit que la moitié des îles n'avaient pas encore été explorées ? demanda soudain Laure, en pleine cogitation. Et certaines n'ont pas de nom, n'est-ce pas ?

– Exact, dit Victor.

La jeune fille relut à nouveau le premier vers. Puis, elle tenta de se souvenir de toutes les idées que ses amis venaient d'exprimer.

– J'ai une question, dit Célia, qui songeait aux précédentes aventures des garçons. Quel genre de créatures vit sur ces îles inexplorées ? Tigre à dents de sabre ? Mammouth ? Double-gorille ? Je ne souhaite pas me faire croquer les mollets.

– Aucun risque, répondit Victor. Les grands animaux ne vivent pas sur les îles.

– Et pourquoi ? demanda Célia, incrédule.

– Ces îles sont en général colonisées par des animaux de petite taille qui viennent du continent : des lézards, des souris, des serpents. Ces bestioles parviennent jusqu'aux îles à bord de radeaux végétaux, des amas de branches, de troncs d'arbres, de feuilles enchevêtrées. À ma connaissance, on n'a jamais vu un tigre à dents de sabre, un mammouth ou un double-gorille sur un radeau !

– J'aime mieux ça, dit Célia. Et à propos de singe, ajouta la jeune fille, William, tu as des nouvelles de Pollux ?

Pollux était un double-gorille qui appartenait à une espèce de primate deux fois plus grande et massive qu'un gorille normal. Ses épaules faisaient trois fois celle d'un homme et sa force valait celle de dix pirates adultes. Doté d'une intelligence prodigieuse, Pollux était un géant doux. Cette force tranquille n'appréciait rien de plus que l'affection des enfants, et celle de William en particulier.

– Pas la moindre nouvelle depuis un an, dit le garçon d'un air sombre. Pas la peine de remuer le poignard dans la plaie.

Victor écarquilla les yeux en direction de Célia, comme si cette dernière avait fait une grosse bêtise. Il lui avait déjà expliqué que le singe, grand ami de William, ne donnait plus signe de vie depuis près d'une année. Le garçon pensait qu'il lui était arrivé un accident. Laure n'avait pas prêté une oreille attentive à cette discussion concernant le grand primate. Elle était absorbée par la lecture de la carte au trésor.

– Les garçons ! s'exclama-t-elle soudain, le visage illuminé Comment avez-vous su que ce parchemin était une carte au tré sor ? Il ne porte aucun dessin d'île ?

– William a compris qu'il fallait inverser le sens des phrases, expliqua Victor. La clé, c'était le deuxième paragraphe, qui dit : *L'envers vaut l'endroit.* Dans le premier paragraphe : *Ceci n'est pas une carte au trésor* devenait *ceci est une carte au trésor...* Pourquoi ?

– Et que se passe-t-il si on applique la même technique à cette phrase de malheur ?

– *Cent noms d'îles vous diront celle que je suis*, proposa Célia. C'est nul !

– Non, c'est fantastique, Laure ! dit William. Par les cornes du diable !

– Moi aussi, j'ai compris ! Bravo Laure, tricorne bas ! Mille canons ! s'extasia Victor.

– J'ai l'impression que mon cerveau est au fond de l'océan. Si quelqu'un pouvait m'éclairer ? Laure, s'il te plaît ! implora son amie.

– Il faut écrire la phrase différemment... Inverse les mots !

Célia réfléchit un instant, puis énonça :

– Sans noms d'îles vous diront celle que je suis... je suis diront l'île vous sans noms... Votre jeu est ridicule !

– Continue ! insista William.

– Vous... sans nom... île... suis... je... suis... île... sans... nom... Et alors ?

– La chanson pirate, Célia ! s'exclama William, qui attrapa le coude de Victor avec son bras et celui de Laure avec l'autre.

Sous les yeux effarés de Célia, tous les trois se mirent à se balancer d'un côté, puis de l'autre.

– Je suis désolée, mais mes références sont plus littéraires que les vôtres !

– Célia, un effort ! lança Laure en se balançant de droite et de gauche. C'est une chanson très connue.

– Pas de moi, en tout cas. Je ne passe pas mon temps à pousser la chansonnette dans les tavernes crasseuses du pays !

– Célia, un effort ! supplia William.

– J'ai l'impression d'être idiote, et c'est très désagréable !

– *Je suis l'île Sans-Nom,* chantonnèrent les trois autres, bras dessus, bras dessous...

– *Je suis l'île Sans-Nom,* reprit timidement Célia. Ah oui, ça y est, je l'ai ! *Je suis l'île Sans-Nom, pas l'île Bourbon, ni l'île Coco, je suis l'île Sans-Nom, celle dont on cherche le nom, oh ! oh ! oh ! Mon autre nom, c'est l'île du Pardon !*

– Et elle est où, cette île Sans-Nom ? demanda William.

– Dans la Zone interdite, répondit aussitôt Victor. C'est une catastrophe !

Deux ans auparavant, William et Victor découvraient Terra incognita. Cette planète était constituée d'un seul continent entouré d'un unique océan. Immense espace sauvage, la Zone mystérieuse représentait à elle seule près de 83 % des terres émergées.

Implantée dans la partie sud du continent, la république de Libertalia était la seule zone habitée. Elle ne représentait qu'une douzaine de pour cent des terres.

Sur sa frontière nord, Libertalia était séparée de la Zone mystérieuse par une construction de plus de 3 000 kilomètres de long, le mur de la Sauvagerie.

De l'unique océan de Terra incognita, émergeaient des milliers d'îles, principalement dans les régions tropicales. La plupart étaient inhabitées pour des raisons de sécurité. Car des cyclones dévastaient régulièrement la région, située entre le tropique des Chiens de mer, au nord, et le tropique des Gueux de mer, au sud. On murmurait ici et là que des vents soufflant à plus de 450 kilomètres à l'heure avaient déjà été observés. Certains prétendaient que des vagues hautes de 40 mètres sillonnaient cette angoissante zone océanique en semant le chaos sur leur passage.

Aussi, le Conseil des douze capitaines avait décidé qu'il serait interdit de se rendre dans la zone où les cyclones étaient les plus dangereux. Longue de 4000 kilomètres et large de 900, cette vaste surface océanique avait grossièrement la forme d'une amande. Nul pirate ne pouvait naviguer, survoler ou séjourner en cet endroit baptisé : Zone interdite. Ceux et celles qui osaient franchir la frontière maritime s'exposaient à être capturés ou coulés. Car la Brigade des mers, équipée de corvettes ultra rapides et lourdement armées, s'assurait que les pirates respectaient bien la loi 35 qui stipulait cette interdiction.

Au sein de la Zone interdite, la plus grande île se nommait l'île du Pardon, ou île Sans-Nom...

– Je pense qu'il est temps de s'intéresser pour de bon au Trésor maudit du capitaine Gouchkaplouc, proposa Victor, l'air navré. Je n'y peux rien, mais la loi est contre nous. On n'a vraiment pas de chance.

– Les filles, j'ai une mauvaise nouvelle à vous annoncer : nous ne sommes plus que trois à partir à la chasse au t@résor des sept galions. Quelqu'un abandonne lâchement le navire, constata William en fusillant son ami du regard.

– William, reprit aussitôt Célia, j'ai aussi une mauvaise nouvelle : vous n'êtes plus que deux... Les cyclones, ce n'est pas ma tasse de thé.

Victor eut un léger sourire de triomphe.

– Laure ? interrogea William avec des éclairs dans les yeux.

– Pas de soucis pour moi, je reste. Un peu de vent sur le visage me fera du bien au teint, dit Laure. Et puis j'aime les sensations fortes.

Célia observa un silence, puis regarda successivement William puis Laure, puis à nouveau William, puis encore sa meilleure amie. Les deux se souriaient avec une étonnante connivence.

– Mais non, je viens, s'exclama d'un coup Célia en forçant son sourire. Je plaisantais. J'ai tellement hâte de me frotter à ces cyclones !

Il fallut du temps à Victor pour comprendre ce qui venait de se jouer sous ses yeux. Il devinait une étrange rivalité entre les deux meilleures amies du monde et une nouvelle complicité entre son meilleur ami à lui et celle qui, de son propre aveu, faisait battre son cœur chaque jour un peu plus vite.

– À la réflexion, je crois qu'il me sera possible de venir, rectifia Victor. J'ai un stage à Météo pirate. Je commence lundi. Je suis certain qu'il me sera possible de me fournir le calendrier météorologique des cyclones. Ces géants défilent avec une régularité de métronome. Nous pourrons sans aucun doute trouver une fenêtre de passage entre deux de ces monstres et rejoindre l'île Sans-Nom sans trop de risque...

– J'apprécie l'esprit de solidarité qui souffle ici, conclut William. C'est en se serrant les coudes que nous irons au bout de notre aventure.

Après une courte pause, les amis se retrouvèrent autour de la table. Plusieurs grandes cartes marines étaient déroulées sous leurs yeux. La Zone interdite apparaissait dans un rouge délavé au milieu du bleu clair de l'océan. Mais ces cartes étaient récalcitrantes. Les jeunes pirates avaient beau les mettre bien à plat et les caler avec des aimants et des figurines de plomb, elles n'arrêtaient pas de s'enrouler sur elles-mêmes.

– Victor, je sais que tu es très attaché aux cartes marines, mais ça ne t'ennuie pas si on passe à quelque chose de plus moderne ? demanda Laure.

– C'est-à-dire ? répondit Victor.

– Ça, dit Laure en appuyant sur le bouton d'une télécommande.

Le centre de la grande table ovale s'ouvrit comme un œil. Un objectif remonta tel le périscope d'un sous-marin. Laure appuya alors sur un autre bouton. En une fraction de seconde, un faisceau lumineux émergea de l'objectif et une image de synthèse se forma au-dessus de la table. Une sphère d'un mètre de diamètre apparut. C'était Terra incognita. On y distinguait la masse océanique, d'un bleu sombre, et le continent avec l'exact relief de la surface de la planète. Mais, surtout, il y avait les masses nuageuses en mouvement.

– C'est très réaliste, constata William, ébahi. Pourquoi ne pas nous l'avoir montré plus tôt ?

– Je ne voulais pas crâner avec le joujou de papa, expliqua Laure.

– Ta modestie t'honore, Laure, nota William.

– Merci, dit la jeune fille. Vous le voulez plus grand ?

– Oh oui ! s'extasia Célia. C'est tellement beau.

Son amie tourna un bouton. La sphère grossit. Son diamètre était désormais de trois mètres. Des détails apparaissaient nettement. Des orages éclataient de-ci de-là, un cyclone déferlait dans la zone tropicale au cœur de la Zone interdite. William nota qu'une vague énorme, un raz de marée sans doute, se soulevait dans une région de l'ouest du continent.

– Comment ça marche ? interrogea le garçon.

– Je crois me souvenir que la sphère en trois dimensions est reliée au Centre météo pirate et au Centre d'études géologiques de Terra incognita. Elle reçoit toutes les informations en temps réel. C'est pour cela que l'on voit les cyclones déferler ou les volcans entrer en éruption en direct. Encore plus grand ?

– Si tu veux bien, dit Victor, éberlué.

Laure tourna un bouton vert et la sphère doubla de taille. Cette fois, le pôle Nord de Terra incognita touchait le haut plafond de la bibliothèque. La jeune fille manipula un autre bouton de façon à placer la Zone interdite juste au-dessus d'eux.

– Que nous reste-t-il à régler ? demanda William qui posait son regard sur un volcan de la Zone interdite en train de relâcher dans l'atmosphère un volumineux panache de fumée et de cendres.

– Un détail, dit Victor. Comment aller là-bas et pénétrer dans la Zone interdite sans être vus par la Brigade des mers. Si j'en crois cette magnifique boule lumineuse située au-dessus de mon nez, nous nous rendons ici, ajouta le garçon en désignant une grande île en forme de tortue.

– À quelle distance sommes-nous de cette île ? l'interrogea son ami.

– À environ 3 000 milles marins, évalua Victor. Soit à peu près 5 400 kilomètres !

– C'est loin, commenta Célia dont le regard faisait des allers et retours entre Libertalia, située au sud du continent, et la Zone interdite, qui s'étalait dans la région intertropicale.

– En effet, dit Laure, c'est très loin.

– Et c'est rien que de l'océan, constata William avec effarement.

Victor était un mordu de voile. Un périple sur l'océan n'était au fond, pour lui, qu'un heureux moment à passer. Mais partir en voilier de Piratopolis jusqu'à la Zone interdite pouvait vite devenir un voyage cauchemardesque pour ses compagnons, pour William en particulier, très sensible au mal de mer.

– Compte tenu de votre enthousiasme à l'idée d'affronter le monde de la mer, dit Victor, je vous propose une croisière en paquebot. Nous ferons une escale avant d'atteindre cette maudite Zone interdite et l'île Sans-Nom.

– Une croisière et une escale ? s'étonnèrent les trois autres en chœur.

– Parfaitement, annonça Victor. Il se trouve que mon oncle Bob, le frère de mon père Niôle, est le propriétaire d'une taverne sur l'île de la Perdition, ici même, dit le garçon en montrant une île située à la frontière de la Zone interdite. La taverne des Neuf-Doigts, fortement déconseillée par tous les guides touristiques.

– Et tu nous la conseilles ? s'étrangla Célia.

– J'ai entendu parler de cet endroit, remarqua Laure. Rien que des histoires de bagarres et d'alcool qui coule à flots !

– Je sais, dit Victor, mais l'odieuse taverne de mon oncle Bob, qui accueille, je le confirme, ce qui se fait de pire en termes de fripouilles, de forbans de bas étages et de filles de mauvaise vie, se trouve tout près de la Zone interdite. Ce qui vaut son pesant d'or, avouez-le ! Et je suis sûr qu'il nous sera possible de trouver un rafiot pas cher, là-bas, pour nous conduire jusqu'à notre île.

– Brillantissime ! clama William. Victor, tu sauves notre expédition !

Les deux filles furent moins transportées de bonheur. L'expression « filles de mauvaise vie » était pour elles synonyme de danger.

– Je crois qu'il ne nous reste qu'à nous séparer, murmura William en bâillant. Nous sommes dimanche. Il est 23 heures. Demain, une rude semaine de stage d'essai de métier nous attend tous. Nous avons besoin d'or de poche pour financer notre expédition.

– Et tu vas le faire où, ton stage, William ? demanda Célia.

– À la Compagnie générale des os.

– Et toi, Laure, tu vas où ? demanda ensuite Célia d'une voix innocente.

– Il est hors de question que je manipule des squelettes nauséabonds toute la semaine dans ces galeries répugnantes qui courent sous la ville, dit Laure. J'ai mieux à faire

– Et tu vas faire quoi ? demanda William.

– La vaisselle. Dans une taverne du centre-ville, précisa Laure en éteignant la sphère.

Victor et Célia en furent rassurés.

En dépit de leur fortune familiale, Gloria de La Tour d'Eyrans s'était toujours interdit d'accorder à sa fille plus d'or que les parents de ses amis ne donnaient à leurs enfants. Laure n'avait jamais trouvé injuste cette situation.

– Très bien, constata William. Avant de nous retrouver, la semaine prochaine, il me semble indispensable de définir le rôle de chacun dans notre équipage. Je commencerai donc par Célia. Ton incomparable talent d'écriture fait de toi la chroniqueuse parfaite de notre aventure. Tu nous as montré ce soir à quel point ta culture littéraire nous était utile. Je te charge donc de rédiger le carnet de bord officiel de notre expédition. Ce document servira de base à chacun de nous pour rédiger son propre carnet de bord. Chacun pourra y ajouter sa touche personnelle, ses impressions de voyage, etc. Qu'en penses-tu ?

– Je suis heureuse d'assumer ce poste.

– Laure, ton sens de la négociation et de la diplomatie fait merveille. Je te nomme trésorière et négociatrice de notre expédition.

– Parfait.

– Victor, je te charge d'assurer la survie alimentaire du groupe. Ton talent de cuisinier est aussi affirmé que ton talent de marin. Tu auras donc la charge de nous nourrir et de nous trouver un bateau qui nous mènera jusqu'à l'île Sans-Nom.

– Je vous promets que vous ne mourrez pas de faim et que vous ne vous noierez pas, foi de Monmouth !

– Quant à moi, je me charge de vous ramener sains et saufs ici même, quels que soient les dangers que nous aurons à affronter. J'en fais le serment devant vous. Bonne nuit et bonne semaine à tous !

En sortant de la demeure de Laure, William pensait déjà aux milliers de squelettes qui l'attendaient dans les souterrains de la Compagnie générale des os.

Chapitre 18
Le patron de la compagnie

La Compagnie générale des os était une entreprise vraiment spéciale. Malgré le grand nombre de postes disponibles pour y travailler, et les salaires honorables proposés, elle avait beaucoup de mal à recruter du personnel. De moins en moins de jeunes pirates choisissaient d'y accomplir leur stage d'essai de métier. Depuis quelques années, en fait, la passion des pirates pour les os semblait s'être évanouie. Elle avait même fait place à une forme de dégoût pour tout ce qui touchait de près ou de loin à la mort.

William éprouvait lui aussi peu d'intérêt pour la mort, mais il avait un grand besoin d'or de poche pour son expédition.

En ce lundi matin, il quitta sa chambre d'un pas pressé, embrassa son petit frère Robin qui prenait son biberon, puis salua ses parents d'un rapide baiser.

Sous une pluie torrentielle, le garçon fendit les hautes herbes de la pelouse comme un bateau coupant les vagues.

Un quart d'heure plus tard, il prenait la rue des Épaves, qui menait à l'entrée du Parc central. Il passa la grille sans croiser qui que ce soit et longea ensuite le lac de la Mort. Des millions de gouttes piquetaient la surface sombre de ce lac gigantesque.

Un panneau qu'il avait lu cent fois indiquait que la baignade y était interdite. Des métaux lourds, issus des mines avoisinantes, avaient pollué l'eau pour des siècles. Plus loin, William emprunta un long tunnel de verdure. Le feuillage était si épais et le ciel si noir qu'il avait le sentiment d'être plongé dans la nuit. Enfin, après une angoissante marche dans une quasi-obscurité, le tunnel végétal le conduisit dans un vaste espace lumineux.

Dans le lointain, William remarqua que les eaux noires du lac venaient heurter la falaise qui s'élevait sur sa gauche, à une quarantaine de mètres de hauteur. Au bas de cette falaise, une porte métallique en forme de demi-disque masquait l'entrée d'une énorme galerie. Une plaque de bronze de deux mètres de haut annonçait : Compagnie générale des os – 1, impasse du Destin Piratopolis.

Sur la droite, le garçon découvrit une cloche sculptée d'une tête de mort au sourire paisible. Il tira sur un cordon à plusieurs reprises.

Une voix ténébreuse avertit alors

– Reculez-vous.

L'énorme porte de métal s'abaissa comme un pont-levis. Un bruit de chaîne craquant et couinant perça les tympans du garçon, qui recula brusquement. Une silhouette humaine apparut. Le stagiaire ne discernait pas le visage de l'homme, très grand et très mince, qui lui faisait face.

– Bonjour, William, dit l'homme de sa voix sombre. Je vous en prie, avancez. N'ayez pas peur.

Après un instant d'hésitation, William serra la main longue, blanche et froide que lui tendait l'homme.

– Je suis Milos Gubrus, patron de la Compagnie générale des os. Entrez vite, des vêtements secs vous attendent.

Pendant une minute, William eut l'impression de marcher seul dans l'obscurité. Il distinguait à peine son futur employeur. Puis, petit à petit, ses yeux s'habituèrent à la faible clarté de la galerie de roche. Enfin, la lumière légèrement bleutée des lanternes lui permit de mieux discerner l'étrange visage de Milos Gubrus.

Perché sur un corps étroit et haut, habillé de noir, son long visage exprimait un mélange de tristesse et de douceur tout à fait harmonieux. Sa peau était d'un blanc cru et ses sourcils, très fournis, chapotaient deux petits yeux gris étincelants, cachés derrière des lunettes aux verres rectangulaires et à la monture noire. Son crâne avait la forme d'une grosse olive. Mais le plus étonnant n'était pas là : une tache rouge, partant de sa bouche, filait vers son menton en pointe, glissait sur la gauche vers son oreille et remontait jusqu'à sa pommette. Cette marque avait la forme et la taille d'un petit lézard, mais n'était en rien disgracieuse. Ses cheveux était noirs, hormis sur ses tempes. Ses favoris, gris aussi, descendaient comme deux lames de sabre jusqu'à sa grande mâchoire.

Milos Gubrus semblait en paix avec lui-même et le reste du monde.

— Vous savez en quoi consiste votre travail, ici ? demanda-t-il, une fois assis dans le fauteuil de son bureau, en regardant William avec bienveillance.

— Au bureau du Boulot, on m'a parlé de transport de squelettes...

— C'est à peu de choses près ce qui vous attend, constata Milos Gubrus. Vous avez déjà conduit un engin quelconque ?

— J'ai mon permis de mouchocoptère, répondit William. J'ai également piloté des mousticoptères, une fois un scarabocoptère, en pilotage accompagné. J'ai une licence amateur de pilotage d'aéroptère.

– Je suis estomaqué ! s'étonna l'homme. Aucune expérience avec des engins plus terrestres ?

– Si, affirma William. Il y a deux ans, j'ai fait un stage d'essai de métier dans la vallée du Guitariste, en tant que récolteur de crottin de mammouth. J'ai piloté durant une semaine une récolteuse de 60 tonnes.

– Eh bien, je pense qu'un engin d'à peine 300 kilos ne vous impressionnera pas...

Milos se leva et accompagna le garçon jusqu'au garage souterrain. Il lui montra ce qui ressemblait à l'un de ces véhicules circulant sur les parcours de golf. Une remorque d'environ trois mètres était attelée à l'engin, de forme cubique, biplace et pourvu de quatre gros phares ronds. Des pare-chocs en acier chromé étaient disposés tout autour du véhicule. Une cabine de verre épais et grillagé protégeait le pilote.

– Nous sommes particulièrement sensibles à la sécurité de notre personnel, expliqua Milos Gubrus. Le véhicule doit résister aux chutes de pierres, aux attaques de chauves-souris et aux impacts avec les rats géants.

– Je ne m'attendais pas à ça, honnêtement, reconnut William. Mais ce sont les risques du métier, je suppose.

– On ne peut pas mieux dire, constata l'homme. Mais rassurez-vous : il n'y a jamais eu d'accident mortel dans nos galeries. Juste de petits accrochages.

– Aucune autre bestiole ?

– Pas que je sache. En revanche, nous avons quelques soucis avec la pluie en ce moment. Certaines galeries sont inondées, et c'est pour cette raison que nous avons placé un gilet de sauvetage dans le coffre du véhicule.

– C'est rassurant...

– Et chaque fois que vous sortez de votre véhicule, n'oubliez pas votre casque.

– Pour les pierres ?
– Oui. Et allumez la lampe frontale.
– Pourquoi ?
– Pour la lumière. Ici, c'est le monde de la nuit.

Dans le vestiaire réservé aux employés, William changea de vêtements avec plaisir. La température moyenne à l'intérieur des galeries était de 11 à 12 °C et l'humidité proche de 100 % par endroits. Il enfila une combinaison noire molletonnée plutôt confortable et chaude.

Ensuite, durant près d'une heure, Milos expliqua en quoi consistait le travail de William. La Compagnie dirigée par monsieur Gubrus avait la tâche délicate de récupérer les squelettes « en danger » et de les transférer ailleurs, en lieu sûr. Les galeries souterraines qui couraient sous Piratopolis servaient en effet de catacombes.

Depuis des siècles, les corps des défunts étaient entreposés dans les milliers de caches, de cavités et de creux du réseau de galeries de ces anciennes carrières de pierre. Tous les monuments et toutes les maisons de la cité des pirates avaient en fait été construits grâce au calcaire qui sommeillait depuis des millions d'années sous le Parc central. Au fil des ans, les carrières avaient fermé une à une et le réseau des galeries était depuis utilisé comme cimetière.

Hélas, une bonne partie des tunnels de roche commençaient à s'effondrer, en particulier ceux situés sous la vieille ville. Les plus anciens faubourgs de la capitale de la république de Libertalia chancelaient de plus en plus sur leur base. Et, tout autour, la ville grossissait, les maisons s'élevaient. Il était temps d'arrêter d'exploiter la roche, sous peine de catastrophe.

Selon ses propres calculs, Milos Gubrus estimait que le réseau souterrain formait un labyrinthe comportant plus de 2 400 kilomètres de galeries. La moitié était dans un état correct, un quart en très bon état et un quart menaçait de s'écrouler à tout moment. Pour cette dernière partie, il convenait donc d'évacuer les restes humains au plus vite.

William serait chargé de transporter les ossements jusqu'aux nouvelles chambres funéraires : il convenait que les disparus ne disparaissent pas à tout jamais. Leur famille devait pouvoir continuer à leur rendre hommage sans risquer de voir le plafond leur tomber sur la tête ou un mur leur écraser les pieds.

– L'un de vos proches a-t-il déjà disparu ? demanda soudain monsieur Gubrus. C'est pour apprécier votre résistance émotionnelle, précisa l'homme. Je ne souhaite pas que cet emploi soit un traumatisme pour vous.

– Disparu ? Au sens où vous l'entendez, je ne sais pas.

– C'est une drôle de réponse.

– J'ai un drôle de passé.

– Vous ignorez tout de vos origines, n'est-ce pas ?

– C'est exactement cela, s'énerva William en scrutant Milos d'un regard froid. Vous comprenez donc que je ne peux pas vous dire si mes parents biologiques, ni mes grands-parents d'ailleurs, ni tous mes fichus ancêtres, sont morts ou vivants. Vous désirez savoir autre chose ?

– Toutes mes excuses, William. Ma question était brutale. Je ne voulais pas vous blesser. Je suis sincèrement désolé. J'ai manqué de délicatesse.

– Vous n'y êtes pour rien, monsieur Gubrus, dit le garçon d'un ton apaisé. J'imagine que vous préférez savoir si j'ai eu une expérience de la mort, en quelque sorte, avant de m'envoyer dans vos galeries...

– Vous voyez juste. Le décès d'un parent est une expérience hors norme, douloureuse mais enrichissante. Elle permet souvent de dépasser le côté effrayant de la découverte de nos pensionnaires. C'est pour cela que je me suis permis de vous poser cette question très directe. Une nouvelle fois, je vous présente mes excuses...

– Je vous en prie, affirma le garçon, je crois qu'au fond cela me fait du bien de parler de tout ça avec vous, même de ma famille.

– Il faut parfois que ces choses sortent de notre esprit et de notre cœur, dit l'homme, pour que l'on aille mieux.

Après une longue et riche discussion, William se leva et salua Milos Gubrus d'une poignée de main chaleureuse.

– Je crois que nous nous sommes tout dit, constata l'homme. Juste une dernière chose : j'aimerais qu'une fois votre stage terminé, vous me glissiez un mot dans le livre d'or, continua Milos en montrant derrière lui une armoire remplie de grands livres.

– Ce sera un message pour l'éternité, dit William.

Milos Gubrus eut un sourire amusé.

La première mission de William était simple : ne pas se perdre dans le dédale de galeries qui s'étendait sur plusieurs niveaux. Il avait à sa disposition une carte détaillée des milliers de tunnels où il lui était possible de circuler sans risque. Pour les autres, un sens interdit lui indiquait qu'en cas de franchissement, il courait à une mort certaine. Le signe « sens interdit » était représenté par une tête de mort noire sur un fond rouge.

La seconde mission du garçon consistait à rejoindre les équipes de déblayeurs de roche et les déplaceurs de squelettes. Pour son plus grand bonheur, William avait été envoyé dans le plus ancien secteur des catacombes. C'était l'endroit où l'on trouvait les plus vieux ossements des familles pirates. De cette manière, il avait le sentiment d'être plus un archéologue qu'un croque-mort.

Vers dix heures, il démarra son engin électrique. Silencieux comme une mouette dans le vent, le véhicule offrait un plaisir de conduite assez rare. Le garçon s'enfonça dans les ténèbres avec un sourire aux lèvres.

Sur l'axe principal, les véhicules pouvaient se croiser aisément. Mais, dans les galeries secondaires, cela était impossible. Aussi, un vaste circuit en sens unique avait été mis au point afin d'éviter les carambolages.

Après dix minutes sur l'avenue des Flibustiers-du-Père-Lachaise (les galeries souterraines reprenaient les noms des rues situées en surface), William tourna sur la droite pour prendre la rue du Donjon-Noir, puis prit, à gauche, la rue des Quatre-Sabres-Rouillés.

Le sol devint subitement moins plat et des racines d'arbres pendaient du plafond. Le véhicule fit un bond, dérapa sur des graviers et pulvérisa un bloc de roche. Un petit groupe de chauves-souris décolla, passa dans la lumière des phares et frôla la carrosserie. William freina brusquement, souffla puis repartit.

Six hommes et quatre femmes l'attendaient rue des Naufragés, une rue que William connaissait puisque c'était la rue où était situé son collège.

Le garçon enfila son casque orange, alluma la lampe frontale et descendit de son engin. Il observa avec un certain plaisir le ballet des faisceaux lumineux des dix personnes qui s'activaient autour de lui.

– Bonjour, je m'appelle Glenda. Je suis la chef d'équipe. Vous pouvez nous assister ? demanda une femme en tenue noire qui portait des épaulettes dorées.

– Bonjour. Je suis William. Chauffeur. Que dois-je faire ?

– Vous allez vous occuper des crânes, ça vous convient ?

– Je peux répondre non ?

– Non.

Dans les heures qui suivirent, William apprit tout ce qu'un déplaceur de squelettes devait savoir. D'abord, il fallait retirer le crâne, puis les os longs, puis les côtes, puis les vertèbres de la colonne vertébrale, puis celles du cou et, enfin, les os minuscules des mains et des pieds. L'important, c'était de n'avoir aucun geste brusque. Les os étaient souvent d'une fragilité de verre. Toutes les manipulations devaient se faire en gants blancs, avec la délicatesse d'un maître d'hôtel mettant le couvert pour un roi. Arrivé aux chambres funéraires, dans les nouvelles galeries, il fallait reconstituer les squelettes.

William rencontra quelques difficultés. Un tibia appartenant à un certain Constantin Roberts se brisa entre ses doigts. Il fit également tomber une mâchoire remplie de dents en or. En fin de matinée, une chauve-souris se fracassa contre le pare-brise de son véhicule, ce qui lui coupa l'appétit. Au milieu de l'après-midi, un troupeau de rats l'immobilisa pendant plus de trente minutes sous une cascade. Enfin, il voila la roue arrière gauche de son véhicule contre une racine et un rocher enfonça le toit de l'engin.

Pour le reste, William passa une excellente journée.

Vers 20 heures, fourbu, il fut ravi de partir se coucher.

Le garçon ne rentra pas chez lui. Comme tous les stagiaires et les employés de la compagnie, il devait dormir sur place. En cas d'effondrement, les équipes étaient mobilisées au plus vite afin de sauver le maximum de squelettes.

À environ cent mètres de l'entrée principale, William prit le chemin serpentant au pied de la falaise qui surplombait le lac de la Mort. Cet itinéraire conduisait à un escalier de bois menant aux chambres. Ces dernières étaient des cavités de forme cubique creusées dans la roche. La belle vue sur le lac de la Mort était le cadeau fait à tous les stagiaires qui avaient passé leur journée immergés dans le noir.

Chapitre 19
Un cri dans la nuit

WILLIAM POSA SON SAC À DOS AU PIED de son lit taillé à même la roche. Puis il mangea un sandwich froid en regardant le lac. Il était 21 heures passées. Le stagiaire observait les dernières lueurs du jour. Quelques oiseaux passèrent en rase-mottes au-dessus de l'eau noire.

Un sentiment de solitude gagna le cœur de William. Il eut une pensée pour ses parents adoptifs, Lou et Lucas, et pour son petit frère Robin qui devait déjà dormir. Puis William pensa à sa mère et son père, deux êtres inconnus qui l'avaient conçu et l'avaient abandonné.

La discussion avec Milos Gubrus avait ravivé des souvenirs auxquels il s'efforçait de ne pas penser. Il se pencha sur le balcon de pierre. Les étoiles s'allumèrent et la Lune se refléta sur les eaux du lac. Les yeux du garçon plongèrent le plus loin possible sur l'horizon. Des larmes montèrent jusqu'au bord de ses paupières.

Un instant plus tard, le garçon se glissa dans son sac de couchage. À son grand étonnement, il trouva rapidement le sommeil.

Le lendemain matin, réveillé par une odeur de brioche et de

café, le garçon sortit lentement de son sac de couchage trempé d'humidité. Puis il observa longuement le lac de la Mort depuis le balcon de sa chambre de troglodyte. Le lac était calme et couvert d'une brume crémeuse. L'espace d'un instant, William crut qu'un bateau glissait sur l'eau entre les nappes de brouillard. Il cligna des yeux. Non, rien.

Au pied de la falaise, un homme toussait en poussant un chariot fumant.

– Debout, là-dedans ! Et que ça saute, bande de feignants ! hurla-t-il en secouant une cloche.

William s'habilla, se frotta le visage et descendit en trombe l'escalier qui serpentait à flanc de falaise. Plusieurs stagiaires le suivaient, les yeux gonflés de sommeil.

L'homme au chariot, le nez rouge, l'air bougon, portait un vieux gilet de laine gris et une longue écharpe rouge.

– Brioche ? Café ? demanda l'homme.

– Il y a autre chose ? l'interrogea William.

– Pas à ma connaissance, répondit l'autre.

– Alors, va pour une brioche et un café, accepta le stagiaire. Une question : vous savez si des bateaux naviguent sur le lac ?

– Pas à ma connaissance, répondit l'homme en lui tendant sa chope de café.

Lorsque William arriva à son véhicule, une jeune fille aux cheveux bruns coupés courts et au nez pointu, plutôt jolie, avait posé son postérieur sur la carrosserie.

– Salut, lui dit William.

– Salut, lui répondit la fille.

– William. William Santrac.

– Katia. Katia Doggos.

– Tu fais ton stage ici ? demanda gentiment le garçon, avec un sourire charmeur.

– Je t'arrête tout de suite, répondit la fille en levant un sourcil l'œil mauvais. J'ai déjà quelqu'un.

– Je te rassure tout de suite, répliqua William avec un regard comparable. J'ai déjà quelqu'un, moi aussi.

Il y eut un long silence.

– Tu peux enlever tes fesses de ma voiture, s'il te plaît ? Ce n'est pas un banc, continua William. Je dois partir travailler.

– Moi aussi, et désolée, mais c'est avec toi.

– En quel honneur ? demanda William d'un ton sec.

– Je travaille dans le secteur 4, sous les anciens quartiers, là où on trouve les plus vieilles familles pirates.

– Ça me fait une belle jambe de bois, commenta William.

– On m'a dit de monter avec toi, ce matin, dans ton machin, dit Katia d'un ton méprisant. Je n'y peux rien.

– Moi non plus, dit sèchement William en démarrant son engin électrique. Alors monte !

Le pilote roula sans dire un mot pendant dix minutes. Sa passagère resta muette également.

– Tu fais quoi, ici ? lacha-t-il en faisant un effort terrible

– Je travaille pour le service d'identification. Je recherche des corps pour la Brigade de la paix dans le cadre de crimes non élucidés ou de meurtres particulièrement atroces, bizarres ou simplement étonnants.

– Pas facile de différencier un corps d'un autre, j'imagine ? demanda William en prenant son virage assez brusquement.

– Tout dépend du corps, répondit Katia en se cramponnant. Quand il a deux jambes de bois, un crochet à la place de la main droite et une longue-vue enfoncée dans les côtes, ça aide.

William imagina la scène que venait de décrire Katia. Il eut d'abord un mince sourire, puis ses yeux se plissèrent, et enfin il éclata de rire. La jeune fille brune tenta de se retenir, mais pouffa bruyamment elle aussi. La glace venait de se briser entre eux.

– Je te dépose où ? demanda le conducteur après quelques minutes de circulation dans les galeries de roche.

– Rue Calico-Jack. Tu vois où elle est ?

– Pas trop.

– Elle croise la rue de la Bonne-Fortune, répondit Katia.

– La rue où se trouve la Banque internationale pirate ?

– Exactement.

– On y est dans cinq minutes.

Le pilote prit un virage serré, évita quelques pierres, traversa un ruisseau, passa sur ce qui devait être un rat géant mort, tourna à droite, prit une galerie haute de plafond, roula sur un pont de bois, dérapa sur un autre rat géant aplati, et déboucha sur la rue de la Citadelle-des-Corsaires, avant de déposer Katia rue Calico-Jack.

Et là, un imprévu se présenta.

Dans la lumière des phares, William crut voir une silhouette animale colossale qui avançait d'un pas lent. Un loup géant ? Un tigre ? Un ours ? Ou une hallucination ?

– Tu as vu quelque chose ? murmura William.

– Oui, je... je crois, balbutia Katia. C'était gros, pas vrai ?

– Énorme.

– Qu'est-ce que tu fais ?

– Je vais voir.

– Non, William. N'y va pas. Ce n'est pas normal. Faisons demi-tour.

– Ne t'inquiète pas.

– Ne fais pas ça !

Le pilote sortit du véhicule sans son casque, parcourut une vingtaine de mètres sur la pointe des pieds, dans l'obscurité, puis tourna lentement sur la gauche.

Katia entendit alors un cri monstrueux qui lui glaça le sang. Puis il y eut des claquements puissants, suivis de rugissements et de grognements terrifiants. Des bruits abominables sortis de la nuit des temps.

À quelques mètres de là, William était le plus heureux des pirates. Un grand primate noir le secouait dans tous les sens. Le garçon serrait cette énorme masse de muscles et de poils dans ses bras. Son Pollux était de retour !

Une fois les retrouvailles accomplies, William grimpa sur le dos du gorille et lui indiqua le chemin à suivre pour retourner à son véhicule. Katia gisait sur le sol, évanouie.

William descendit de sa monture et tapota le visage de Katia, qui revint à elle. Mais à peine eut-elle rouvert les yeux qu'elle s'évanouit à nouveau en apercevant le visage du gorille géant tout près du sien.

Le garçon demanda à Pollux de reculer. Lorsque Katia revint à elle, William lui expliqua que le double-gorille était inoffensif, la plupart du temps, et que sa gentillesse n'avait d'égale que sa force phénoménale.

Les jambes chancelantes, le casque de travers, Katia partit en direction des cavités où devait se trouver le corps qu'elle cherchait. L'homme à la double jambe de bois l'impressionnait moins que le double-gorille.

Pendant ce temps, William fit une petite promenade avec Pollux dans les galeries alentour. Il avait promis à Katia de rester à portée de voix. La joie de retrouver son ami velu quelque peu calmée, il réalisa subitement que Pollux n'avait pas grand-chose à faire dans ces galeries souterraines.

Et, surtout, y était-il venu seul ?

La réponse tomba trois minutes plus tard.

Au détour d'un tunnel étroit, le garçon aperçut une ombre glissant sur la paroi face à lui. Une lumière se promenait sur la roche. Un sifflement fit soudain tourner la tête du double-gorille. Pollux changea aussitôt d'humeur. Le grand primate se frappa la poitrine très fort, s'agita, tourna sur lui-même, grogna et s'enfonça rapidement dans l'obscurité. Ses puissantes épaules et son crâne énorme raclèrent la roche en faisant tomber des gravillons au sol.

William courut pour le rattraper. Mais un objet lancé dans sa direction arrêta sa course. Une grenade roula devant le garçon, éclata et lâcha une fumée épaisse qui lui piqua les yeux et les poumons.

Le garçon mit son bras devant sa bouche, recula et fit demi-tour. Il comprit aussitôt que Worral Warrec était dans ce tunnel, à quelques pas de lui. Le capitaine Warrec ne se séparait jamais de son gorille. L'homme était donc de retour à Piratopolis. Dans quel but ?

William rejoignit Katia, qui hurlait de terreur dans le noir.

La jeune fille lui tomba dans les bras.

Après quelques mots rassurants de William, Katia desserra son étreinte. Elle lui raconta qu'elle avait trouvé le corps qu'elle cherchait. C'était celui d'un dénommé Scott Tew. Elle confirma que l'homme avait été tué au moyen d'une longue-vue. Entre deux côtes cassées, au niveau du foie, William découvrit avec horreur que l'instrument d'optique avait traversé le corps de ce malheureux jusqu'à lui briser la colonne vertébrale. Qui pouvait avoir assez de force et de cruauté pour commettre un tel acte ?

Katia fouilla dans son dossier. Le crime avait été élucidé, le criminel arrêté et condamné.

– L'homme qui a fait ça, précisa Katia, se nomme Daniel O'Connor. Ce nom te dit quelque chose ?

– Oh, ça oui !

Le samedi soir, William se retrouva seul dans les locaux de la Compagnie générale des os. Il était resté une journée de plus que prévu et, toute la semaine, il avait accumulé les heures supplémentaires avec le même objectif : augmenter son magot pour préparer sa chasse au trésor.

Comme il l'avait promis, William passa au bureau de Milos Gubrus pour lui laisser quelques mots éternels sur le livre d'or.

Cher Milos,

Je suis heureux de vous avoir rencontré. Je sais maintenant un peu mieux ce qui attend chacun de nous. La mort est moins mystérieuse pour moi désormais, et moins terrifiante que je le pensais. Vous faites un métier utile et noble. Et, après ces quelques jours passés dans votre compagnie, j'ai compris que nous n'avons rien d'autre à faire que de profiter au mieux de la vie, tant qu'elle veut bien de nous.

Merci pour tout,

William Santrac.

En refermant le livre d'or, il ne put s'empêcher de repenser à ce qu'il avait vu dans les galeries : Pollux et l'ombre d'un homme qui rôdait dans ces souterrains. Un événement très inquiétant...

La curiosité naturelle du garçon prit le dessus sur la fatigue. Il ouvrit l'armoire où reposaient les livres d'or. Chaque ouvrage contenait une dizaine d'années de messages de bons souvenirs et de salutations de stagiaires.

William retira un volume qui regroupait des messages laissés à la postérité une trentaine d'années auparavant. Au milieu du livre, un message occupait toute une page avec une signature gigantesque :

Merci, Milos, pour ce voyage au pays des os. Je ne suis pas près d'oublier la beauté de ces galeries qui courent sous notre belle cité de Piratopolis. Je reviendrai, c'est promis ! Merci aussi pour vos conseils qui m'ont apaisé. La grande colère qui m'habitait a pris le large et je crois en être débarrassé à tout jamais. Même si on ne sait jamais ce que l'avenir nous réserve. Vous êtes bien placé pour le savoir...

Avec mes maritimes et éternelles salutations,

Votre stagiaire, Worral Warrec.

Chapitre 20
Le sabre des Dooh

CERTAINS HÉRITAGES SONT DIFFICILES à porter. D'autres vous procurent un sentiment de légèreté extraordinaire lorsqu'ils vous tombent dessus.

Ce dimanche soir-là, William était dans sa chambre en train de vérifier son paquetage lorsque Lucas lui demanda de venir au salon. Le garçon imagina alors que son père avait encore une longue suite de reproches à lui faire. Il devait être question d'herbe à tondre, de responsabilités à assumer et de risques à ne pas prendre en tant que capitaine d'équipage de chasse au trésor.

William descendit les escaliers et vint s'assoir en face de son père.

— Alors, tout est prêt ? demanda Lucas.

— Je crois que oui, dit le garçon d'un ton gêné.

Lucas reprit en souriant :

— Si cela peut te rassurer, je n'ai pas de conseils à te donner avant de partir. J'ai seulement une question à te poser et un objet à te confier.

William se détendit.

— Je voudrais savoir comment tu te sens.

Un long silence s'installa. Les propos de Lucas avaient déstabilisé le garçon.

– Tout va bien, mentit William. Pas la peine de te tracasser.

– Je n'en suis pas si sûr, répondit gentiment son père. Lou et moi sentons que quelque chose ne tourne pas rond en ce moment. On a l'impression que tu es malheureux avec nous...

William eut la gorge serrée.

– Oui, je suis malheureux, concéda William. Mais...

Le garçon s'interrompit quelques secondes.

– Mais... reprit Lucas, à son tour ébranlé.

– Mais pas à cause de vous. Je suis juste comme ça, par moments.

– Tu as du vague à l'âme... Tu veux repartir ?

– Non, je suis bien ici. J'aime ce pays. J'ai des amis. Et puis j'ai une famille. Une merveilleuse famille, ajouta William, des larmes dans la voix. Mais, depuis quelques jours, des souvenirs remontent. Ma vie d'avant. C'est comme des nuages noirs qui m'envahissent. Je ne sais pas trop comment l'exprimer. Mais ça passe au bout d'un moment...

– On se sent démunis, Lou et moi, avoua Lucas. Nous ne savons pas comment t'aider à te sentir mieux.

– Ce n'est pas de votre faute. C'est juste la vie, ajouta William avec un petit sourire. Il ne faut pas vous en faire.

– Nous t'aimons, William, tu le sais ?

– Oui, je le sais.

– Tu es notre fils, William. Notre premier fils. Je ne peux rien te dire de plus important.

William eut les larmes aux yeux.

– D'ailleurs, continua Lucas, je tiens à te dire une chose qui nous tient à cœur.

Lucas s'interrompit pour chercher ses mots.

– Nous serions heureux que tu nous appelles maman et

papa. Que tu nous appelles Lou et Lucas nous convient, naturellement, mais maintenant que Robin est là... En fait, cela nous fait bizarre que nos deux fils ne s'adressent pas à nous de la même façon. Tu comprends ?

– Oui, je comprends, assura William avec douceur.

– Nous ne voulons rien t'imposer, mais nous souhaitions que tu saches ce que nous ressentons.

– C'est important pour moi de le savoir, répondit William, très ému.

Lucas lança un regard affectueux à son fils.

– Et c'est donc en tant que « papa », continua-t-il, que je tiens à te confier cet objet.

Il sortit un sabre qu'il avait dissimulé sous la table.

– Il est dans notre famille depuis neuf générations, ajouta-t-il, en sortant le sabre de son fourreau de cuir noir. Quand le fils aîné des Dooh fête ses quinze ans, il hérite de ce sabre. Je pense qu'il est temps pour toi de t'en saisir.

Le sabre était magnifique. De la pointe au pommeau, il brillait d'un splendide éclat d'acier, de bronze et d'argent. Courbée et argentée, la lame paraissait avoir été forgée dans un diamant tant elle étincelait. Près de la poignée, l'arme était gravée d'un galion toutes voiles dehors. Tout autour du vaisseau, des sirènes ondulaient. La poignée était ciselée et torsadée, assurant une bonne prise en main. Enfin, le pommeau, de la taille d'une noix, avait l'apparence d'une tête de tigre à dents de sabre. La gueule du fauve abritait une pierre qui alluma le regard de William.

– C'est une opale, dit Lucas. Elle a le reflet de toutes les autres pierres précieuses, saphir, rubis, émeraude, diamant...

Sous la lumière du lustre, William observait avec émerveillement les irisations multicolores de l'opale.

– Je ne sais pas quoi dire...

– Je pense que ce sabre te sera utile, affirma Lucas. Une chasse au trésor réserve toujours des surprises. Un bon coup de lame peut te sortir des pires situations. Ce n'est pas ton avis, champion ?

– Champion ?

– J'ai parlé hier à ton maître d'armes, avoua Lucas. Amaury Le Borgne m'a dit que tu avais atteint un niveau assez exceptionnel en seulement deux ans.

– J'ai longtemps eu des cours particuliers de haut niveau à la maison, cela a dû m'aider...

Lucas goûta avec plaisir l'allusion de son fils. Pendant des mois, il lui avait enseigné tout ce qu'il savait du maniement du sabre.

Contrairement à Victor, William aimait l'escrime. Son ami à forte corpulence révélait davantage ses talents en lutte pirate, appelée lutte des sables.

– Prends soin de ce sabre, conclut Lucas en fixant son fils du regard. C'est le trésor de la famille. Un héritage sans égal !

– Je n'y manquerai pas, dit le garçon Pour tout l'or du monde !

La conversation traita ensuite de l'art de la chasse au trésor. Lucas raconta les chasses auxquelles il avait participé. Il évoqua notamment celle qui lui avait valu son brevet. Il expliqua à William que le sabre des Dooh lui avait autant servi à couper des noix de coco en deux qu'à se défendre contre les bêtes sauvages ou ses rivaux de chasse au trésor.

– Je n'ai qu'un modeste avis à te donner pour ce qui t'attend, dit à un moment Lucas. Un bon chasseur de trésors prévoit toujours deux solutions de retour. La première, si tout se passe bien. La seconde est la solution de secours. Rien n'est plus important que ton équipage. Il faut le ramener sain et sauf, quoi qu'il arrive. Le reste, finalement, n'a que peu d'importance. Une bonne chasse au trésor, c'est surtout des bons souvenirs avec des amis.

— Et l'or ? demanda William. C'est quand même important pour les pirates.

— C'est juste, reconnut Lucas. L'histoire du peuple pirate montre que son appétit enragé pour ce métal jaune n'a pas varié d'un pouce. Pour l'or, nous avons étranglé, étripé, pillé, brûlé, saccagé, menti et trahi. Tant de sang a coulé pour si peu d'or, parfois. Combien d'épouvantables forfaits ont-ils été commis pour une poignée de doublons ? J'en ai la nausée !

— C'est terrible, ce que tu dis là. Je pensais que c'étaient des légendes.

— Hélas non, William, la fièvre de l'or nous a tous brûlé la cervelle et le cœur. Le passé du peuple pirate est noir, noir comme son drapeau, noir comme la plus noire des encres. Notre passé est un passé de sang et d'ombre, un passé d'errance et d'horreur, et tout ça pour l'or. Le peuple pirate sort tout juste des ténèbres.

William était épouvanté par les propos de son père

- Mais aujourd'hui, tout va bien, remarqua William. La paix est là.

— La paix est là, en effet. Car Terra incognita nous a sauvés de nous-mêmes. Elle a accueilli nos rêves et notre révolte. Et, surtout, ses richesses et ses beautés ont noyé notre soif d'or. Mais si l'or venait à manquer... Mille doublons de mille galions, le peuple pirate redeviendrait fou !

— Pourquoi ?

— William, notre amour pour ce maudit métal n'est qu'en sommeil, comme une bête dans sa caverne, juste endormi pendant l'hiver. Et tout le monde n'a pas étanché sa soif..

Tu penses à quelqu'un, n'est-ce pas ?

– Oh oui ! avoua Lucas. Je connais un homme que l'or a changé. C'était un ami, et c'est devenu un ennemi.

– De qui parles-tu ?

– Malheureusement, je parle du père d'une de tes amies.

– De Marcus, le père de Célia ?

– Non, Marcus Bilkis est un savoureux garçon, un homme de bien, bon comme le rhum et généreux comme la canne à sucre. Je parle de Jacques de La Tour d'Eyrans...

– Le père de Laure !

– Oui, confirma Lucas. Tu sais comme je n'aime pas juger les gens, fiston.

– « Chacun a le droit de faire ce qu'il veut tant qu'il respecte le code de la piraterie. » C'est ta devise...

Lucas eut un petit sourire.

– Jacques n'a pas ce genre de devise en tête, vois-tu. Il y a dix ans, celui qui est certainement l'homme le plus riche de la cité est parti pour une nouvelle chasse au trésor. Comme s'il n'avait pas eu assez d'or ! Du jour au lendemain, il a abandonné sa famille, ses amis et ses responsabilités...

– Ses responsabilités ? répéta William.

– Il était capitaine en second de la Brigade d'espionnage pirate. Et il est parti sans même prévenir Roger Rayson. Je me souviens bien de ce jour. C'était il y a dix ans presque jour pour jour. J'avais vingt-six ans et j'étais capitaine de la Nature depuis deux ans. Nous étions tous les deux à la taverne du Tigre à dents de sabre. Nous avions un différend à régler...

– Quel genre ?

– Monsieur de La Tour d'Eyrans estimait que sa fortune personnelle devait lui permette d'accéder naturellement à un poste de capitaine, sans passer par le vote, soit du peuple pirate, soit du Conseil des onze capitaines.

– Pour le poste de capitaine du Hasard ?

– Exactement, acquiesça Lucas.

– Il m'avoua ce jour-là qu'il avait trouvé un moyen de se faire élire quoi qu'il arrive...

– L'or ?

– Exact. Ce grand mât aux cheveux argentés m'a dit de son air supérieur en me fixant de ses yeux noirs : « Lucas, avec ton vote, j'aurai cinq capitaines dans la poche... Combien pour que tu votes pour moi ? Demande ce que tu veux ! Le prix d'un galion, de deux, de trois, si tu le souhaites ! Peu m'importe ! » Je lui ai dit que je n'étais pas à vendre. Il m'a répondu : « Il y a toujours un tas d'or assez haut pour faire plier l'honneur d'un pirate ! Même le plus droit ! »

– Quel ignoble bonhomme !

– Pour sûr, affirma Lucas. Je me suis levé et je lui ai envoyé mon poing dans la figure. Il s'est relevé et m'a sauté dessus. Nous nous sommes battus comme des gueux de mer ! J'en garde encore un souvenir ici, poursuivit-il en écartant le revers de sa chemise noire, faisant apparaître une cicatrice en forme d'étoile.

– Une balle !

– Non, un goulot de bouteille qu'il m'a enfoncé dans le cuir, avant que je l'assomme d'un bon coup de tabouret dans la mâchoire. Quand il est revenu à lui, il m'a lancé d'un air énigmatique : « J'ai un trésor à aller chercher ! Adieu ! » Et il s'est enfui sans demander son reste !

– Et qu'as-tu fait ensuite ? demanda William.

– J'ai foncé prévenir Roger. Je devais lui expliquer que Jacques avait essayé de truquer le vote du Conseil. La soif de pouvoir et d'or a détruit le cœur de Jacques.

– Il devrait être en prison, à l'heure qu'il est, si j'ai bien compris.

– Même pas, constata Lucas. Car nous n'avons jamais pu

prouver qu'il avait tenté d'acheter les votes des capitaines. Personne n'a avoué. Nous ne pouvons rien faire contre lui. Il pourrait franchir cette porte et je n'aurais rien à lui reprocher.

Un sentiment d'angoisse gagna William. Il pensa à cette fabuleuse quantité d'or dissimulée dans les cales de ces sept galions de malheur ! Le doute s'empara de lui.

– Tu doutes, n'est-ce pas ? demanda Lucas, voyant que son fils semblait sous le choc de ce qu'il venait d'apprendre.

– Oui, reconnut William. Je suis en train de me demander si je ne me précipite pas dans une drôle d'histoire...

– Tu as parlé à Roger ? Il t'a donné son accord ?

Oui.

– Tu peux lui faire confiance, assura Lucas. Il n'y a pas un pirate plus sage et plus clairvoyant que lui dans cette république.

Après un silence, il ajouta :

– Personnellement, je trouve normal que le doute t'assaille avant ton départ. Ceux qui ne doutent de rien ou, pire, ceux qui ne doutent jamais me font peur. Quand on ne doute pas, c'est que l'on ne s'est pas assez posé de questions. Les bonnes décisions sont toujours difficiles à prendre. Je pense qu'il t'est déjà arrivé de ressentir cela plusieurs fois dans ta vie, n'est-ce pas ?

William acquiesça d'un signe de tête.

– Et cela bien avant de partir pour cette fichue Zone mysté rieuse, pas vrai ?

– Je ne peux pas dire le contraire, avoua William, qui pensait à son évasion de la prison pour jeunes délinquants.

– Alors, désormais, cesse de te torturer les méninges, jeune capitaine ! gronda gentiment Lucas. Roger te fait confiance. Je te fais confiance. Lou et Robin aussi. Alors, l'heure n'est plus au doute, mais à la chasse au trésor, mille canons ! À l'abordage !

– À l'abordage ! répéta William avec enthousiasme.

– Bon ! dit alors Lucas, en se levant de sa chaise, maintenant que toutes ces choses officielles et très sérieuses sont dites, je te propose une promenade au clair de Lune. Qu'en dis-tu ?

– Il se fait tard ! s'étonna William. Et tu travailles demain, non ?

– C'est exact, fit Lucas. Mais un bon père de famille doit épater son fils au moins une fois par jour. Et, ces derniers temps, je ne me suis pas montré très convaincant de ce point de vue. Je tiens donc à mettre les boulets doubles, ce soir. La Lune est belle et il n'y pas de vent ! Tu as ton permis de pilote sur toi ?

– Tu veux dire que...

– Nous allons voler, en effet. Rien de tel pour digérer ! La brigade que je dirige désormais est équipée d'un tout nouveau modèle de mouchocoptère : le MLH 12.

– Ai-je bien entendu ?

– Oui, nous avons un Mouchocoptère Long Horizon 12. Une pure merveille...

– Le dernier né des mouchocoptères. Cinq mille kilomètres d'autonomie... Six cents kilomètres à l'heure en vitesse de pointe...

– Caméra infrarouge embarquée à grande portée, compléta Lucas. Et radar marin haute résolution... On y va ?

Et que ça saute, mille canons de mille galions !

Vingt minutes plus tard, William et Lucas poussaient la porte du hangar principal de la Brigade de répression des trafics illicites. Deux rangées de lampadaires versaient leur lumière sur ce long bâtiment en tôle situé sur le port de Piratopolis, à l'extrémité de la jetée numéro 4.

Une fois à l'intérieur du hangar, Lucas alluma les néons. Un engin à l'allure de mouche dévoila alors ses formes si caractéristiques. L'appareil avait deux yeux globuleux, légèrement en amande, et un fuselage noir, hachuré de fines flammes rouges. L'hélice principale faisait penser à celle d'un hélicoptère, mais au lieu de quatre pales, il y en avait huit. À l'arrière, une autre hélice, plus petite, servait de gouvernail. Une tête de mort de couleur blanche, posée sur une paire de sabres en croix, ornait les portes de ce mouchocoptère dernier cri.

Sous l'œil enjoué de Lucas, le garçon, au comble de l'excitation, prit les commandes de l'appareil. Le tableau de bord s'illumina. Il y avait des diodes, des écrans de contrôle et des boutons de diverses couleurs. Pilote déjà expérimenté, William connaissait chacune de leurs fonctions.

Le mouchocoptère poussa un mugissement doux en sortant du hangar, puis il gagna les airs. La cité de Piratopolis offrit alors aux regards du père et du fils un tapis de lumière d'une beauté extraordinaire. Tous les contours de la ville, les routes, les places, les ponts, les maisons n'étaient que des suites de points lumineux. Vues du ciel, ces lumières dessinaient un monde féerique de figures géométriques. Des lignes droites, des courbes, des cercles, des triangles et des rectangles de toutes tailles formaient le squelette lumineux de la cité.

Puis, plus haut, la grande ville pirate apparut comme un immense champ d'étoiles posées à même le sol. Les quartiers de la ville ressemblaient à des constellations et la cité dans son entier faisait penser à une galaxie. Au loin, les villes et les villages formaient des centaines d'autres amas d'étoiles aux bras qui ondulaient et se rejoignaient.

William lança un regard émerveillé à Lucas. Le garçon se disait que la vie réservait parfois des moments rares, beaux et forts, des moments de joie intense qui l'aidaient à guérir les plaies les plus profondes de son passé.

Le garçon inclina la manette de vol vers l'est. Le mouchocoptère fonça vers le grand large. Là, il n'y avait plus que le noir infini de l'océan. Dans l'obscurité totale, l'appareil dévora les kilomètres. Au loin, William aperçut une tache lumineuse. Très vite, la tache se révéla être une cathédrale de lumières. Tous feux allumés, un immense navire signalait ainsi sa présence en faisant route vers le port de Piratopolis.

Chapitre 21
Une croisière et un assassin

EN CE DÉBUT DE MATINÉE, le paquebot *Le Rufian de l'océan* était encore à quai lorsque William débarqua sur le pont bondé de passagers. Chargé comme un mulet, en nage, il s'engouffra sur la passerelle entre des centaines de passagers en chemises à fleurs portant de lourds bagages. Au milieu de la cohue, il rejoignit ses trois amis, fous d'impatience.

Les trois autres commençaient à se demander si leur cher capitaine n'avait pas finalement renoncé à sa folle aventure.

– Bon sang de bois, où étais-tu fourré ? s'énerva Célia.

– Chez Gladys Garcia. Elle m'a tenu le crachoir pendant deux heures.

– Elle a surtout failli te faire rater le bateau ! Cette bourrique commence à me taper sur la barrique ! s'exclama Victor, qui ne gardait pas un bon souvenir de cette femme.

Deux ans plus tôt, William et Victor avaient effectué un stage de longue durée chez Gladys Garcia, une femme laide, autoritaire et bavarde. Son établissement, Piratos Extrémos, fournissait le meilleur matériel d'aventures de Piratopolis.

À la surprise générale, cette femme farouche s'était prise d'amitié pour William, un garçon pour qui elle avait la plus haute considération. Un garçon aimant autant le danger était forcément un garçon attachant. Au fil du temps, Gladys était ainsi devenue pour lui une sorte de mamy gâteau un peu spéciale. Elle avait pris l'habitude d'offrir à son petit-fils adoptif un harpon anti-pieuvre ou un pistolet à balles aveuglantes plutôt qu'un biscuit au chocolat ou une tartine de confiture.

En revanche, madame Garcia demeurait hostile à Victor qui, selon ses dires, « n'était qu'un trouillard de cent kilos ! »

– Ce n'était pas la peine d'aller chez cette vieille bique pour acheter ton matériel d'expédition, grogna Victor. Il y a tout ce qu'il faut sur l'île de la Perdition ! Quelle perte de temps !

– Je sais, mais Gladys...

Le paquebot émit un bruit de corne de brume qui interrompit William. Le géant d'acier appareillait pour l'archipel des Têtes de mules où se trouvait l'île de la Perdition. Victor avait proposé ce bout de terre comme escale. Là-bas, après trois jours de mer, le quatuor de chasseurs de trésor pourrait se loger gratuitement à la taverne des Neuf-Doigts, propriété de l'oncle Bob.

– Gladys tenait à m'offrir un truc ou deux pour notre chasse au trésor, reprit William, une fois le silence revenu. Tout ce que l'on peut économiser est bon à prendre, non ?

Les trois autres se jetèrent des regards embarrassés.

– Je propose d'ailleurs de faire le point sur notre magot, tout de suite, dans ma cabine, enchaîna William, qui se fit bousculer par un gros homme barbu. Au calme !

Les quatre amis se faufilèrent dans les coursives et gagnèrent la cabine 333. Victor, Célia et Laure avaient de drôles de figures. L'air embarrassé, le trio de matelots se plaça sur le lit en face de leur capitaine.

– Mon stage à la Compagnie générale des os m'a rapporté six pièces d'or, commença William. Et vous ?

– Six pièces d'or ! Par ma bourse, c'est une somme ! s'exclama Victor.

– C'est vrai, admit William. Et toi ? Combien pour le magot de notre expédition ?

– À Météo pirate, ils ne sont pas très généreux, et assez méchants.

– C'est-à-dire ?

– Ils m'ont donné pour tout salaire un coup de pied où je pense ! reconnut Victor sans paraître trop affecté.

– Quelle honte ! s'indigna Laure. Et pour quelle raison ?

– Je ne peux pas vous le dire, mais ça en valait la peine ! lança Victor avec un sourire de triomphe sur le visage.

– Tu as le calendrier prévisionnel des cyclones, je parie ! s'enthousiasma William.

– Dans le mille, Monsieur ! claironna Victor. Je n'ai pas d'or, mais j'ai ça.

– Ça me va, dit William.

– Tu n'as rien fait d'illégal, au moins ? demanda Laure.

– Tu me connais, hein ? répondit son ami. Jamais de la vie !

– Et toi, Célia, ton salaire de stagiaire de journaliste ? demanda William, l'air intrigué.

– Disons que le travail était vraiment intéressant.

– Mais encore ? insista le capitaine d'équipage.

– Passionnant, même.

– Célia ! Combien ?

– Le *Pirate libéré* ne roule pas sur l'or, c'est évident. La presse quotidienne est en grande difficulté et, chaque mois, ce journal perd...

– Célia, mille canons ! Combien ?

– Trois pièces de huit ! concéda-t-elle.

La pièce de huit était une pièce d'argent. Il en fallait dix pour faire une pièce d'or. Mais les pirates ne les utilisaient que peu.

Car il était facile de les fabriquer soi-même avec n'importe quel autre métal gris. Les pièces de huit étaient ainsi considérées comme de la monnaie de pacotille.

– Je suis désolée, dit Célia. Ils ne paient pas bien. Mais j'ai des tas d'informations à vous révéler !

– Trois pièces d'argent, c'est tout ? s'énerva William en se tournant vers son troisième matelot. Laure, à la taverne du Tigre à dents de sabre, ça s'est passé comment ?

La mine de Laure pouvait faire croire qu'elle venait d'avaler un oursin.

– Il y a eu un petit problème.

– Lequel ? demanda Victor.

– Lundi soir, je me suis blessée au poignet en tombant de ma pouliche. Tu sais, Caraïbe, eh bien, cette petite idiote a eu peur d'un cacatoès. Elle a fait un écart. J'ai heurté un palmier, et...

– Combien, Laure ? insista William.

– Une pièce de huit.

– Nous sommes dans la ragougnasse, moi je vous le dis, conclut William en se mettant debout sur son lit. Quel fichu équipage ! Rendez-vous dans une heure ! J'ai des choses à vous dire !

– Où ça ? demanda Célia d'un ton gêné.

– Ici même, répondit sèchement William. Je prends une douche, et je vous attends. Ça va barder ! Et prenez-vous aussi une douche bien froide. Pour vous réveiller un peu !

– On ne serait pas mieux autour de la piscine ? proposa Laure d'une voix douce. Ça détendrait tout le monde, non ?

– Oh oui ! s'écria Victor. Avec un bon cocktail !

– On n'a pas les moyens ! grogna William.

Plus tard, allongés sur leurs serviettes, trois jeunes chercheurs de trésor savouraient un cocktail de fruits. Le ciel était bleu, la brise marine douce, les boissons succulentes et la piscine leur tendait les bras.

– Merci, Laure, pour ce moment de bonheur, dit Célia, une paille à la bouche.

La jeune fille tenait un grand verre bleu décoré d'une ombrelle rose, d'un quart de tranche d'ananas et de sucre jaune. Derrière elle, passait une file de touristes en chemises et bermudas colorés. Parmi eux, un homme portant deux anneaux d'or à l'oreille droite les observait discrètement en grattant la cicatrice qui lui barrait le front.

– Même chose, Laure, dit Victor avant d'aspirer une gorgée de son breuvage à base de mangue et de citron vert. Cette boisson est un élixir !

– William, tu es sûr, tu ne veux toujours rien ? demanda Laure qui jouait avec les glaçons dans son verre en forme d'ibis.

– Rien, tant que je ne saurai pas d'où viennent tes fonds secrets, dit William. Je pensais que ta mère veillait à ne pas te donner plus d'or de poche que n'importe quel autre collégien.

– William ! J'ai gagné cet or de mes propres mains ! Ma mère n'y est pour rien !

– Admettons, dit le garçon. Mais alors, d'où vient cet or ?

– Je ne peux pas te le dire

– Pourquoi ?

– Oui, pourquoi ? ajouta Victor. Nous sommes entre amis.

Tu pourrais mal le prendre, Victor, confessa Laure.

– Qu'est-ce que tu as fait ? fit le garçon, qui imaginait le pire.

Un soupirant lui avait-il offert de l'or ou un bijou ?

– Dis-le ! supplia Célia, qui était dans la confidence. Ce n'est pas un crime ! Et Victor n'a pas à en faire une jaunisse !

– Laure, dis-moi tout, lança Victor, résigné.

– Eh bien, voilà, commença Laure. Avec mon poignet en

marmelade, je ne pouvais pas gagner ma vie en faisant la vaisselle à la taverne. J'ai donc décidé de participer à une course, avec Caraïbe, le Grand prix du Sabre de triomphe. Et il se trouve que je l'ai gagné...

– Ça doit faire une belle somme ! s'exclama William. Bravo ! Mais où est le problème avec Victor ?

– En fait, continua la jeune fille, vu que je ne pouvais pas toucher l'or du prix avant mes dix-huit ans, j'ai pensé qu'en pariant quelques pièces d'or sur Caraïbe, je pourrais faire un petit bénéfice.

– Mais parier aux courses hippiques est interdit aux moins de dix-huit ans ! clama Victor. Oh ! la malhonnête !

– Et voilà, j'étais sûre que tu me condamnerais ! se désola Laure.

– Mais pas du tout ! s'écria son ami. Au contraire !

– Qu'est-ce qui t'arrive, Victor ? demanda Laure. Tu es malade ?

– Non, simplement, je suis un malhonnête, moi aussi, affirma le garçon. J'ai volé le calendrier prévisionnel des cyclones de la Zone interdite, mais ça, ce n'est rien...

– Rien ? demanda William.

– Rien en comparaison de ceci : j'ai également volé l'agenda officiel des patrouilles de la Brigade des mers dans la Zone interdite ! Je suis un scélérat !

– Non ! Bravo, Victor ! dit Célia. Je suis contre le vol, mais quand ça peut nous permettre d'éviter de prendre un cyclone en pleine face.

– Ou de se faire arrêter par la Brigade des mers... continua Laure. Tu es un héros, Victor, ajouta-t-elle en se levant pour aller embrasser son ami.

Célia trouva l'idée excellente et ajouta un baiser sur la joue du garçon. Le visage de Victor rayonnait de bonheur.

– Monsieur Monmouth ! déclara soudain William d'une voix vibrante. Je suis fier de toi, parce que tu as su mettre de côté tes principes, que je respecte, pour une grande cause ! Tout comme Laure. Je suis honoré de vous avoir dans mon équipage.

Célia attendait un mot pour elle.

– Quant à toi, je suis sûr que ton bel esprit nous a rapporté quelques informations vitales glanées dans les archives du *Pirate libéré.*

La jeune fille apprécia fort l'expression « bel esprit ». Elle aurait préféré « moussaillonne de mon cœur », mais elle savait William pudique.

– Vitales ? reprit Célia. Ce n'est pas le mot. « Mortelles » conviendrait mieux.

– Explique-nous, demanda William, intrigué.

– J'ai des informations sur Daniel O'Connor. Cette canaille a été arrêtée il y a environ vingt-trois ans. Il a pris vingt ans de bannissement pour assassinat. Il appartenait à la Brigade d'espionnage pirate. Il était chargé d'infiltrer les contrebandiers, les groupes de bannis, les trafiquants en tous genres. Il avait aussi un « talent » particulier pour faire avouer n'importe quoi à n'importe qui. Un as de la torture, en quelque sorte.

– Intéressant, nota William.

– Selon ce que j'ai lu, il serait passé de l'autre côté. Il se serait mis à traficoter avec ceux contre qui il devait lutter. Certains de ses hommes auraient dénoncé ses agissements. Pour se venger, il aurait tué cinq d'entre eux le même jour, chacun d'une façon différente…

– Quel ignoble bonhomme ! commenta Laure. Comment a-t-il fait ?

– Il aurait assassiné le premier avec un crochet, le second avec un sabre, le troisième avec une corde, le quatrième avec la propre jambe de bois de sa victime…

– C'est dégoûtant ! grimaça Victor. Et le cinquième ?

– Je ne me souviens plus... Je crois que c'était avec...

– Une longue-vue ! suggéra William d'une voix mystérieuse.

– Oui, c'est ça ! confirma Célia. Mais comment le sais-tu ?

– J'ai vu le corps du défunt, expliqua William. Dans les catacombes de Piratopolis. Une horreur. Katia me l'a montré.

– Qui est cette Katia ? demanda Célia.

– Une stagiaire du service d'identification de la Brigade de la paix, dit William, avant de se rendre compte que Célia lui préparait une crise de jalousie. Elle était très sympathique, mais d'une laideur !

Le mensonge du garçon apaisa immédiatement Célia, et il entreprit de continuer à faire diversion :

– Mais, au fait, Laure, tu ne nous as pas dit combien tu avais gagné, avec ton pari sur Caraïbe !

– C'est assez honteux, c'est même presque scandaleux : vingt pièces d'or !

C'était une belle somme, en tout cas aux yeux du capitaine.

– Finalement, dit William, la carte du bar entre les mains, je crois que le cocktail du capitaine Ernest me ferait le plus grand bien. Il est à base de fraise sauvage, jus de coco, corossol et fruit de la passion. Je ne suis pas sûr qu'on nous serve pareille boisson à la taverne des Neuf-Doigts, n'est-ce pas, Victor ?

– Oh, ça non ! confirma son ami en levant les yeux au ciel. Si vous saviez ce que l'on mange et ce que l'on boit là-bas, vous feriez demi-tour !

– Oncle Bob n'est pas un bon cuistot ? demanda Célia.

– Pas tout à fait, dit simplement Victor. Vous verrez bien.

William commanda son cocktail.

– Victor, tu m'as bien dit que tous les hommes de la famille avaient un nom d'alcool, pour prénom ? s'étonna-t-il avant d'avaler une gorgée de son breuvage exotique. Pas oncle Bob ?

– Si, si. Son vrai prénom est Whisky. Mais il déteste ce prénom. Il s'est choisi lui-même « oncle Bob ».

– C'est bizarre. Moi, je trouve ça pas mal, Whisky, pour un tavernier.

– Amuse-toi à l'appeler comme ça, avertit Victor, et tu entendras parler du pays, mille canons ! Quand on l'appelle Whisky, il voit rouge. Et là, mieux vaut ne pas se mettre sur sa route.

À quelques mètres de là, accoudé au bar, un homme regardait du coin de l'œil le groupe d'amis en train de discuter. Il portait une fausse barbe, une perruque brune et un tricorne noir. Mais on distinguait aisément les deux anneaux d'or qui pendaient de son oreille droite.

William l'observa un instant. L'homme détourna le regard et commanda un verre de rhum

Chapitre 22
L'île de la Perdition

Le Rufian de l'océan ENTRA dans la baie de Puerto San Malito, capitale de l'île de la Perdition. Sous un soleil éclatant et sur une mer d'huile, le paquebot aux allures de galion géant traça une courbe parfaite devant la ville fortifiée aux charmes paradisiaques.

Penchés au-dessus de l'étrave, William et ses amis admiraient les eaux cristallines du lagon. Des dauphins noir et blanc les accompagnaient en bondissant devant la proue du vaisseau. Une ligne de milliers de palmiers, de cocotiers et de ficus en fleurs apparut sous leurs yeux ébahis. Un large croissant de sable blanc partait sur la droite, tandis qu'une falaise de grès rose plongeait dans l'océan sur leur gauche.

– Là-bas, regardez, la tour Rodilos ! s'écria Victor. C'est le perchoir des vautours du zoo de Puerto San Malito.

Lorsqu'ils débarquèrent sur le quai, une pluie de pétales de fleurs exotiques leur tomba sur la tête. Dans une ambiance musicale, des filles en robe légère et à la peau luisante manifestèrent beaucoup de chaleur humaine, en particulier à l'égard de Victor, cramoisi d'allégresse.

Après quelques pas, de hautes et superbes maisons à colombages s'offrirent à leur regard. Puis ils s'engouffrèrent dans les charmantes petites ruelles ombragées de la cité, sous des balcons fleuris d'orchidées et d'ibiscus. Célia et Laure songèrent qu'il devait faire bon vivre ici.

Plus loin, la rue des Mauvais-Embruns se présenta à eux. Au numéro 47, lieu de leur rendez-vous, leur sentiment de joie se brisa net.

– Victor, ce n'est pas ici, quand même ? demanda Célia, ses valises aux pieds, les poings sur les hanches.

– Hélas, si...

– C'est une plaisanterie, Victor ? ajouta Laure en agitant devant son nez un tricorne en paille.

– Hélas, non...

Bouchée bée, William gardait le silence en secouant la tête. En examinant la demeure située devant lui, il se demandait s'il n'était pas en plein cauchemar.

La taverne des Neuf-Doigts semblait prête à s'écrouler. Les trois étages de cette gargote étaient empilés les uns sur les autres sans souci d'alignement. La façade était grise et le bois des colombages, vermoulu. L'enseigne ne tenait que par un reste de chaîne rouillée. Son dessin représentait un squelette pendu avec une fourchette et un couteau disposés en croix sous les pieds.

– Et c'est quoi, cette odeur abominable ? demanda Célia, la main devant la bouche. On dirait que cela vient de l'intérieur...

À cet instant, les quatre amis se tenaient à trois mètres de l'entrée.

Les battants de la porte claquèrent en s'ouvrant comme ceux d'un saloon de western. Un pirate tomba sur les pavés devant eux. Habillé de guenilles, la face violacée, l'homme secoua la tête, se frotta les mains et se redressa en titubant. Il fonça, tête baissée, et chassa les battants de la porte en hurlant comme un damné.

Le quatuor échangea des regards perplexes. Ils entendirent comme un bruit métallique, puis un bruit sourd, comme si quelqu'un donnait un coup de pied dans un sac de linge.

L'homme en guenilles ressortit encore plus vite que la première fois et s'étala face contre terre. Deux dents se cassèrent en cognant contre les pavés. Une bosse sur le crâne, il se releva en hurlant de douleur et retira de sa bouche une troisième dent.

Cette fois, il repartit en se frottant le postérieur et en grommelant des insultes à l'intention de l'homme qui venait d'apparaître sur le seuil de la taverne.

De haute taille, le tavernier avait des oreilles énormes, poilues et décollées. Les lèvres pincées, le visage buriné, il portait un foulard noir à tête de mort. L'air menaçant, il avait dans sa main droite une poêle à frire au manche très long. Sur sa chemise verte, s'étalait un tablier blanc couvert de taches d'huile et de sang. Son pantalon rayé rouge et blanc était tenu par une grosse ceinture de cuir marron ornée d'une boucle d'argent ciselée. Ses souliers, craquelés, étaient ouverts à leurs extrémités, laissant dépasser ses deux gros orteils.

L'homme tourna soudain la tête vers le groupe de jeunes pirates et son visage ombrageux s'éclaircit d'un seul coup.

– Par ma barbe ! Mon neveu Victor ! Quelle joie de te revoir ! Je pensais que tu ne remettrais plus jamais les pieds chez oncle Bob !

– Oncle Bob ! Mille canons ! Tu n'as pas changé ! lança Victor. Je te présente mes amis. Voici Laure, Célia et William

– Quel bonheur de vous voir ! s'exclama son oncle.

– Nous sommes tous ravis de passer quelques jours chez toi, n'est-ce pas, vous autres ? grogna Victor en invitant du regard ses amis à sourire un minimum.

– Bonjour à tous ! lança oncle Bob en écartant les bras. Croyez-moi, vous allez passer du bon temps ici. Oh ! ça oui, et..

Provenant de l'intérieur, un hurlement interrompit son discours de bienvenue. L'oncle de Victor tendit l'oreille. Un bruit sec, pareil à une claque puissante sur un visage flasque, retentit alors, suivi d'un choc contre le parquet.

– Mais ce n'est pas vrai ! gronda d'un coup oncle Bob. Bon, les enfants, je dois y aller. Une urgence, précisa-t-il en caressant le fond de sa poêle à frire. Vos chambres sont au troisième. Une pour les filles, une pour les garçons. Faites comme chez vous. Tout à volonté. Liberté totale et absolue. Enfin, pas la peine de vous le préciser, morbleu, puisque c'est la devise de l'île !

Oncle Bob leur tourna le dos et disparut derrière les battants de la porte.

– Alors, que fait-on ? s'impatienta Célia. Demi-tour ?

Au même moment, un homme et une femme décollèrent du parquet de la taverne et passèrent ensemble les portes battantes avant d'atterrir au milieu du petit groupe.

Tandis que les expulsés partaient en courant, Victor prit la parole :

– Je sais, ce n'est pas un palace.

– Le mot ne convient pas, dit Célia, le doigt en l'air en direction de la taverne. De l'extérieur, on sait déjà que c'est sale à l'intérieur.

– D'accord, ça pue, avoua Victor. Mais c'est gratuit.

– J'ai de l'or, remarqua Laure. Je suis prête à...

– Non, la coupa William. Pas question de gaspiller notre butin. On n'est pas là pour faire du tourisme, mais pour vivre une aventure. Avec de bons moments à passer, mais aussi des mauvais.

Les filles paraissaient peu convaincues.

– On pourrait dormir à la belle étoile, non ? suggéra Célia, qui détournait son nez de l'entrée de la taverne avec dégoût.

– Sur la plage, génial ! s'enthousiasma Laure. Super idée !

– Et l'assassin des dunes, vous n'en avez jamais entendu parler, apparemment ! s'écria Victor.

– L'assassin des dunes ? s'exclamèrent les deux filles, l'air affolé, tandis que William réprimait un sourire.

– Un pirate sanguinaire qui hante les dunes la nuit en grognant et qui égorge les touristes avec un crochet ! Il sévit sur l'île depuis trois semaines. Déjà quatre victimes. Célia, tu n'as pas lu les journaux ou quoi ?

– Non, pas encore...

William contenait son rire, en opinant de la tête comme s'il connaissait l'histoire. Victor enchaîna :

– Alors, que décidez-vous ? La taverne ou les dunes ?

Les deux filles foncèrent dans la taverne comme s'il s'agissait du meilleur établissement de Puerto San Malito. Elles ne s'arrêtèrent qu'une fois dans leur chambre.

– L'assassin des dunes ? releva William, une fois seul avec son ami. Pourquoi avoir raconté pareille sornette aux filles ? C'était plutôt une bonne idée, une nuit ou deux à la belle étoile...

– Hors de question que je roupille sur le sable pendant qu'il se passe des choses ici, le soir... Des choses que je ne raterais pour rien au monde !

– De quoi parles-tu ?

– Tu verras... Tu vas adorer... C'est un truc de garçons... Les filles ne peuvent pas comprendre...

William poussa l'un des battants de la porte et entra. Il examina l'intérieur et fut encore plus surpris que ce qu'il imaginait.

La pièce principale n'était pas large, mais très longue. Un gros pilier, un tronc d'arbre à l'état brut, montait au centre jusqu'au haut plafond. Les fenêtres étaient petites et leurs verres épais. Des dizaines de lanternes étaient suspendues aux poutres et procuraient une faible lumière. Des filets de pêche, garnis de crustacés et de poissons séchés, pendaient d'un bout à l'autre de la pièce.

Au centre de la salle, William distingua l'énorme espadon pendu au plafond. L'épée de l'animal devait bien faire deux mètres de long.

William et Victor avancèrent vers le fond de la pièce, où un grand bac de bois était rempli de pains de glace. Il contenait thons, bars, mérous, dorades, requins, raies, langoustes, huîtres, moules, seiches, pieuvres et autres calmars.

Des mouches vrombissaient autour du banc de fruits de mer, qui dégageait une odeur forte. Fumant le cigare, une femme aux cheveux bruns et gras donnait régulièrement des claques aux insectes à l'aide d'une grosse tapette à mouches.

Le regard de William fut vite attiré par le comptoir de la taverne, un véritable joyau dont la beauté tranchait avec le reste. Il semblait fait d'un seul bloc de verre translucide et sa surface, lisse comme un billard, était d'une propreté irréprochable. Le bar resplendissait comme un diamant posé sur un tas de fumier.

En gravissant l'escalier menant aux chambres, William remarqua la présence d'un long balcon qui faisait le tour du premier étage et offrait une vue plongeante sur la pièce principale. Par endroits, des rideaux permettaient de s'isoler dans de petits box au sol couvert de coussins. Le garçon songea que c'était le coin parfait pour avoir des conversations discrètes.

Plus haut, sur le mur de gauche, un tableau attira son attention. C'était le portrait d'un homme barbu aux yeux noirs à l'éclat machiavélique. L'homme portait une veste de marine sombre et un anneau d'or pendait à chacune de ses oreilles. Son tricorne, déchiré sur les bords comme si on l'avait mordu, était enfoncé sur son front jusqu'à ses sourcils, noirs et broussailleux.

Une pipe blanche en ivoire de morse émergeait du rebord de ce tricorne.

William remarqua que la main gauche du personnage tenait un parchemin. Une carte au trésor ? pensa le garçon. Fait étrange : l'homme tenait sur sa poitrine une longue-vue. William compta les doigts de sa main droite. Il en manquait un Le majeur !

Victor, derrière lui, était resté silencieux.

– Qui est cet homme ? demanda William à son ami.

– Taphia Monbars, mon arrière-grand-père, un fieffé coquin ! marmonna Victor à l'oreille de son ami. Oncle Bob pourrait te raconter de ces choses à son propos ! On essaiera de lui parler, ce soir.

– Il a neuf doigts...

– La taverne lui doit son nom et sa réputation, ajouta Victor d'un air énigmatique.

Chapitre 23
Une bien belle bagarre

VERS 19 HEURES, LES QUATRE AMIS rentrèrent à la taverne des Neuf-Doigts. Ils avaient passé l'après-midi à acheter le nécessaire pour leur expédition. Oncle Bob leur avait conseillé une enseigne digne de confiance : L'Attrape-nigaud. Étrangement, les prix y furent à la hauteur de leurs faibles moyens. Le simple nom de l'oncle de Victor avait eu un effet magique sur le patron. William comprit alors qu'oncle Bob était un homme qui comptait sur l'île.

Victor avait passé une bonne partie de son temps à chercher un rafiot à louer. Mais les bateaux qu'on lui proposait étaient trop chers, pas assez rapides ou pas assez sûrs. William se disputa avec son ami à ce sujet.

Le jeune capitaine lui rappela qu'ils étaient pressés et que Daniel O'Connor, leur rival et ennemi, ne les attendrait pas.

Victor s'engagea à trouver un navire le lendemain, quel qu'il soit.

En rentrant à la taverne, Célia et Laure montèrent se doucher et se changer.

Les deux garçons avaient mieux à faire que se laver et se parfumer. William souhaitait en savoir plus sur Taphia Monbars, l'homme aux neuf doigts.

Une vague de clients déferla alors dans la taverne. De mémoire, William n'avait jamais vu de pirates avec des trognes pareilles.

Au bar, un homme au visage rond avait les bras tatoués d'animaux. Son nez était plat, sa bouche minuscule et son front ridiculement petit. Ses cheveux donnaient l'impression d'être des algues verdâtres et luisantes.

Juste à côté de lui, un pirate avait une vraie tête de poule. Son crâne était étroit et haut, mais surtout ses dents, jaunes et longues, formaient une sorte de bec. L'homme avait un trou dans la joue et l'on pouvait voir la nourriture s'écraser entre ses dents.

Un troisième, chauve, avait un nez pointu comme une carotte. Vêtu d'un débardeur, il avait le torse couvert de cicatrices, comme si on l'avait fouetté avec des barbelés.

Révulsé, William détourna le regard pour observer une jolie femme brune à la poitrine fortement mise en valeur et sur laquelle les yeux de Victor étaient posés. Ahurissant : cette beauté avait trois bras !

Rapidement, William comprit que l'un de ses trois bras était faux, celui qui tenait une chope de bière au rhum. Un second, un vrai, dissimulé sous un long châle, lui servait à fouiller la poche du veston rayé appartenant à son voisin, un homme au visage naïf qui la fixait langoureusement

– Victor ?

Pas de réponse.

– Victor ? insista William en donnant un coup de coude à son ami, incapable de décrocher son regard de la femme brune

– Victor, il y a un scorpion dans ta chope !

– Quoi ! hurla Victor en jetant sa boisson au sol.

– Laisse cette dame tranquille et causons un peu, d'accord ?

– Qu'est-ce que tu veux encore savoir ?

– Parle-moi de ton arrière-grand-père, Taphia. J'ai vu qu'il tenait une carte dans la main. Et tu m'as dit qu'il était marin. C'était un chasseur de trésors, non ?

– Oh oui ! explosa une voix derrière eux.

Oncle Bob arrivait avec trois chopes et une cruche.

– Je vais prendre un petit apéro avec vous avant qu'il n'y ait trop de monde, dit-il en s'asseyant, l'air malicieux. Alors, on s'intéresse à papy Taphia ?

– Ben, oui, reconnut William.

– Mon grand-père était un fieffé coquin, confia oncle Bob en servant le garçon. Il a passé une bonne partie de son existence à fouiner dans la Zone interdite.

Cette première information fit écarquiller les yeux des garçons.

– Il n'avait qu'une idée en tête, comme beaucoup de pirates à la cervelle dérangée : trouver ce fichu Trésor des sept galions !

Cette seconde information fit tressauter les deux amis.

– Il faut quand même être sacrément cinglé pour se lancer à la recherche de ce fichu trésor, pas vrai ? demanda oncle Bob en ricanant.

– Complètement, aprouva William en prenant un air convaincu. Et son doigt ?

– Perdu lors d'une bagarre, précisa oncle Bob, avec un gars qui voulait lui voler sa carte au trésor. Le lendemain, cette vieille fripouille a disparu... Pour sûr, aujourd'hui, Dieu seul sait où est son cadavre, mille pendus !

Cette dernière information leur fit froid dans le dos.

· Et vous, intervint alors oncle Bob. Si vous m'en disiez davantage. Qu'est-ce que vous mijotez, moussaillons ?

– Nous sommes ici pour notre brevet de chasseur de trésors, expliqua William.

– Comme beaucoup de maudits collégiens sur cette île,

remarqua oncle Bob avec agacement. De quoi avez-vous besoin ?

– D'un rafiot, et c'est urgent, fit William en massacrant Victor du regard.

– Quel genre de rafiot ? demanda oncle Bob après avoir avalé une gorgée de la boisson grise qu'il venait d'apporter.

– Pas trop cher et assez sûr, précisa Victor, et assez grand. Nous avons du matériel à mettre à bord...

– Du matériel...

– Une grosse caisse, précisa William.

– Et vous allez où, avec cette grosse caisse ? demanda le tavernier.

– On va faire du cabotage entre les îles du coin, mentit le garçon, qui refusait de parler de l'île Sans-Nom.

– Et toi, tu as ton permis mer ? demanda l'oncle à son neveu.

– Haute mer, même, dit Victor.

– Parfait, alors demain matin, rendez visite à Gouvernail, sur le vieux port. À côté de la tour des Affreux. Il a un hangar à bateaux, facile à reconnaître : son toit est jaune.

– Gouvernail ? reprit Victor.

– Gustave Gourvenec, précisa oncle Bob. On l'appelle Gouvernail parce qu'il fait dans le bateau. Il me doit de l'or. Ce contrebandier de bas étage ne m'a pas livré le rhum que je lui ai payé. Il vous louera un rafiot pour pas cher. Mais méfiez-vous de lui. Il est malin comme une guenon. Cette canaille serait capable d'apprendre à danser à un bouc !

Les deux garçons éclatèrent de rire.

– Merci de nous prévenir, dit William. On se tiendra sur nos gardes.

À cet instant, une quinzaine d'hommes et de femmes entrèrent et s'attablèrent.

Le garçon n'en revenait pas. Comment se faisait-il qu'autant de pirates viennent ici ? Leur odorat était-il en panne ? Leur palais, hors d'usage ?

– Quelque chose t'intrigue ? demanda oncle Bob qui observait le visage ahuri de William.

– Pour être franc, oui, dit le garçon avant d'avaler avec difficulté une gorgée du breuvage apporté par l'oncle de Victor. Mais je ne voudrais pas vous mettre en colère.

– Parle librement. Peu de choses me mettent en colère.

– Dans ce cas, je vais être d'une franchise impitoyable. Comment se fait-il qu'il y ait autant de monde alors que les boissons et la tambouille que vous servez sont absolument infectes ? Sans vouloir vous faire de peine, bien entendu.

Oncle Bob ne parut pas heurté, tout au contraire.

– C'est là tout le secret, matelot. Les gens viennent chez moi pour ce qui te ferait fuir. Ils viennent parce qu'il n'y a plus aucun endroit comme ça ailleurs. Partout où tu vas, c'est souvent correct, parfois bon, voire délicieux. Il n'y plus une seule taverne où tu peux manger de la tambouille à l'ancienne. Sur les rafiots, autrefois, après quelques jours de mer, la nourriture était pourrie, gâtée, avariée, bref, immangeable. L'eau ? Croupie. Ici, mes clients retrouvent la cuisine d'autrefois. Ils mangent et boivent et font en même temps un voyage dans le passé. C'est la nostalgie qui les fait venir.

– Mais personne ne se plaint ?

– Si, quand c'est bon. Un jour, par hasard, j'avais réussi mon salmigondis. Eh bien, les gens étaient furieux. Ils m'ont dit qu'ils étaient venus pour mon abominable tambouille. Elle n'était pas au rendez-vous. C'était de la publicité mensongère. Une arnaque !

Sur ces mots, oncle Bob se retira. Aussitôt, les deux garçons se dévisagèrent et cognèrent leurs verres remplis de l'atroce breuvage.

– Le premier qui finit ce maudit verre est le meilleur pirate de cette taverne, proposa Victor.

– Pari tenu, dit William avant de lever brutalement sa chope.

À ce moment-là, deux filles gagnèrent la table des garçons. William reconnut l'une d'entre elles, une petite brune au nez en pointe. C'était Katia Doggos, la stagiaire de la Compagnie générale des os. Elle était accompagnée d'une blonde longiligne aux yeux vert clair. Son visage dégageait une grande douceur.

– Tu te souviens de moi ? demanda gentiment Katia, visiblement ravie de retrouver William.

– Comment oublier ? répondit le garçon. Katia Doggos. Je te présente Victor Monmouth.

Le garçon salua Katia, mais son regard fila très vite vers la jeune fille qui l'accompagnait.

– Et qui est cette ravissante demoiselle à tes côtés ? demanda William.

– Rebecca Glamis, se présenta la jeune fille en souriant à Victor.

– On peut s'assoir avec vous ? demanda Katia.

– Avec plaisir, répondit William. Je vois que tu as la broche de capitaine. Félicitations.

– La même que la tienne, nota Katia avec des étincelles dans les yeux. Nous sommes faits pour nous entendre, on dirait.

Il y eut un petit silence complice entre eux.

– Victor est l'un de tes matelots, je suppose ? relança Katia.

– En principe, oui, il me seconde, répondit William. Mais là, il semble ailleurs.

Rebecca Glamis s'était assise à côté de Victor. Une conversation spontanée et joyeuse s'était nouée entre eux. Le regard bleu océan de Victor, sa carrure et son humour semblaient plaire énormément à Rebecca. Quant à Victor, il était étonné de se sentir aussi à l'aise avec une fille. Rebecca était si naturelle, si jolie et si drôle.

Du haut des escaliers, Célia et Laure cherchaient des yeux, depuis quelques instants, leurs deux compagnons.

Le regard de Célia percuta celui de William, puis celui de Katia. Celui de Laure ne rencontra pas celui de Victor, trop occupé à contempler Rebecca.

Les deux amies dévalèrent les escaliers.

– Qui sont ces deux greluches ? demanda Célia avec fureur.

– Katia et Rebecca, répondit William, du collège Anne-Bonny. Elles prennent une chope avec nous...

– Katia ? La Katia de la Compagnie générale des os dont tu m'as parlé ? demanda Célia.

– Oui, confirma William. Elle est capitaine.

– Tu m'avais dit qu'elle était d'une laideur comme on en voit peu, continua Célia. C'était en dessous de la vérité.

– À qui ai-je l'honneur ? demanda Katia d'un ton froid.

– Célia Bilkis, répondit William. Elle est matelot dans mon équipage, tout comme Laure, ici présente.

– La première a plus l'air d'une intellectuelle que d'une aventurière, dit alors Katia d'un ton méprisant en fixant Célia. Même si elle parle comme la dernière des filles de taverne !

– Et moi, je me demande comment une fille haute comme un tonnelet et large comme une barrique a pu être nommée capitaine ? l'interrogea Célia en la scrutant de haut en bas.

– Grâce à son talent, rétorqua Katia d'un ton mauvais. Même si cela ne suffit pas toujours, apparemment, ajouta-t-elle à l'attention de Laure. Tu es bien Laure de La Tour d'Eyrans, n'est-ce pas ?

– Exact, dit Laure. Cela te pose un problème ?

– Pas du tout, répondit Katia. Mais je m'attendais à voir la broche de capitaine accrochée à ta robe. On m'avait dit que tu étais la digne héritière d'un des plus grands chasseurs de trésors de tous les temps.

– Le poste de capitaine ne m'intéresse pas, répondit alors Laure, prise au dépourvu.

– Et les rumeurs qui courent sur le retour de ton père, continua Katia, cela ne t'intéresse pas non plus ?

– Qu'est-ce que tu veux dire ? demanda Laure.

– Elle cherche les ennuis ! gronda Célia.

– Pas le moins du monde, répondit Katia. Je dis seulement à la fille de Jacques de La Tour d'Eyrans qu'un bruit se répand en ville. Si l'on en croit certaines personnes, ton père serait de retour à Piratopolis. Je suis surprise de te trouver encore ici.

– Cela fait dix ans que j'entends ce genre de bruit, déclara Laure. Je n'y accorde aucun crédit. Et puis, je fais partie de l'équipage de William. Je ne vais pas abandonner mes amis pour une rumeur de plus.

– Je disais cela pour ton bien, très chère, dit Katia.

– Et moi, dit Célia, pour ton bien aussi, je te conseille de prendre tes petites affaires et de filer d'ici avant que je te fracasse cette table sur la tête.

Katia toisa méchamment Célia du regard, puis eut un long sourire pour William. Rebecca embrassa Victor durant de longues secondes. Puis, les deux filles s'en allèrent.

– Comment pouvez-vous frayer avec une peste pareille ? demanda Célia. Je n'en reviens pas. Quelle méchanceté !

Personne ne crut utile de commenter les propos de Célia.

Un peu plus tard, les Forbans farceurs, un groupe de quatre musiciens, s'installa sur une petite estrade disposée à côté du banc de poissons et de crustacés. L'un gratta une guitare, l'autre agita un bandonéon, une femme à l'air triste joua du violon, et un homme à la voix cassée se mit à pousser la chansonnette.

Célia oublia Katia en dansant avec William.

Ce soir-là encore, la taverne faisait salle comble. Quelques pirates s'étaient bousculés, insultés, menacés, comme il se doit, mais oncle Bob avait su très vite calmer le jeu. Les filles étaient ravies de voir à quel point cet homme savait garder son sang-froid.

Puis, l'ennui et la fatigue venant, William repensa à ce que Victor lui avait dit en fin de matinée : « Il se passe des choses incroyables, ici le soir. Des choses que je ne raterais pour rien au monde ! »

– C'est quoi, les choses incroyables dont tu m'as parlé ? demanda William en bâillant. C'est quand même pas ce groupe de braillards qui se prennent pour des chanteurs ?

Je sais : monsieur n'aime ni la mer, ni les chansons de marins, râla Victor. Mais je te confirme que les Forbans farceurs ne constituent pas l'événement que j'attends, ajouta son ami, visiblement encore plus déçu que lui.

– Alors, que doit-il se passer de si extraordinaire ?

– Je ne comprends pas. Tout est là pour que ça marche.

– Comment ça ?

– La poudre est là et la mèche aussi. Mais il n'y a pas l'étincelle.

– Explique-toi, mille canons !

– Normalement, vers vingt-trois heures, il y a toujours une bagarre générale. C'est impressionnant à voir.

– Une vraie bagarre générale ?

– Oui, un carnage.

– Quel dommage !

– Je vais tenter un truc.

Le gros garçon, amateur de lutte des sables, se dirigea vers l'homme à la tête circulaire et aux solides épaules qu'il avait aperçu tout à l'heure. Il lui chuchota quelque chose à l'oreille.

L'homme se leva en souriant, se mit debout sur le comptoir en verre et hurla à pleins poumons :

– Hé, Whisky, écoute un peu ça ! Ta tambouille, elle est bien pourrie comme on aime !

Le pirate pensait faire plaisir à oncle Bob.

Il ramassa un coup de poêle à frire sur la tête en guise de remerciement. Ses trois compagnons se levèrent. Quatre amis d'oncle Bob aussi...

Victor obtint le résultat escompté. Et, après quelques mouvements d'échauffement, le champion de lutte des sables se jeta au milieu de la bagarre générale.

D'une gifle, il exécuta l'homme à tête de poule. Puis il assomma d'un coup de poing un maigre aux dents pourries. D'un énorme coup de pied aux fesses, il envoya rouler un pirate contre le bar. Une grande femme rousse à la tête chevaline tenta alors de le gifler, mais il baissa la tête et l'homme à tête de poule prit l'énorme claque à sa place. Victor accéléra et envoya au tapis quatre pirates en moins de trente secondes. Le jeune et puissant lutteur percuta ensuite un gros ventre qui le fit basculer en arrière.

Sans attendre, Victor rampa dans la direction du vaste ventre et passa entre les jambes du propriétaire, qu'il prit en double Nelson, une prise de nuque. Il enchaîna par une clé de bras et balança le pirate contre le bac de poissons. Une dorade tomba sur le crâne de l'homme. Un autre prit une volée de crevettes roses dans les yeux. Une femme noire jeta un énorme merlu sur la tête d'une femme blonde.

Le lutteur roux rayonnait de bonheur. Autour de lui, les chaises, les tabourets, les tables, les poissons, les crustacés, les bouteilles volaient, tombaient, se cassaient. Au milieu des coups de poing, des claques, des chutes, des hurlements, des grognements, Victor était comme un capitaine dans la tempête.

Mais, à ce moment-là, un pirate faisant une tête de plus que Victor et aux épaules larges comme celles de Pollux expédia un vigoureux coup de poing dans la mâchoire du jeune Monmouth Victor vola trois mètres plus loin, son dos venant heurter le comptoir de cristal du bar. L'homme qui venait de le frapper, un géant noir au sourire orné d'une dent en or, prit aussitôt un violent coup de poêle à frire de la part d'oncle Bob.

– Tu n'y vas pas, William ? demanda Célia, qui observait avec embarras le déchaînement général de violence.

– C'est vrai, remarqua Laure, apercevant une femme qui tapait sur tout le monde avec un gros thon. Pourquoi tu ne vas pas te défouler bêtement sur cette viande soûle ?

– J'attends la prochaine tournée, répondit William qui observait Victor en train de reprendre ses esprits. Et vous, pas tentées ? Je pense qu'une bonne séance de...

William s'interrompit. Il venait de reconnaître un visage au milieu de la foule.

– Encore lui ! s'exclama-t-il. Mais c'est pas vrai !

Il se leva, se faufila entre les combattants jusqu'au bac de poissons. Là, il attrapa une pieuvre, visa et la projeta de toutes ses forces. Deux mètres plus loin, un garçon blond prit l'animal en plein visage. William signa son lancé d'un geste grossier du doigt. Butor Caraccioli grimaça et leva le poing dans sa direction.

– Je vais te tuer, Santrac ! hurla-t-il avant de recevoir une bouteille de rhum sur le crâne.

La taverne des Neuf-Doigts était une auberge de jeunesse bien connue. Tous les collégiens qui devaient trouver leur trésor sur cette île pour leur brevet ne manquaient pas d'y faire un séjour pour s'encanailler et tester leurs poings. Butor Caraccioli était à la recherche du Trésor des corps mourants, dissimulé non loin de ce haut lieu de la puanteur et de la bagarre.

Mais cette même taverne était également un lieu d'espionnage renommé. Sur le balcon du premier étage, dissimulé derrière des rideaux, un homme énorme regardait la scène avec intérêt. Il fumait la pipe en caressant sa barbe rousse.

À côté de lui, un pirate à la peau véreuse et portant deux anneaux d'or à l'oreille droite grattait la cicatrice de son front.

– C'est lui, montra l'homme aux anneaux d'or. Le brun qui cogne sur le grand blond. Je l'ai vu sortir de chez Roger Rayson. Juste après vous. Il s'appelle William Santrac.

– Un gamin ! Ne perdez pas votre temps avec lui. Nous avons mieux à faire.

– Prince, insista l'homme, qui répondait au nom de Brice. Ce n'est pas n'importe qui. Il a défié le capitaine Warrec. Et il en est sorti vainqueur.

– Dans ce cas, dit Daniel O'Connor, ne le lâchez pas

Un peu plus tard, William retrouva les filles.

– D'où viens-tu, scélérat ? demanda Célia. Encore avec cette Katia ?

– Non, je suis allé saluer un ami, répondit William au moment où Victor prenait une gifle terrible de la part de la femme rousse au visage chevalin. Tu devrais aller te défouler un peu, conseilla le garçon. Ça te ferait beaucoup de bien.

– Non merci, répondit Célia. Je suis un être évolué qui sait se maîtriser.

À ce moment-là, une énorme femme blonde, les cheveux en bataille, arriva et fusilla Célia du regard.

– Hé, dis donc, ma belle, t'as peur de salir ta jolie robe ou quoi ? lança la femme en projetant sa chope remplie d'un liquide verdâtre sur la robe blanche de Célia.

– William, tu peux tenir mon sac ? demanda Célia en se levant. J'ai deux mots à dire à cette charmante dame.

– Tiens, prends le mien aussi, dit Laure. Je vais assister Célia. Je crois que nous ne serons pas trop de deux.

William rangea les sacs des filles sous son tabouret et rejoignit Victor à l'instant où son ami propulsait à l'extérieur de la taverne un pirate de petite corpulence.

Aussitôt, William retrouva Butor Caraccioli et, faute de sabres, les garçons échangèrent des coups avec deux poissons-scies.

Vers minuit et demi, les quatre amis allèrent prendre un bain dans le lagon. Les filles avaient oublié l'histoire de l'assassin des dunes. Les garçons étaient détendus. On joua beaucoup dans l'eau. Il y eut même un long baiser sous les étoiles. Mais, dans l'obscurité, il était bien difficile de savoir qui avait embrassé qui...

Chapitre 24
Le cambriolage du siècle

IL ÉTAIT NEUF HEURES. Une petite brise soufflait du large et faisait danser les palmes des cocotiers. Quelques nuages passaient dans le ciel d'un bleu pâle. William, Victor et Laure se trouvaient à la taverne du Homard bleu, sur le port. Ils prenaient leur petit-déjeuner face à la baie de Puerto San Malito. Chacun avait des bleus et des griffures sur le visage et les bras. La bagarre générale de la veille avait laissé des traces.

En dépit de ses victoires et du délicieux croissant au beurre de cacahuète qu'il dégustait, Victor avait l'air mécontent.

– Qu'est-ce qu'il a, ce matin ? demanda Laure, qui couvrait une tartine de pain grillé de confiture de mangue.

– La bonne question serait plutôt : qu'est-ce qu'il n'a pas ? Et la réponse serait : un rafiot, dit William d'un air tout aussi mécontent que son ami.

– Ça signifie ?

– Ça signifie que l'on est cloués, sur place, expliqua William. Car le meilleur marin de la planète, à ce qu'il paraît, ne nous a toujours pas trouvé de bateau digne de ce nom pour poursuivre notre chasse au trésor.

– Et ? continua la jeune fille en croquant dans sa tartine.

– Nous allons donc pouvoir passer de l'aventure au tourisme, ironisa William. Ce matin, je propose une visite du ravissant petit zoo de Puerto San Malito. Que tout le monde se rassure, il n'y a aucun danger à l'horizon.

Victor grogna.

– Et le fameux Gouvernail ? poursuivit Laure. Il ne devait pas nous aider ?

– Victor n'est pas allé le voir. Il refuse d'utiliser les relations de son oncle.

– Ce gars est louche, dit Victor avec conviction. Vous l'avez compris, mon oncle n'est pas d'une honnêteté exemplaire. Son rhum et pas mal d'autres choses ont un fort goût de contrebande. Je ne tiens pas à tremper dans ses trafics avec Gouvernail !

Laure comprenait mal les arguments de Victor. Elle ne trouvait pas dramatique de faire jouer ses relations pour obtenir une chose aussi importante qu'un bateau pour traverser la Zone interdite.

– Et Célia, des nouvelles ? demanda William. On avait dit neuf heures.

– Elle est partie chercher son journal, répondit Laure. Elle s'intéresse au mystérieux assassin des dunes, ajouta-t-elle en regardant Victor de façon à lui faire comprendre qu'elle n'était pas dupe de son canular.

Un quart d'heure plus tard, Célia arriva sur les chapeaux de roue, une pile de journaux sous le bras, l'air affolé.

– J'ai une bonne et une mauvaise nouvelle à vous annoncer, les amis ! D'abord la mauvaise ! s'écria-t-elle.

Aussitôt, d'un revers du bras, la jeune fille écarta les tasses, la corbeille de viennoiseries et les jus de fruit. Et, sous les yeux effarés de ses amis, elle jeta sa pile de journaux sur la table.

Le *Pirate Libéré* titrait en Une :

Le cambriolage du siècle

Le Trésor commun a été volé. Dans la nuit du 7 au 8 juin, les 777 tonnes d'or de la réserve de la Banque internationale pirate ont disparu. L'économie pirate menace de s'écrouler. La République pourra-t-elle survivre à une telle crise ?

Les quatre amis étaient sous le choc. La suite de l'article indiquait que jamais une telle chose ne s'était produite. Roger Rayson, le capitaine du Trésor commun, lançait un vibrant appel au calme : « Gardez votre sang-froid, nous retrouverons très vite cet or. J'en fais le serment, peuple pirate. »

Des spécialistes expliquaient qu'il faudrait énormément de temps pour extraire pareille quantité d'or des rares mines que comptait le territoire de la république. « Au moins vingt ans », assurait l'un d'eux.

Dans ce même journal, un reportage rapportait que l'affolement gagnait déjà les habitants. Des milliers de pirates se précipitaient à leur banque pour retirer leur magot et fonçaient dans les échoppes pour acheter des réserves de nourriture.

Dans *Ouest-Libertalia*, un article analysait la gravité de la situation financière. Un historien racontait qu'il était impensable de se mettre à fabriquer des billets de banque. Les pirates ne croyaient pas en cette monnaie de papier. Plusieurs tentatives avaient d'ailleurs échoué par le passé. Un sondage précisait qu'une famille pirate sur deux refuserait tout paiement qui ne soit pas en or. Plus de 30 % de ces familles affirmaient qu'elles photocopieraient des billets sans hésitation pour faire capoter ce type d'opération.

Dans *Le Monde de la piraterie*, des experts se battaient sur la durée du cambriolage. Quatre heures maximum, de l'avis d'Ignacio Mortensen, capitaine en second de la Brigade des transports de marchandises. Ce spécialiste s'interrogeait sur la taille de l'équipage de cambrioleurs ayant pu voler cet énorme butin. Dix, vingt, trente hommes, voire plus, sans doute. Car il s'agissait de plusieurs centaines de tonnes d'or à déplacer sans se faire remarquer. De plus, selon Mortensen, le cerveau de l'opération avait dû préparer ce « casse hors norme » depuis de longues années. Sinon, comment expliquer la perfection de l'opération ?

Qui avait pu réussir un tel coup ? *Aujourd'hui Piratopolis* proposait des dizaines d'hypothèses : des bannis désirant se venger de la République, un célèbre voleur du nom de Auguste Teach (depuis sa cellule de la prison d'Ocracoke, ce dernier clamait pourtant son innocence), des complots menés par des capitaines véreux, un mystérieux pirate fantôme, un groupe de femmes en révolte contre la soif de l'or de leurs hommes, un chasseur de trésors hors pair, etc.

William avait bien une autre hypothèse en tête : un homme dont il avait croisé l'ombre dans les galeries de la Compagnie générale des os. Mais, en cet instant si grave, il gardait pour lui sa théorie. Il lui fallait d'autres preuves.

– Il y a quand même une bonne nouvelle, et elle est de taille, avertit Célia en regardant Laure droit dans les yeux. Cette peste de Katia avait raison : ton père est de retour à Piratopolis. Regarde ça !

Laure eut aussitôt les larmes aux yeux et ses mains se mirent à trembler. Un article du *Pirate libéré* lançait :

Le retour fracassant de Jacques de La Tour d'Eyrans

La suite était édifiante : *Après dix ans d'absence, Jacques de La Tour d'Eyrans, l'un des hommes les plus riches de Libertalia, est de retour. Bien entendu, l'ancien bras droit du capitaine Roger Rayson s'indigne comme tout le monde de la terrible nouvelle. Aussi, face au chaos qui règne déjà dans la république après le cambriolage, il propose que l'élection du*

Conseil des douze capitaines ait lieu sur-le-champ. Ceci, dit-il, « afin qu'une nouvelle équipe de capitaines prenne les choses en main et redresse la situation au plus vite. L'équipage au pouvoir aujourd'hui a montré les limites de sa capacité à protéger la république... ».

Un boulet de canon en direction du capitaine du Trésor commun, à n'en pas douter...

– Laure, je comprendrais très bien que tu partes tout de suite rejoindre ton père, dit alors William d'une voix douce.

– William a raison, dit Victor en prenant son amie en larmes dans ses bras. C'est une situation exceptionnelle. Ton père te manque depuis tant d'années.

– Laure, dit Célia. File faire tes valises et va retrouver ton père !

Après un long moment de silence, Laure releva la tête, essuya ses joues et prit la parole d'une voix brisée :

– Les amis, dit-elle, j'apprécie votre compassion à mon égard et vos paroles me font chaud au cœur. Mais, comme je vous le disais hier soir, je ne suis pas du genre à quitter mon équipage au moment où il a le plus besoin de moi. Mon père est en vie, c'est tout ce qui compte. Pour l'heure, l'urgence est ailleurs : il nous faut trouver ce maudit Trésor des sept galions pour sauver la république !

– Et nous aurons un rafiot dans l'heure ! s'exclama Victor, galvanisé par le courage de Laure. Ce Gouvernail de malheur va nous en louer un, ou alors je l'étrangle ! Par ma barbe !

Un instant plus tard, Victor pénétrait dans le hangar à bateaux de Gustave Gourvenec. Il avait la ferme intention d'obtenir le rafiot qu'il souhaitait pour leur expédition. William était juste derrière lui et marchait d'un pas rapide. Les filles suivaient comme elles pouvaient le garçon roux en furie. Laure semblait remise de ses émotions. Une détermination féroce se lisait sur sa figure.

Lorsque Victor entra, Gouvernail tira brusquement sur une bâche noire pour couvrir un navire.

Il sembla à William qu'ils arrivaient au mauvais moment...

L'homme était petit et maigre. La cinquantaine, le visage ridé, il avait une grosse moustache brune et le regard fuyant. Il portait une casquette bleue, une chemise de marin à carreaux rouges et blancs, largement ouverte sur sa poitrine poilue, et un bermuda crasseux. Tout en fumant une cigarette jaune à demi éteinte, il s'essuyait les mains avec un chiffon.

– Bonjour, fit Victor. Vous êtes bien Gouvernail ?

– Pour sûr, dit l'autre d'une voix éraillée. Que puis-je faire pour vous ?

– Je veux louer un bateau.

– Je ne loue pas, je vends des bateaux, dit l'homme en tirant sur sa cigarette. Désolé !

À ce moment-là, il remarqua que Victor avait un œil gonflé et la lèvre inférieure fendue.

– Qui vous a fait ça ? demanda-t-il en chassant la fumée par ses narines.

– Je veux louer un bateau, répéta Victor d'un ton plus ferme. Vous êtes sourd ou quoi ?

– Qui vous a fait ça ? répéta l'homme sans prêter attention à la demande de Victor.

– Le dernier commerçant qu'il a rencontré a refusé de lui louer un bateau, répondit William.

– Ah tiens...

– Il est à l'hôpital. Un mois d'arrêt de travail, précisa William, espérant que son mensonge pourrait accélérer les choses.

– Je vois, mais je ne loue pas, je vends, dit l'homme en frottant ses mains sales dans son chiffon.

– Je m'appelle Victor Monmouth, précisa le garçon.

– Et alors ? demanda l'homme, ça doit m'impressionner ?

Victor respira un grand coup, puis il se décida enfin à utiliser le poids de ses relations.

– Je suis le neveu d'oncle Bob.

– Ça m'impressionne, dit aussitôt l'autre en écarquillant les yeux. Venez, je vais vous montrer un superbe rafiot. Combien de temps voulez-vous louer ?

– Trois semaines.

– Très bien. Et pour la camelote que je dois à votre oncle, dites-lui bien qu'il aura ce qu'il demande dimanche prochain, nom d'une jambe de bois !

– J'y veillerai, affirma Victor d'un air supérieur.

– Que souhaitez-vous louer ? J'ai tout ce qu'il vous faut. Un voilier ? Un rafiot à moteur ? Un rafiot mixte ?

– Voilier ! tonna Victor.

– Moteur ! gronda William.

Les deux garçons se regardèrent

– Mixte, accepta Victor.

Plus loin sur le quai, Gouvernail proposa un navire à l'allure pas très rassurante aux yeux de William, Célia et Laure. La peinture du bateau était écaillée et un hublot était arraché. Une voile avait plusieurs pièces de couleur, comme si on l'avait rapiécée de nombreuses fois.

– Celui-là me paraît parfait ! lança Victor.

– Excellent choix ! s'exclama Gouvernail. Le *Lugubre* a déjà fait ses preuves !

– Ça se voit ! souffla Laure. Victor, par pitié, ne monte pas sur ce navire ! Je ne le sens pas.

– Aucun risque, dit-il. Regarde !

Victor posa un pied, puis deux sur le pont du navire. Il ne se passa rien.

– Descends, Victor, insista Laure.

– Ce bateau est tout ce qu'il y a de plus solide, souligna Gouvernail.

À cet instant, il y eut un long grincement. Victor descendit de quelques centimètres. Puis il y eut un gros craquement. Le garçon ouvrit grand les yeux et regarda ses trois amis d'un air surpris. Puis un énorme craquement se fit entendre et Victor traversa le pont du bateau, puis la coque.

Une minute plus tard, Victor remontait à la surface, la colère au ventre. Mais ce n'était rien comparé à celle de Laure.

– Maudite canaille ! s'exclama-t-elle. Vous avez failli tuer mon Victor en voulant nous louer cette barrique pourrie ! Si vous ne nous trouvez pas un rafiot digne de ce nom dans la minute, je vous le dis sans haine, je vous traînerai devant les tribunaux ! Cornediou ! Ma mère est avocate !

– Et mon oncle vous tuera pour avoir attenté à ma vie ! menaça Victor. Espèce de va-nu-pieds !

– Morbleu ! Calmez-vous Mademoiselle ! Calmez-vous, jeune homme ! Je vais vous louer mon propre bateau ! promit Gouvernail d'une voix paniquée.

– J'aime mieux ça ! gronda Victor.

– Je vous demande simplement de ne raconter à personne tout ce que vous allez voir et entendre, d'accord ?

Les quatre collégiens et Gouvernail retournèrent au hangar à bateaux. Ils se placèrent tout prêt du navire couvert d'une bâche noire.

– Est-ce qu'oncle Bob vous a parlé de mon métier ?

– Vous vendez des bateaux, répondit Victor, et vous en louez parfois, quand on insiste.

– Je vous propose donc avec joie la location de *L'Albatros furieux*, ma goélette personnelle. Une merveille d'architecture navale, robuste comme un roc, ajouta Gouvernail en tapant du plat de la main sur la coque du navire. Laissez-moi une minute et je vous la présente !

Gouvernail lança un œil soupçonneux dehors, puis ferma les portes de son hangar et revint à son bateau. Avec l'aide de Victor, il retira la bâche.

C'est peu dire que *L'Albatros furieux* était une splendide goélette.

Treize mètres de long, deux mâts, le bateau était doté d'une coque effilée, blanche, qui semblait lustrée comme un parquet. Un albatros rouge déployait ses ailes de géant des mers sur les flancs du navire.

– Diantre ! Votre navire est d'une grande beauté, admit Célia avec admiration. L'albatros rouge, sur le côté, est absolument magnifique.

– Merci, Mademoiselle, dit Gouvernail.

– Tonnerre de galion ! s'exclama Victor, sous le charme. Ne me dites pas que c'en est une !

– Monsieur est un connaisseur, dit Gouvernail. Eh bien si, c'en est une.

– J'ai lu des articles dans *Le Journal de bord du parfait flibustier*, mais je n'en avais jamais vu une en vrai, continua Victor. De l'extérieur, cela ne se voit pas du tout. Hormis le cabestan, bien entendu.

William, Célia et Laure ne comprenaient rien aux paroles de Victor et de Gouvernail.

– Cela vous ennuierait de nous expliquer ? demanda William.

– *L'Albatros furieux* est une GAR, expliqua Victor.

– Une goélette archi-rapide, précisa Gouvernail. Sur une mer d'huile, ses deux turbines peuvent la propulser à cinquante-cinq nœuds.

– Environ cent kilomètres à l'heure, traduisit aussitôt Victor pour les non-initiés au monde de la navigation maritime. En apparence, c'est un bateau à voile, mais sa coque cache deux moteurs silencieux et surpuissants. Combien de chevaux ? Quatre cents ?

– Cinq cents, assura Gouvernail avec une expression de fierté.

– Ça doit coûter une fortune, un navire comme celui-là, dit Laure.

– Exacte, Mademoiselle, répondit l'homme. Vous comprendrez donc pourquoi je demande trois mille pièces d'or pour la caution.

Sous le choc de cette exigence, William recula d'un pas. Victor cligna des yeux comme s'il était ébloui. Célia resta bouche bée. Seule Laure resta impassible, habituée qu'elle était à gérer ce genre de sommes.

– Vous semblez oublier que vous devez de la camelote à mon oncle ! lança Victor. Il faudra donc vous passer de cette caution.

– Matelot ! l'interpella Gouvernail avec étonnement. Certes, je dois à votre oncle du rhum, mais pour une centaine de pièces d'or ! La location de *L'Albatros furieux* vous coûtera à elle seule cinq fois plus.

– Cela fait donc cinq cents pièces d'or, pas trois mille ! contesta Victor.

– Et s'il vous arrivait quelque chose avec ma GAR, un naufrage par exemple ? Cette merveille vaut trois mille pièces d'or, pas une de moins ! Hors de question que vous preniez la mer sans une solide garantie pour moi, nom d'un chien de mer !

– Laure, il nous faut absolument ce bateau, glissa William au creux de l'oreille de la jeune fille. Ce gars-là est un requin de la finance maritime comme on en voit peu. Tes talents de négociatrice vont être mis à rude épreuve.

– J'en fais mon affaire, assura Laure.

Gustave Gourvenec observait les quatre jeunes gens d'un air

satisfait. Il était certain qu'ils n'avaient pas en leur possession une somme pareille et qu'il ne risquait donc pas de leur louer ce navire.

– Monsieur Gouvernail, commença Laure d'une voix haut perchée. Je m'appelle Laure de La Tour d'Eyrans. Ce nom vous dit-il quelque chose ?

– Vous êtes la fille de... suggéra Gouvernail, les yeux grands ouverts.

– Oui, je suis la fille de..., confirma Laure. Ma famille...

– ... est d'une moralité au-dessus de tout soupçon, continua l'homme, presque ému.

– Et sa fortune personnelle se situe..

- . . au-delà de ce que je peux imaginer, poursuivit l'homme Enfin, au-delà de ce que je pouvais imaginer... Vous êtes ruinée, je suppose, comme tout le monde depuis le cambriolage ?

– Justement, non. Mon père m'a toujours interdit de mettre la moindre pièce d'or dans une banque. C'est un ordre auquel j'ai obéi. Ma famille est donc toujours richissime. Peut-être plus aujourd'hui qu'hier.

– Fichtre ! Vous êtes bigrement intéressante.

– Je vois que nous parlons le même langage, monsieur Gouvernail. Voici l'accord que je vous propose : dix pièces d'or tout de suite, soit le reste de notre butin, et non pas cinq cents, mais mille à notre retour, pour le prix de la location. En outre, si jamais il nous arrivait malheur, sachez que je m'engage par écrit à ce que ma famille vous verse non pas trois mille pièces d'or mais six mille, pour votre caution.

Le regard de Gustave Gourvenec s'illumina comme les yeux d'un enfant devant ses cadeaux le matin de Noël. Laure avait su lui parler.

Les quatre amis avaient à leur disposition le meilleur navire de l'île de la Perdition pour affronter les périls de la Zone interdite.

Chapitre 25
Les géants de l'océan

— ÇA IRA, WILLIAM ? demanda Victor, installé à la barre de *L'Albatros furieux*.

William posa un œil vitreux sur son ami. Son estomac se contracta violemment. Le jeune capitaine vomit une nouvelle fois. À côté de lui, Célia, blafarde, avait la tête qui tournait, mais elle résistait mieux au mal de mer. Laure, assise près de Victor, observait le pilote du navire avec admiration.

Debout sur ses puissantes jambes, Victor effleurait la barre pour garder le cap. Ses longs cheveux roux ondulaient dans le vent. Ses yeux bleus sur le grand large, il en imposait avec son pull marin rouge, ses larges épaules et cet air de vivre totalement dans son élément.

Toutes voiles tendues, la goélette fendait la houle. Une forte brise poussait *L'Albatros furieux* à une bonne allure. De grandes gerbes d'eau giclaient sur les flancs du voilier. Autour d'eux, l'océan tumultueux, d'un bleu noir, se couvrait de somptueux reflets d'argent.

Victor se retourna et observa Célia qui prenait des notes sur le pont arrière.

— Tu serais mieux à l'intérieur ! lui lança le garçon. Un grain se prépare, précisa-t-il en observant le ciel charbonneux.

– Je préfère prendre des notes au moment où je vis les choses, répondit Célia avant de mettre la main devant sa bouche. Je trouve des mots plus justes, plus réalistes.

– Comme tu voudras, dit Victor, qui tira une drisse pour tendre la voile d'avant.

Blanc comme un linge, les yeux pleins de larmes, William eut un nouveau haut-le-cœur qui lui tordit le ventre. Une vague déferla alors sur le pont et lui fouetta le visage. Trempé, il se releva, tituba jusqu'à la cabine et plongea à l'intérieur du bateau. Le garçon s'allongea sur sa couchette. Nauséeux, la tête lourde, un goût amer et acide au fond de la gorge, il n'avait rien d'autre à faire que d'attendre un temps plus calme.

Au contraire, le vent forcit et une lourde houle chassa Laure et Célia du pont. À leur tour malades, les filles gagnèrent leurs couchettes.

Dehors, Victor enfila ses vêtements de mer et se battit seul contre les éléments.

Quand William ouvrit enfin les yeux, le soleil s'approchait de la ligne d'horizon. La bouche pâteuse, un goût aigre sur la langue, il avala plusieurs gorgées d'eau fraîche et rejoignit son ami sur le pont arrière.

Toujours à la barre, Victor mordait dans une tranche de cake au saucisson.

– Te voilà enfin, Santrac ?

– Oui, Monmouth. Me voilà enfin.

– Un bout de cake ? proposa Victor en lui tendant son morceau de gâteau.

– Comment peux-tu manger avec cette fichue mer ?

– Estomac plein ne craint rien, proverbe de marin canadien, répliqua Victor, originaire de cette contrée.

– On en a encore pour longtemps avant de toucher terre ?

– Nous faisons cap sur l'île de la Vieille-Vache. Nous mouillerons dans la baie des Brutes, cette nuit.

– C'est encore loin ?

– Pas trop. Car on va changer de rythme, dit Victor. Préviens les filles. *L'Albatros furieux* va nous montrer ce qu'il a dans le ventre.

Victor fixa les cordages du navire et tourna le cabestan situé devant lui. Tandis que le garçon tournait la grosse barre à roue horizontale, les deux mâts, mobiles, se replièrent doucement et basculèrent sur le pont. Les voiles s'enroulèrent automatiquement. En trois minutes, de simple voilier, *L'Albatros furieux* devint une goélette archi-rapide.

Une fois tout le monde sur le pont, Victor mit en marche les deux moteurs. Un vrombissement discret sortit du ventre du navire. Devant eux, l'océan s'était assagi, et il était temps de faire route et de dévorer les milles pour gagner le plus vite possible l'île de la Vieille-Vache. Demain, si le temps le permettait, ils seraient dans la Zone interdite.

Victor enfonça la manette des gaz et ses trois amis retrouvèrent le sourire. La coque du bateau se souleva et sembla flotter au-dessus de l'océan. Rapidement, une incroyable sensation de vitesse les fit frissonner de la tête aux pieds. Un doigt de lumière d'or vibrait sur l'eau. Quelques nuages distendus prenaient une teinte rose et violette. Des mouettes s'élançaient au-dessus des vagues en formant des petits traits noirs agités.

Le visage doré par la lumière déclinante, les quatre amis goûtaient aux délices de la vitesse dans l'air doux du soir et à la suprême beauté de l'océan.

À la tombée de la nuit, Victor coupa les gaz et laissa dériver le navire. Au loin, la silhouette de l'île de la Vieille-Vache se découpait sur le ciel étoilé. La Lune formait un croissant argenté.

Le navire s'arrêta.

– Nous allons pêcher notre dîner, expliqua Victor. Après, nous allumerons un feu et dormirons sur la plage.

– Quel genre de poisson on prend ici ? demanda Célia, son stylo et son carnet à la main.

– On verra, répondit Victor. Celui qui voudra bien mordre.

Sur les indications de Victor, à l'avant du navire, William retira d'un vaste coffre une canne à pêche et des leurres. Il rapporta également un bidon rempli d'une huile spéciale pêche au gros que lui avait proposée à l'essai Gladys Garcia, la propriétaire de Piratos extrémos.

– C'est quoi, ce bidon ? demanda Victor, l'air dubitatif.

– Ça ne peut que t'aider à pêcher, affirma William. C'est un nouveau produit. Un appât liquide ultraperformant.

– Vas-y mollo, quand même, prévint son ami. Je ne voudrais pas...

Trop tard. Le bidon, gras, glissa des mains de William, cogna le pont avant et fila au fond de l'océan après que le contenu se soit largement répandu sur la coque. Une odeur de poisson pourri se répandit dans l'atmosphère.

– Quel empoté, ma parole ! s'écria Victor.

– Je suis désolé, s'excusa William.

– Maudit pirate d'eau douce ! pesta son ami. Tu sais ce qu'il te reste à faire, maintenant ? Tu me balances une bonne trentaine de seaux d'eau de mer sur le pont. Pas question que notre rafiot empeste la sardine !

Les filles prirent chacune un récipient et donnèrent un coup de main au fautif. Pendant ce temps, Victor s'installa seul à l'autre bout du bateau et plongea sa ligne dans l'eau.

Le leurre était une énorme cuillère en acier mimant le corps argenté d'un hareng. Il descendit dans les abysses marins en quelques secondes

Victor observa les trois autres en train de s'activer, avec un petit sourire. Il laissa son fil se dérouler presque entièrement. Se rendant compte de sa bévue, il le stoppa juste à temps et l'enroula d'une quinzaine de tours.

Aussitôt, il eut une touche. Une énorme touche. Comme s'il s'était accroché à un rocher. Mais ce rocher tirait sur sa ligne.

– Hé, les amis ! s'écria-t-il. Si vous attrapiez une épuisette. J'ai un monstre au bout de la ligne !

– Qu'est-ce qu'on doit faire ? demanda William, qui arriva l'épuisette à la main.

– Rien pour l'instant, c'est à moi de me battre avec ce monstre marin, expliqua Victor, qui ressentit une terrible secousse. Il faut que j'arrive à lui remonter le museau, dit-il en forçant sur la canne et en enroulant le maximum de fil. Une fois le nez en l'air, le moindre coup de queue qu'il donnera le fera remonter vers nous.

Victor laissa filer du mou, tira à nouveau sur la canne, puis donna du moulinet, puis renouvela la manœuvre pendant un quart d'heure. Il sentit qu'il allait gagner la partie.

– C'est bon, préparez-vous, il est fatigué, il remonte !

Victor moulina lentement, tira sur la canne, moulina plus vite et, soudain, une ombre apparut à un mètre de la surface.

– Qu'est-ce que c'est ? Un barracuda ? demanda William.

– Non, trop docile. Ce doit être un mérou ou un thon.

– Tu vois que mon huile marche, remarqua William.

– Ce n'est pas ton huile qui a fait mordre ce poisson ! Mon leurre était à deux cents mètres de fond ! grogna Victor. Laure, apporte la torche et éclaire-moi cette bestiole ! Mille sabords ! C'est quoi, ce monstre ?

Dans l'eau claire, sous le faisceau lumineux de la torche, un poisson noir aux yeux gris et brillants nageait lentement près de la surface. Il devait mesurer trois mètres de long. L'animal ne paraissait pas farouche et ne cherchait pas à se débattre. Victor aperçut ses grosses nageoires, semblables à des petites palmes.

– Les amis ? Nous vivons un instant historique ! chuchota le pêcheur. Je vous présente le seigneur des ténèbres marines, j'ai nommé *Latimeria chalumnae* ou, pour ceux et celles que le latin embarrasse, le cœlacanthe.

– Ça se mange ? demanda bêtement Célia.

– Non, ça se respecte, dit Victor. Ce poisson est un fossile vivant. Une antiquité biologique. Cette espèce existe depuis la nuit des temps, bien avant les dinosaures. C'est le père de tous les poissons. Une créature marine du fond des âges. Quatre cents millions d'années qu'il existe. Croyez-moi, mes amis, il est probable que vous ne reverrez plus jamais un cœlacanthe de toute votre vie.

Presque immobile, l'énorme poisson ondulait doucement. L'hameçon du leurre en forme de poisson était planté dans la lèvre inférieure de sa grande bouche. Les quatre amis regardèrent avec fascination le géant des abysses durant quelques minutes.

– On le relâche ? demanda Laure, inquiète.

– Oui, dit Victor. Je préférerais mourir de faim plutôt que de tuer cette extraordinaire créature marine. William ? La gaffe, s'il te plaît. Et une pince. Dans ma boîte de pêche. Tiens la canne, Laure. Célia, recule un peu.

D'un geste doux, Victor glissa le crochet de la gaffe sous l'ouïe du cœlacanthe. Ensuite, il attira l'animal vers le bateau avec d'infinies précautions.

William lui tendit la pince.

Lentement, Victor serra l'énorme hameçon pris dans la gueule du poisson et le retourna de façon à lui faire prendre le chemin inverse.

L'hameçon retiré, Victor fit glisser le crochet de la gaffe hors de l'ouïe du cœlacanthe. L'animal resta un instant près du bateau, sans bouger. Puis, il battit des nageoires et disparut dans les profondeurs marines.

– Quelqu'un a une autre idée pour le repas de ce soir ? demanda William.

– Il y a un gros tentacule qui tête mon pied ! gémit à ce moment-là Célia, avec une expression d'écœurement sur le visage. Quelqu'un peut m'aider à m'en débarrasser ?

– William ? Ton sabre ! Vite ! hurla Victor, les yeux exorbités.

– J'ai mieux que ça ! répondit le capitaine.

William se précipita dans la cabine.

Un bras musculeux et gluant grimpait le long du mollet de Célia, terrifiée. Un second rampa sur le pont et s'agrippa au pied droit de Laure. Un autre glissa de l'avant du navire vers le premier mât et fouilla l'intérieur d'une voile repliée. Puis, d'un seul coup, une nuée de tentacules jaillirent de la surface de la mer, gagnèrent la coque du bateau et remontèrent lentement sur le pont vers les jeunes pirates.

Sabre à la taille, William jaillit de la cabine. Il tenait une sorte de coffre dans la main gauche et un harpon court dans l'autre.

– Qu'est-ce que tu fais ? s'étrangla Victor qui se battait avec un énorme tentacule.

– Le capitaine Némo lui-même n'aurait pas rêvé mieux pour se débarrasser de ces bestioles ! Un harpon anti-pieuvre !

William poussa vers le bas une manette située sur le côté du coffre. Un éclair électrique bleu se forma au bout de son harpon.

D'un geste vif, il pointa le tentacule qui s'enroulait autour du pied de son ami et appuya sur la détente de son harpon électrique. Un éclair bleu forma un arc et frappa le bras à ventouses. Le tentacule devint blanc, frissonna et se rétracta en une fraction de seconde.

William fonça alors en direction de Célia qui hurlait. Il pointa son harpon et envoya une décharge en pleine tête du calmar, qui lâcha sa proie. Grâce au harpon, le capitaine s'attaqua à une douzaine d'autres créatures qui se retirèrent précipitamment du bateau. Mais les bêtes étaient coriaces. À peine électrocutées, elles remontaient à bord.

Le harponneur augmenta la puissance de son arme. Son harpon grésilla et un éclair bleu circulaire se forma à son extrémité. Puis il dirigea son arme vers la tête d'un calmar qui rampait en direction de Laure. Il appuya sur la détente. Un éclair transperça l'air et frappa le céphalopode en plein dans l'œil. L'animal fut tué sur le coup.

Hélas les calmars étaient trop nombreux. La batterie haute puissance du coffre se mit à fumer et une flamme violette en jaillit.

Sans attendre, William empoigna son sabre. Il trancha aussitôt un énorme tentacule, libérant à nouveau Célia, puis il sectionna le lien visqueux qui entourait la jambe de Laure. De son côté, Victor repoussait avec sa gaffe la tête d'un calmar géant qui tentait de le dévorer.

– Tu peux être fier de toi, William ! hurla Victor. On peut dire que ton huile fait son effet ! Bravo !

Pendant que des centaines de nouveaux yeux phosphorescents remontaient des profondeurs, William courait sur le pont et coupait les tentacules à la volée. Du sang se répandait partout, excitant davantage encore les céphalopodes.

– Comment on se débarrasse de ces machins-là ? hurla William, un tentacule autour du bras. Je suis à bout de forces !

– En mettant les voiles, dit Victor, qui essayait de démarrer le navire.

Mais la goélette refusait d'obéir.

– Une de ces maudites bestioles a dû s'engouffrer dans les

turbines ! Je ne peux pas mettre en route ! hurla Victor. Tout le monde dans la cabine !

Mais avant que Célia n'ait mis un pied à l'intérieur du navire, un tentacule la saisit aux chevilles pour l'entraîner dans l'eau. Par miracle, elle réussit à attraper l'échelle du navire. Laure se précipita sur elle et tira son amie par les bras.

Tout à côté d'elles, une masse noire luisante fit soudain surface.

– Vic... Vic.... Victor... balbutia Laure. Une île vient d'apparaître. Là...

Célia sentit alors l'étreinte se relâcher autour de sa jambe. Elle remonta aussitôt l'échelle, gagna le pont et serra son amie dans ses bras.

– Qu'est-ce que c'est ? demanda William en avançant lentement en direction des filles au milieu des tronçons de tentacules.

Une seconde île noire apparut au côté de la première. Puis une troisième émergea à l'avant du navire. Puis une autre surgit sur le flanc droit de leur goélette, puis une autre encore, sans doute une vingtaine en tout. Un jet d'eau jaillit du dôme sombre qui était sorti de l'eau en premier. Un second fusa d'une autre île jusqu'à une dizaine de mètres de hauteur. Des grognements sourds parvinrent à leurs oreilles. Et d'autres jets d'eau montèrent vers les étoiles.

– Des cachalots, murmura Victor, soulagé. Quelle soirée, mes amis...

– Ils aiment les calmars ? demanda Laure.

– C'est leur mets favoris...

– Ça tombe bien, souffla William, qui retirait le liquide gluant recouvrant son sabre.

– Et c'est bon ? demanda Célia.

– Grillé, c'est délicieux. Avec un zeste de citron vert.

Une demi-heure passa. Victor démarra *L'Albatros furieux* et gagna la baie des Brutes et l'île de la Vieille-Vache. Les jeunes pirates prirent un bain pour se débarrasser de l'odeur épouvantable qui imbibait leurs vêtements et leur peau.

Puis, sur la plage, ils allumèrent un grand feu et firent un festin de tentacules.

Chapitre 26
Des serpents d'eau

LE LENDEMAIN MATIN, le temps était à l'orage. Dès six heures, le thermomètre affichait 25 °C et la chaleur empira rapidement. Sous le ciel lourd, *L'Albatros furieux* traçait une ligne droite sur l'océan.

Victor estimait qu'en l'absence de vent, il convenait de gagner la Zone interdite le plus vite possible. Il fallait franchir la frontière maritime de nuit, afin d'éviter la patrouille de la Brigade des mers.

Bien sûr, Victor connaissait les jours et les heures de passage. Mais il savait qu'en mer, un imprévu, une avarie, suite à une attaque de calmars géants, par exemple, pouvait vous mettre en retard. Par malchance, il était ainsi possible de croiser la Brigade des mers !

Vers midi, malgré l'air qui fusait autour d'eux grâce à la vitesse du bateau, la chaleur devint insoutenable. William, Célia, Laure se mirent à espérer la pluie, mais elle ne venait pas.

Dans la cabine, après le déjeuner, William s'installa à la table des cartes en compagnie des filles. Un plan de l'île Sans-Nom sous les yeux, ils scrutaient le moindre centimètre de ce territoire. Ils recherchaient ce qui pouvait être la fameuse « montagne noire » dont parlait leur carte au trésor et qui devait leur raconter « la suite de l'histoire ».

– Cette île est grande, constata Laure, une règle à la main. Vous vous rendez compte ? Cent trente-sept kilomètres de long et soixante-cinq de large dans sa partie la plus renflée.

– Ça ne sera pas facile de trouver cette fichue montagne ! pesta William qui faisait glisser un demi-globe loupe sur le plan. Vous avez vu tous ces volcans ?

En balayant la géographie de l'île, le garçon avait l'impression de survoler la surface de la Lune, tant il y avait de cratères.

– En même temps, rétorqua Célia, je pense que l'auteur de la carte doit s'attendre à ce que l'on vienne accoster à n'importe quel endroit de l'île. Au sud, au nord, à l'est ou à l'ouest. S'il nous donne cette indication de « montagne noire », c'est que l'on doit pouvoir l'apercevoir de n'importe où.

– C'est une idée brillante, reconnut Laure, admirative.

William fixa Célia, une lueur de fierté dans les yeux.

– Conclusion ? demanda le capitaine.

– Une fois à terre, avec une bonne longue-vue, du haut d'une colline, on devrait apercevoir cette montagne, estima Célia. Mais comment la distinguer des autres ?

Laure se repassait en boucle les mots de la carte sans rien comprendre. La voix de Victor interrompit le flot de ses pensées.

– Hé, vous autres ! hurla-t-il. Enfilez vos gilets de sauvetage et vos cirés. Ça va tanguer !

Les trois autres sortirent de la cabine et rejoignirent Victor. Il venait d'installer une banquette derrière lui et avait tiré une barre en aluminium devant cette banquette. La mer était lisse comme un miroir. Le bateau glissait au ralenti sur une mer d'huile. Le temps était chaud et pénible.

– Il ne pleut pas, Victor, constata Laure. Pourquoi mettre nos vêtements de mer ?

– Laure a raison, remarqua Célia. Tout est calme.

– Beaucoup trop calme, répliqua Victor. Regardez le ciel.

L'horizon était voilé et une lumière crue filtrait à travers les nuages. Des masses grises prenaient de l'ampleur et des sortes de queues de cheval descendaient de ces nuages, comme l'amorce de tornades.

À côté d'eux, l'eau se mit à frémir. Des gouttes montèrent de la surface vers le ciel en tourbillonnant, puis retombèrent.

– Il pleut à l'envers, dit Célia, l'air affolé.

– Qu'est-ce que tu dis ? demanda William avec un soupçon d'inquiétude dans la voix.

– L'eau remonte de la surface et part vers le ciel, expliqua Célia, les yeux exorbités.

– Les amis, dit Victor, fini de rigoler ! Installez-vous vite sur la banquette et attachez vos ceintures. Cramponnez-vous à la barre et ne la lâchez sous aucun prétexte.

Du côté de Laure, assise derrière Victor, l'eau perla de la surface de l'océan et monta de quelques mètres en tourbillonnant.

– Que se passe-t-il ? Victor ! s'exclama William qui bouclait sa ceinture.

– Des trombes. Nous sommes dans un champ de trombes...

– C'est-à-dire ? insista son ami.

– Imaginez une tornade en mer. Remplacez la poussière, les graviers et tout ce qui peut voler par d'énormes gouttes d'eau. La trombe est une tornade d'eau.

Les queues de cheval commencèrent à descendre des nuages et effleurèrent la surface de l'océan. L'une d'entre elles, plus grosse, se posa à une centaine de mètres de *L'Albatros furieux*, aspira l'eau et une énorme colonne de liquide s'éleva devant le navire. Une vague énorme se souleva au point d'impact. Le vent se mit à rugir comme une bête sauvage.

Le visage dur, Victor poussa la manette des gaz. Le bateau

ronfla et se cabra. Il semblait mettre le cap sur l'énorme trombe d'eau en formation. Ses amis eurent un frisson d'angoisse. *L'Albatros furieux* se plaça enfin à l'horizontale. Victor mit alors un coup de barre. La goélette archi-rapide passa au ras de la trombe en décrivant ensuite une superbe courbe.

Devant les jeunes pirates, des centaines de trombes d'eau s'élevèrent. Toute la surface de l'eau frissonnait et se veinait de tunnels d'eau. Une violente pluie d'eau de mer s'abattit sur eux. Le bateau slalomait entre les colonnes liquides à une vitesse effrayante.

Jamais Laure, Célia et William n'avaient vu une chose pareille. C'était à la fois terrifiant et formidablement beau. Laure avait l'impression de voir d'énormes boas translucides danser devant elle. Célia se sentait électrisée et terrifiée à l'idée d'être envoyée dans les nuages. William repensait à la turbine du Démon, ce tunnel énergétique qui l'avait propulsé sur Terra incognita.

Plus loin, une trombe d'eau d'un diamètre colossal se souleva devant la goélette lancée à pleine vitesse. Victor ne changea pas de cap. Passer sur le côté pouvait provoquer le chavirement du navire et la noyade de ses passagers.

— Cramponnez-vous de toutes vos forces ! hurla-t-il. Celle-là, on la traverse !

Ses amis obéirent sans broncher. Leurs mains se contractèrent sur la barre. William jeta un regard à Célia, puis à Laure. Il les trouva toutes les deux très belles et très maîtres d'elles.

— Gardez les yeux ouverts ! cria Victor. Profitez du spectacle !

Le navire s'engouffra dans la colonne d'eau et disparut.

Un instant plus tard, William secoua la tête, puis regarda autour de lui. Célia et Laure étaient là. Elles toussaient en se passant la main sur le visage. Victor sifflotait, une expression de triomphe sur le visage.

À la nuit tombée, le radar du bateau signala qu'un objet flottait devant eux. Un bateau, songea d'abord Victor. La Brigade des mers ? En théorie, non. Le pilote avait vérifié qu'aucune patrouille n'était programmée dans les parages pour ce soir-là.

Le garçon réduisit la vitesse du navire et s'approcha en douceur de l'objet...

C'était une bouée. Une bouée gigantesque dont le contour noir se découpait sous la clarté de la Lune. Elle devait mesurer vingt mètres de haut et peser plus de dix tonnes, d'après Victor.

La coque du vaisseau frôla la bouée qui envoyait des flashs lumineux orange à intervalle régulier. William attrapa la torche et éclaira le flanc de la bouée. Un message s'y trouvait :

Zone interdite. Danger de mort. Défense de pénétrer.

– À partir de maintenant, nous sommes dans l'illégalité totale, dit Victor. Cap sur l'île Sans-Nom.

Il aurait sans doute été plus logique de mouiller au large et de repartir le lendemain matin. Mais, si près du but, William et les filles insistèrent pour que Victor les mène à terre. Il leur semblait plus prudent de gagner l'île rapidement afin de dissimuler le navire et d'éviter la Brigade des mers. Victor leur expliqua que, de nuit, il était risqué d'accoster. Mais il céda.

Quelques milles plus loin, le radar signala la présence d'un nouvel objet. Il venait derrière eux et approchait à vive allure. Victor accéléra. Un second objet lumineux apparut sur l'écran radar, devant *L'Albatros furieux*. Puis un troisième, à l'est.

– Nous sommes dans le pétrin, chuchota Victor. La Brigade des mers nous a repérés. Trois navires sont à nos trousses.

– Six, précisa William, qui venait de découvrir trois nouveaux points sur l'écran radar.

– Qu'est-ce qu'on fait ? demanda Victor en se tournant vers ses trois amis.

– Qu'est-ce que tu proposes ? demanda William.

– Ils ont des corvettes ultra rapides, précisa Victor. On va un peu plus vite qu'eux, en théorie, mais...

– Mais quoi ? l'interrogea son capitaine.

– Leurs corvettes ont huit canons chacune. S'ils tirent sur nous, notre vitesse ne nous servira pas à grand-chose...

– Je ne suis pas chaude pour mourir ce soir, dit Célia.

Les six navires gagnaient du terrain. William commençait à furieusement s'impatienter.

Une voix grésillante transperça alors la nuit.

– Ici Conrad Roberts, capitaine de la Brigade des mers, aboya l'homme dans un porte-voix. Vous êtes en état d'arrestation pour franchissement illégal de la frontière maritime. Mettez en panne, immédiatement !

– Il veut qu'on arrête le navire, expliqua Victor à ses amis, qui ne connaissaient guère le jargon des marins.

Un coup de canon retentit et une gerbe d'eau explosa à la surface de l'océan, à quelques mètres de *L'Albatros furieux*.

– Un tir de semonce ! dit Victor. Que faisons-nous ?

– Gourvenec ! hurla Conrad Roberts. On sait que c'est vous. Mettez en panne immédiatement !

– On négocie ? demanda Laure.

– Ça suffit ! s'écria William d'un ton ferme. Victor ! Je prends les choses en main. Je suis le capitaine. Je passe à la barre.

– Comme tu voudras, dit son ami en levant les mains. Mais je ne suis pas sûr...

– Moi si ! s'énerva William. On ne négocie pas, on fonce ! Un bateau, ça ne doit pas être plus compliqué à piloter qu'un mouchocoptère. Accrochez-vous !

Sans attendre, le capitaine poussa brutalement la manette des gaz. *L'Albatros furieux* se cabra et partit sur l'eau comme une fusée.

Les six corvettes les prirent en chasse.

Le navire des jeunes pirates passa de justesse entre deux corvettes ! Puis plusieurs tirs de canon résonnèrent. Un premier boulet frappa la surface de l'eau sur la droite de leur navire, puis un second juste devant. Un troisième éclata derrière eux.

Victor jeta un œil sur l'écran radar. L'ennemi perdait chaque seconde une poignée de mètres sur eux.

Les six navires de la Brigade des mers s'alignèrent dans leur dos et une volée de vingt boulets de canon heurta l'océan sur l'arrière de *L'Albatros furieux*. La vague créée par les tirs souleva leur navire à plus de dix mètres de haut, puis il piqua du nez, retomba et s'enfonça dans l'eau.

Le navire des fuyards refit surface. Il manquait l'un d'eux à bord. La déferlante avait expédié Laure à la mer. La jeune fille agitait les bras à quelques mètres de *L'Albatros furieux*. Aussitôt, Victor bondit sur le pont, arracha une bouée de sa couronne et la lança puissamment en direction de son amie.

Laure attrapa la bouée et passa la tête et les bras à l'intérieur. William dirigea doucement le navire vers elle.

Derrière, les corvettes de la brigade revenaient sur eux.

Victor et Célia se penchèrent, attrapèrent Laure par les bras et la halèrent à bord.

– Ils vont me le payer ! gronda alors William, les yeux hors de la tête. Je vais les réduire en bouillie !

Il y eut une nouvelle détonation, plus sourde et plus longue.

– William ! hurla Célia. Il faut partir ! Regarde !

Un immense filet luminescent formait une toile d'araignée dans le ciel et s'apprêtait à leur tomber dessus

– Bon Dieu ! jura William. On décampe !

Le pilote tourna la barre et accéléra. *L'Albatros furieux* décrivit une large courbe à gauche, puis à droite, avant d'accélérer à nouveau.

Le filet luminescent claqua sur l'eau et s'enfonça dans les profondeurs marines, sans sa proie.

Vers trois heures du matin, la ligne de crête d'une grande île émergea des eaux noires. L'île Sans-Nom ! pensa William, qui avait conservé la barre. Complètement épuisé, Victor lui avait indiqué le cap à suivre et était parti se coucher.

Après toutes ces émotions, la découverte de l'île soulagea William. Le temps était calme. Il lui suffisait de conserver le cap indiqué par son ami. Ce qu'il fit scrupuleusement. Ses amis dormaient à poings fermés.

Mais, quelques minutes plus tard, une chose griffa la coque de leur navire.

– Tu aurais dû me réveiller, mille canons ! grogna Victor, les yeux encore gonflés de sommeil et les cheveux en bataille.

– Tu n'as presque pas fermé l'œil depuis deux jours !

– J'ai l'habitude ! File voir si on prend l'eau !

William lâcha la barre, descendit dans la cale et constata avec horreur que *L'Albatros furieux* prenait effectivement l'eau.

– À voir ta tête, lui lança Victor quand il vit émerger son ami de la cabine, nous avons un gros problème !

– La goélette se remplit d'eau ! Qu'est-ce que tu vas faire ? demanda William d'un ton navré.

– Activer la pompe de cale et nous mettre au sec. Impossible de réparer maintenant.

Après un silence, Victor lança d'une voix cinglante :

– William, tu ne vaux vraiment rien à bord d'un bateau !

Victor attrapa la carte marine et estima leur position. Puis il tourna la barre et enfonça avec rage la manette des gaz. Trois dômes se détachaient sur le fond de ciel d'un bleu sombre. Ils formaient comme la tête et les épaules d'un géant.

Victor déduisit qu'ils étaient, comme prévu, dans la baie des

Âmes amères. Une plage se situait donc en face. Il pouvait y échouer leur navire.

L'Albatros furieux gagna en vitesse, traversa le lagon et heurta la plage. Il parcourut une quinzaine de mètres en glissade sur le sable et toucha presque la végétation située en lisière de la plage.

Plongé dans un sommeil profond, les filles ne se rendirent même pas compte qu'elles allaient passer le reste de la nuit à terre.

Victor se coucha sans dire un mot à son ami.

Chapitre 27
Les secrets de l'île Sans-Nom

LES RAYONS DU SOLEIL FRAPPAIENT les grandes feuilles des cocotiers qui plongeaient vers le sable blanc. De petites vagues cristallines déferlaient sur la plage en remuant les coquillages. Un ciel pur couvrait l'île Sans-Nom et un léger vent agitait les cordages de *L'Albatros furieux*. La coque du navire avait tracé une large plaie sur le sable, comme si une tortue luth était venue de l'océan pour pondre sur la plage.

De l'épaisseur de la forêt tropicale, provenaient les coups secs et réguliers d'une hache contre un tronc. Un arbre craqua et s'affala. Puis il y eut une série de coups secs et un long soupir.

En nage, William passa la tête entre deux feuilles de fougère, grimaça de douleur et poussa sur ses jambes. Enfin, il amena sur la plage des ramures vertes aux allures de plumes géantes.

– Je te les mets où ? demanda le garçon à l'adresse de Victor, debout sur le pont du navire.

– Sur la proue. Je finis d'installer la bâche et, après, tu me les passes.

– D'accord, répondit William d'une voix neutre.

Ce dernier fourra un paquet de ces grandes plumes végétales sous ses bras et s'avança vers le nez du bateau. Il tendit l'une des vastes feuilles à Victor, qui la disposa sur le pont. Puis ils répétèrent les mêmes gestes jusqu'à recouvrir entièrement *L'Albatros furieux*, transformé ainsi, en trente minutes, en une masse verte, hérissée de branches et de bois. Victor fixa le tout à l'aide de cordages.

Le garçon roux sauta du bateau et atterrit à côté de son ami, la chemise trempée de sueur tout comme lui. Il passa son avant-bras sur son front et but une gorgée à la gourde que venait de lui tendre William.

– Désolé, pour cette nuit, dit Victor. J'étais en colère, mal réveillé, et je t'ai mal parlé. Je crois aussi que j'étais un peu jaloux. Tu nous as fichtrement bien sortis des griffes de la Brigade des mers, hier soir. Moi, j'ai baissé le pavillon comme un lâche...

– Tout va bien, le rassura William d'un ton amical. Tu es un grand marin. Et le bateau ? La fuite ?

– Colmatée. J'ai mis un enduit spécial déchirure de rocher, plaisanta son ami. Il faudra une bonne semaine avant qu'il soit sec.

Les deux amis se lavèrent dans l'eau d'une rivière qui coulait près de la plage. Puis ils se changèrent et s'équipèrent de la tête aux pieds.

William installa son sabre dans son dos, de façon à ne pas être gêné pour la marche. Une crosse de pistolet dépassait de sa ceinture.

– C'est quoi ? demanda Victor en indiquant l'arme du menton.

– Une assurance-vie.

– C'est-à-dire ?

– Un pistolet magique, précisa William. En cas de mauvaise rencontre...

– William ! s'exclama Victor. Combien de fois faudra-t-il que je t'explique que, sur une île comme celle-ci, il n'y a pas et il n'y aura jamais de grands prédateurs ? Nous ne sommes pas dans la Zone mystérieuse.

– Je sais, lui répondit William. Mais il pourrait me servir contre un scorpion ou une bestiole de ce genre, non ?

Victor secoua la tête.

– Bon, et ton matériel, on en fait quoi ? enchaîna Victor en plaçant son sac à dos sur ses épaules.

Le garçon faisait allusion à l'énorme caisse que William avait fait installer dans la cale du bateau à Puerto San Malito, un cadeau de Gladys Garcia. Les garçons venaient de la dissimuler sous des branches, non loin du navire, à l'abri de la pluie sous un énorme figuier sauvage. William tenait à ce que son contenu reste mystérieux pour ses amis.

– On laisse la caisse ici, dit William. C'est une surprise pour le retour, ajouta-t-il d'un air énigmatique. Tu as vu les filles ?

– Elles sont parties en repérage à la recherche de la montagne noire, dit Victor. Elles ont pris...

Un énorme rugissement arrêta Victor. C'était un cri terrifiant. Il provenait des hauteurs de l'île, devant eux, à une centaine de mètres.

– Victor, bon sang de bois ! C'était quoi, ce cri ?

– Je ne sais pas, avoua Victor. Je...

– Et tu disais que l'île Sans-Nom était déserte ! souffla William. Apparemment pas. On aurait dit un cri de tigre à dents de sabre, non ?

– Oui, reconnut Victor. Enfin, ça y ressemblait beaucoup...

Au loin, les filles passèrent la lisière de la forêt et déboulèrent sur la plage. William et Victor allèrent aussitôt à leur rencontre. Et, sans attendre d'identifier l'animal qui avait poussé ce cri, les quatre amis fuirent à toutes jambes sur la côte.

Après un bon quart d'heure de course, ils stoppèrent. Son

gros pistolet à la main, William observa les alentours. Rien. Ils pouvaient enfin souffler.

William alluma un feu et l'équipe de chasseurs de trésor discuta tranquillement de ce qui venait de se passer.

– Je reconnais que je me suis un peu avancé, dit Victor. L'animal que l'on a entendu tout à l'heure n'avait rien d'un moustique. C'était même une bête du genre ours ou gros félin... Mais je ne m'explique pas la présence ici d'un carnassier de cette taille.

– Qu'est-ce que tu veux dire ? demanda William.

– Les radeaux végétaux naturels qui sont portés par les courants à travers les mers ou les océans sont minuscules, expliqua Victor. Au mieux, ils transportent des lézards, des petits singes, des grenouilles, mais pas un animal capable de pousser un tel rugissement !

– C'est peut-être un longues-griffes ? proposa William.

– Non, affirma son ami, passionné par le monde animal. Le rugissement du longues-griffes est plus long et moins grave.

Sorte d'ours géants, les longues-griffes pouvaient être cinq fois plus gros que les plus grands grizzlis.

– Et si on parlait d'autre chose ? dit Célia que cette conversation agaçait. Victor, arrête de faire cette tête ! Personne ne t'en veut. Tu ne peux pas tout savoir. Cette île est probablement truffée d'énormes bestioles capables de nous dévorer, mais on fera avec.

– Merci, Célia, apprécia Victor avec amertume.

Après le repas, la conversation porta sur la montagne noire. Dans le lointain, les filles avaient aperçu vers l'ouest un dôme volcanique. Le sommet de ce mont semblait plus pointu et plus haut que les autres.

Le groupe avait choisi de couper à travers la forêt tropicale pour rejoindre une petite masse rocheuse qui dominait la cime des arbres. De cet endroit, ils pourraient mieux distinguer le dôme noir et vérifier qu'il s'agissait bien de leur montagne.

Après deux heures de marche dans une végétation touffue, les jeunes aventuriers arrivèrent au pied du rocher qu'ils convoitaient.

Il était près de cinq heures quand ils atteignirent le sommet de la colline.

De là-haut, ils avaient un point de vue exceptionnel sur l'île. La forêt s'étendait à perte de vue et descendait jusqu'à un large fleuve. Un haut volcan émergeait. William le scruta. Si cette montagne était la bonne, elle avait donc un secret à lui révéler. Elle devait lui parler. Lui dire quelque chose. Lui raconter « la suite de l'histoire ». Le jeune capitaine ferma les yeux un instant pour faire le vide dans son esprit, puis les rouvrit.

Les rayons rasants firent apparaître un relief étrange sur le flanc du volcan. C'était une sorte de visage. Une tête de mort, songea William. Sa bouche paraissait avoir été taillée d'un coup de serpe. Une dent hideuse ressortait en son milieu. Ses yeux étaient étroits et biscornus. Le trou du nez faisait penser à une araignée. Le sommet du crâne était fendu et enfoncé sur le côté droit.

William regarda alors ses amis.

– Je crois que j'ai compris, dit-il.

– Compris quoi ? demanda Célia.

– Le sens du message de la carte.

– On t'écoute, dit Laure.

– Regardez en face, dit le jeune capitaine. Est-ce que vous voyez ce visage ?

Les trois autres scrutèrent le flanc volcanique. Ils devinèrent eux aussi l'étonnante figure de roches.

– Quoi de mieux, mes amis, qu'un visage, pour nous racon

ter « la suite de l'histoire » ? demanda le capitaine. J'ai la curieuse impression que l'auteur de la carte nous a laissé un message dans cette tête.

Un frisson parcourut son équipage. L'intuition de William leur semblait lumineuse.

Le lendemain, il parut évident qu'il faudrait rendre visite à l'étrange visage de la montagne noire.

Un instant plus tard, Victor promena son regard sur l'horizon. Il était intrigué par la présence d'une vaste prairie d'herbes hautes. Il devinait que de grands herbivores devaient brouter sur cette île. Sans leur présence, il n'y aurait qu'une forêt.

Laure se rapprocha de Victor, qui avait l'air pensif.

– Que se passe-t-il ?

Le garçon tira sa longue-vue de son étui de cuir et scruta la plaine herbeuse.

– Nous ne sommes vraiment pas seuls sur cette île, dit-il. Non seulement il y a de grands prédateurs, mais...

Le garçon observait un troupeau d'animaux au bord du fleuve.

– Qu'est-ce que tu vois ?

– Des mammouths !

– On risque quelque chose ?

– Normalement, non. Si on reste à bonne distance.

Victor regarda vers l'ouest. Des grosses-échines batifolaient dans l'eau au milieu des nénuphars. Un couple de mâles deux-cornes s'affrontait un peu à l'écart. Puis, sortant de la forêt, un mégacéros montra ses immenses bois de cervidé géant. Mais comment ces animaux étaient-ils arrivés sur l'île Sans-Nom ? Quel était le secret de cette terre ?

Dans les dernières lueurs du jour, Victor alla chercher leurs paquetages. En remontant les sacs, il trébucha lourdement. Son mollet se perla de sang sur une large bande. Célia lui confectionna un bandage et Victor put s'allonger dans son sac de couchage sans craindre de le tacher de sang.

Une nuit fraîche et constellée d'étoiles s'installa doucement. Les mains croisées derrière la tête, les quatre amis contemplèrent le ciel depuis un balcon rocheux situé au sommet de la colline. En bas, la forêt diffusait son parfum végétal avec ses enivrantes odeurs de fleurs. D'innombrables insectes, oiseaux, reptiles et mammifères proposaient un concert de cris, de chants, de stridulations et de gazouillis. Des lucioles virevoltaient dans les airs, leur postérieur brillant d'une lumière jaune.

Dans le lointain, William distingua la lueur rouge d'un volcan en éruption.

Laure était plongée dans ses pensées. Elle songeait à son père. Elle avait hâte de pouvoir le serrer dans ses bras.

Victor finissait une banane en s'interrogeant sur les origines de l'Univers. Une énorme explosion aurait fait naître tout cela des milliards d'années auparavant.

Tout comme lui, Célia admirait l'étendue infinie du cosmos.

– Je trouve que l'on ne regarde pas assez souvent les étoiles, dit-elle. C'est vraiment beau. Je ne m'en lasse pas.

– C'est juste, admit William. Nous allons trop vite. On ne lève pas assez souvent les yeux vers le ciel.

– Je suis content d'entendre le garçon le plus pressé de Terra incognita parler ainsi, dit Victor. Avec lui, jamais le temps de regarder une orchidée ou un colibri…

– Quelqu'un sait où se trouve la Terre ? demanda soudain Célia.

– Tu vois, là, l'amas d'étoiles avec une forme d'éventail ? suggéra William en tendant le doigt vers le sud-ouest.

Les yeux de Célia glissèrent sur l'immensité du cosmos.

– Ça y est, dit Célia. Je le vois.

– Lucas m'a dit que c'était dans cette région de l'espace, dit le garçon. Jamais je n'aurais imaginé qu'un jour je pourrais montrer où se situe la Terre avec le bout de mon doigt.

– Et moi, jamais je n'aurais imaginé que mon prince charmant viendrait d'une autre planète, glissa Célia, qui tenait la main de William dans l'obscurité.

William serra doucement la main de la jeune fille et tourna la tête vers elle. Il devinait l'éclat de son sourire et ses deux yeux brillant dans l'obscurité.

– Que tout cela est romantique ! souffla Victor. Tu ne trouves pas, Laure ?

– C'est la beauté de la nuit qui nous offre ce moment, répondit Laure. On se livre davantage dans le noir. On pense à ce qui est vraiment important dans notre vie et on ose en parler, c'est bizarre, non ?

Célia approcha sa bouche de l'oreille de William et lui murmura :

– Je t'aime.

Chapitre 28
Une grenouille qui sauve la vie

LE MATIN SUIVANT, la forêt dense qui s'étendait au pied de la montagne noire était couronnée de gros nuages sombres. Une pluie lourde tombait depuis environ deux heures. Les jeunes aventuriers progressaient difficilement sur le sol imbibé d'eau.

En tête de convoi, le capitaine fendait les buissons à l'aide de son sabre. Des fougères, des lianes, des banians, des oucoumés, des kapokiers, des ficus et des hévéas se battaient pour envahir l'espace de leurs branches et de leurs racines.

Plus haut, la lave avait dessiné une tête affreuse dans le flanc du volcan. Il fallait l'atteindre au plus vite et redescendre encore plus vite, car le sol vibrait de temps à autre de façon inquiétante.

– Quelle idée, de nous faire aller là-haut ! s'énerva Célia après une glissade douloureuse. L'auteur de la carte au trésor mériterait une belle paire de claques !

– Il doit avoir une bonne raison, dit Victor, qui fermait la marche. Allez, courage ! lança-t-il en lui tendant la main pour l'aider à se relever.

– J'espère que tu dis vrai ! souhaita Célia.

– On ne pourrait pas faire une pause ? proposa Laure. J'ai les jambes dures comme des mâts de galion.

– Pause ! hurla William.

Le convoi s'arrêta.

– Et ton mollet, Victor ? continua Célia en chassant la boue de ses jambes du plat de la main.

– Il suinte, dit-il en montrant son pansement, largement rougi. Ça ne cicatrise pas.

– Normal, avec cette fichue pluie ! Je referai ton bandage ce soir. S'il s'arrête de pleuvoir !

– J'ai peur que non.

Victor leva les yeux au ciel. Des cordes d'eau s'abattaient sur la forêt dans un fracas infernal. Entre les feuilles des cimes, il distinguait un fond de ciel sombre.

Les garçons s'installèrent sur un tronc couché, couvert de champignons et de lichen. Les filles allèrent s'asseoir un peu plus loin sous les longues et larges feuilles d'un palmier.

Devant eux, un ruisseau coulait à vive allure entre des blocs de roche noire. Sous l'impact des gouttes, de larges feuilles en forme de cœurs se dandinaient sur les rives. Victor aperçut une petite grenouille rouge et noire dissimulée dans le repli d'une feuille. Il connaissait cette espèce, mais ne parvenait pas à l'identifier.

– La pente devient difficile, dit William, son pistolet à la main.

– Je vois que Monsieur reste sur ses gardes, dit Victor.

– Je crois que ce que tu as aperçu dans ta longue-vue m'y invite, non ?

– Exact, reconnut Victor. Mais je crois bien que ce genre d'engin n'apprécie pas vraiment la pluie.

– Tu as raison, dit William en le glissant dans son étui.

Puis il se pencha pour voir les filles. Elles avaient l'air franchement exténué.

– Tu ne crois pas que l'on devrait trouver un autre chemin ? demanda-t-il.

– Peut-être, répondit son ami. Par le sud, puis à l'est, ce serait plus long, mais moins éprouvant pour tout le monde.

Une poignée de minutes s'écoulèrent. Les cercles qui se formaient à la surface du ruisseau devinrent moins nombreux. La pluie se calmait enfin. Une étrange odeur de charogne se propagea alors dans l'air.

– Tu sens ce que je sens ? demanda Victor.

– Il doit y avoir un cadavre dans le coin, répondit William.

En se tournant, William remarqua des traces de pas. Il donna un coup de coude à Victor et lui indiqua du menton l'endroit où les traces se trouvaient. Juste à côté, son ami aperçut une touffe de poils blonds qu'il ramassa et porta à son nez.

– Quelle horreur ! s'exclama Victor en retroussant les narines.

Tout à coup, un bruit parvint à leurs oreilles. Un animal reniflait l'air à côté d'eux.

William posa la main sur la crosse de son arme. Célia et Laure ne prêtaient pas attention à ce qui se passait.

L'animal huma l'air à nouveau. Un énorme gargouillis roula dans son ventre. Il avait faim.

Les deux garçons distinguèrent alors la bête qui s'approchait du côté de Victor.

C'était une hyène hirsute. Haute comme un poney, cette créature devait peser dans les trois à quatre cents kilos. Elle était taillée comme un bison : une grosse gueule, des épaules hautes, larges et puissantes, un dos en pente et un train arrière plutôt petit. Sa crinière épaisse, brune et broussailleuse lui couvrait le cou, le poitrail et le sommet du dos. Une vilaine queue en pinceau finissait cet effrayant mammifère au pelage jaunâtre tacheté de marron.

Victor savait que la hyène hirsute était un prédateur tenace et d'une grande voracité. Il avait lu quelque part qu'elle se nourrissait de cadavres de grands herbivores. Mais, en période de disette, il lui arrivait de chasser des proies vivantes.

La grande hyène approcha sa gueule des jambes de Victor. Elle appuya son museau contre son mollet blessé. Le garçon était pétrifié.

Puis la bête lécha le pansement purulent de la jambe.

– Tire ! murmura Victor en direction de William. Tire !

La hyène dressa l'oreille et ouvrit grand les yeux.

Sans attendre, William pointa son arme et appuya sur la détente.

Clic ! Clic !

Trempée, la poudre ne répondait pas.

William écarquilla les yeux de terreur. Victor avala sa salive. Les filles les appelèrent. Elles devinaient que quelque chose de grave se passait, sans voir quoi.

La hyène souffla et grogna. Son haleine chaude et putride leur donna un haut-le-cœur. L'animal se remit à lécher de sa langue horrible et gluante la plaie du mollet de Victor. Elle détacha le pansement et l'avala.

Victor avait le visage déformé par une grimace de dégoût et d'horreur.

Posée à moins d'un mètre de lui, la grenouille rouge et noire sortit de dessous la feuille. De grosses gouttes éclataient sur sa petite tête.

Victor se frotta le visage et plissa les yeux pour mieux l'examiner.

La hyène poussa sa jambe d'un coup de museau et reposa sa langue râpeuse et chaude sur son mollet. La langue allait et venait comme une râpe sur sa blessure.

William se demandait quoi faire. Il bougea le bras pour attraper son sabre.

La hyène recula un instant, poussa un rire horrible, sauta sur place et reprit sa besogne. Elle mordilla la jambe de Victor, qui s'efforçait de rester immobile.

La grenouille cligna des yeux et étira une patte. Elle allait sauter dans l'eau d'une seconde à l'autre. Lentement, Victor se pencha vers le batracien et l'attrapa d'un geste vif. Il venait de se souvenir à quelle espèce elle appartenait.

À cet instant, la hyène lui mordit la plaie. Victor sursauta. Et au moment où la hyène s'apprêtait à lui arracher la jambe, il lui fourra la grenouille dans la gueule.

La hyène bondit comme si elle avait reçu une décharge électrique. Dans l'énorme gueule, le batracien apeuré venait de se coller à son palais.

Sortant de sa peau, un mucus chargé de l'un des poisons les plus violents du monde animal fut alors aspiré par la muqueuse de la hyène. Une brûlure atroce s'empara de sa gueule tout entière. Elle secoua la tête, folle de douleur, ouvrit la gueule et finit par cracher la grenouille vénéneuse. L'animal s'enfuit dans la forêt en gémissant.

– Qu'est-ce que c'est que cette grenouille ? demanda William avec effarement, au moment où les filles les rejoignaient.

– Une dendrobate ! Une grenouille dont la peau produit du poison. Ses couleurs criardes sont un avertissement pour ses prédateurs : si tu me manges, tu meurs !

- Comment tu sais tout ça ? demanda William

Les livres, mon ami ! Les livres !

Je ne pensais pas qu'un livre pouvait sauver la vie !

Tout l'après-midi, le beau temps s'empara du ciel. Les quatre amis progressèrent vite dans la jungle. Ils s'acheminèrent en trois heures jusqu'à la limite de la végétation.

Plus haut, ils traversèrent une plaine de lave et de cendre. Dans cet univers de roches nues, grises, noires, au milieu de volutes de vapeur et de fumée, ils avaient le sentiment d'être sur une autre planète. Des cascades grandioses et des lacs à l'eau bouillante jalonnaient leur parcours. Enfin, après trois nouvelles heures de marche sur une terre cendreuse, ils touchèrent au but.

La fameuse tête de mort dessinée dans la roche était aussi vaste qu'un grand navire. Elle devait bien mesurer quarante mètres de haut pour trente de large. Ce qu'ils avaient pris pour des yeux étaient en fait deux cavernes qui s'engouffraient à l'intérieur du volcan. Un nuage de vapeur sortait d'une large fissure formant une sinistre bouche. Devant elle, un énorme rocher de forme cubique mimait parfaitement une dent.

Du sommet, la vue sur l'île était magnifique. Une large vallée s'ouvrait et finissait en éventail jusqu'à l'océan. Un fleuve naissait au pied du volcan. Il zigzaguait vers le sud, puis piquait droit vers le nord avant de tourner et de finir en un large delta d'un bleu sombre.

Les cavernes avaient la hauteur de deux hommes. Elles pénétraient au cœur du volcan. Célia et Victor restaient en retrait, pas très loin des ouvertures, alors que Laure et William semblaient dans leur élément. Laure n'avait jamais eu peur du noir et William, grâce son expérience à la Compagnie générale des os était habitué à l'obscurité.

Après une demi-heure de vaine recherche, le volcan gronda et le sol se mit à trembler. Quelques gravillons tombèrent du plafond et tout le monde écarta les bras pour garder l'équilibre.

— Il ne faut pas rester là ! cria Victor. Sortez !

— Pas avant d'avoir trouvé ce qu'on cherche ! riposta William.

— Quelle idée de nous faire venir ici ! pesta Célia.

William tenait une pioche télescopique qui lui avait servi à sonder le sol. Laure fouillait le sol et les cavités. De leur côté,

Victor et Célia observaient le plafond et la moindre fissure. Ils étaient en quête d'un coffre, d'un objet, d'un message qui leur indiqueraient le chemin à suivre vers le trésor.

– Toujours rien ? demanda William à Laure.

– Rien du tout, répondit-elle. Je ne comprends pas. La carte dit : « La montagne noire vous racontera la suite de l'histoire ». Peut-être que notre idée de tête est stupide ?

– C'est bien possible.

– Et peut-être que ce n'est pas le bon volcan ?

– Ne parle pas de malheur ! s'inquiéta William.

– Qu'est-ce qu'on fait ?

– On sort et on discute.

Les amis se retrouvèrent au dehors. Le soleil commençait à décliner. Des nuages prenaient une teinte violette sur un fond de ciel encore bleu. La lumière devenait jaune d'or. Les mains en visière, William balaya l'horizon du regard. Il songeait à celle qui avait rédigé cette carte. Alexandra Mondragon était-elle toujours en vie ?

Le garçon demanda sa longue-vue à Victor.

– J'ai faim, dit Victor. Je suis le seul ?

– Non, fit Célia. Mais j'en ai assez du riz et du fruit de l'arbre à pain. On ne pourrait pas manger autre chose ?

– À part le riz, on mange ce que l'on trouve, répondit Victor. C'était l'accord au départ.

– On ne peut pas trouver un poulet ?

– Je pense qu'il n'y en a pas, sur cette île, dit Victor.

– Tu disais la même chose à propos des grands animaux, tu te souviens ? nota Célia. La grosse hyène ? Les mammouths ? Et cet animal au rugissement inconnu ?

William pensait que ce n'était ni l'endroit ni l'heure pour se disputer à propos de la nourriture. Il scrutait l'horizon dans l'espoir d'y trouver un indice.

Dans le lointain, il distingua une colonne de fumée.

– De la fumée, s'écria-t-il. Je vois de la fumée. Regardez !

Le garçon passa la longue-vue à Célia. Au bout de quelques secondes, elle dit :

– C'est un feu !

– C'est peut-être un incendie, suggéra Victor, qui ne souhaitait pas se réjouir trop vite. Faites voir...

William reprit la longue-vue. Il semblait perdu dans ses pensées. Il lui était difficile d'imaginer que cela était aussi simple. Un autre indice devait confirmer son intuition. Le jeune capitaine recula et se plaça derrière le rocher en forme de dent. Il découvrit alors un sillon tracé dans la roche. Il souffla pour dégager la cendre qui couvrait le sommet de la dent.

Le sillon se prolongeait. À côté de lui, un mot apparut : « Si... »

Il souffla plus fort, à plusieurs reprises. Une phrase, sculptée dans la roche, se révéla : « Si tu vises juste, tu verras mon panache. »

William posa la longue-vue sur le sillon et inspecta les cimes de la forêt. En plein centre de la lentille, le panache de fumée montait exactement dans l'alignement du sillon.

Chapitre 29
Une défense dans la forêt

IL ÉTAIT SEPT HEURES TRENTE DU MATIN. Le volcan gronda longuement. Une explosion se fit entendre et une formidable colonne de cendre monta dans le ciel laiteux. Installés au pied du géant en train de se réveiller, les quatre amis enfournèrent leurs affaires dans leur sac à dos et gagnèrent à vive allure l'épaisseur de forêt.

De ce côté de l'île, la végétation était encore plus riche. Des fougères et des plantes à fleurs de centaines d'espèces différentes se partageaient l'espace en inondant l'air ambiant de leurs parfums.

En tête du convoi, Célia était ravie de découvrir toutes ces fleurs. Derrière elle, Victor faisait de son mieux pour satisfaire sa curiosité en donnant le nom des plantes et les vertus qu'il leur connaissait. Laure et William fermaient la marche.

Une énorme fleur rose, qui évoquait un artichaut géant, présenta sa corolle à Célia.

– C'est quoi ? demanda-t-elle.

– On l'appelle la fleur des galants, répondit Victor.

– Elle dégage une drôle d'odeur...

– Proche du vinaigre, avec un soupçon de réglisse.

– Exactement, constata Célia, dont le nez se situait à dix centimètres du cœur de la fleur. Pourquoi ce nom ?

– Je crois que c'est parce qu'une espèce de scarabée mâle, le capricorne chevelu, vient ici faire la cour à sa femelle, dit Victor. Tiens, regarde, tu en as un à l'intérieur.

Un long insecte au corps jaune et rouge tournait sur lui-même sur un des pétales géants en agitant ses antennes.

– Bon, on avance ! grogna William, bloqué par les larges épaules de Victor.

– Quel rabat-joie, celui-là ! s'écria Célia.

– Que veux-tu, il ne s'intéresse pas le moins du monde à la botanique, ironisa Victor.

– Je sais, confirma Célia. Ce malotru ne m'a jamais offert la moindre fleur !

William haussa les épaules. Laure eut un sourire en coin.

Plus loin, Victor découvrit une orchidée perroquet. Tout le monde comprit alors pourquoi celui ou celle qui avait écrit la carte avait pu utiliser cette encre si rare

Après une nouvelle heure de marche, le groupe traversa une petite prairie où ils purent prendre leur repas, à l'ombre d'un banyan. Cet arbre était une cathédrale végétale dont la circonférence pouvait atteindre une centaine de mètres.

Victor expliqua que le banyan appartenait à la famille des figuiers. Il avait la capacité d'émettre des racines aériennes à partir de ses branches. En touchant le sol, ces racines devenaient des tiges, puis des troncs. Petit à petit, un arbre se transformait ainsi en orgue de centaines de troncs enchevêtrés les uns dans les autres. Un véritable labyrinthe végétal, pensa William avec fascination.

Pour son malheur, car elle était gourmande, Célia constata que le déjeuner fut une fois encore constitué de riz et des sempiternels morceaux de fruits de l'arbre à pain, si farineux, si fades et si bourratifs. Pour son bonheur, sur le chemin, Victor avait découvert un manguier. Ses fruits, juteux et sucrés, régalèrent tout le monde et firent oublier l'absence de viande ou de poisson.

Aussitôt le repas achevé, Célia interrogea à nouveau le spécialiste en botanique.

– *Orchis milodora*, dit Victor. Orchidée aux milles parfums. L'une des fleurs préférées de Ninnog Cornog.

– La conservatrice du jardin des Plantes serait fière de toi, dit Célia. Tes connaissances sont fascinantes !

Plus loin, une énorme tige jaunâtre et courbe émergeait d'un buisson. D'un diamètre impressionnant, elle devait mesurer deux bons mètres de haut.

Célia interrogea du regard le spécialiste. Elle pensait avoir fait une découverte extraordinaire. Victor écarquilla les yeux.

– Nous sommes trop près, dit-il à voix basse. Recule...

– Quoi ?

– Ce n'est pas une plante, murmura Victor en posant son index sur sa bouche pour demander le silence à Célia. Recule, sans faire de bruit.

Célia ouvrait grand les yeux et remuait doucement la tête pour lui signifier son incompréhension.

Une seconde tige courbe apparut alors, accompagnée d'une trompe. Puis il y eut un craquement de branche. Une masse rousse surgit. Une tête de mammouth se dégagea du buisson et l'œil rond de l'animal se posa sur le visage de Célia.

– Courez, les amis ! hurla Victor. Aussi vite que vous pouvez !

Laure, William et Célia virent alors le gigantesque mammouth prendre toute la place dans le sentier qu'ils empruntaient. Il avait une taille prodigieuse et paraissait furieux.

L'animal chargea.

Les jeunes pirates partirent ventre à terre.

– Qu'est-ce qu'on fait, William ? s'écria Victor. Ton pistolet magique ?

– Non, on va se servir de tes cours de botanique ! Suivez-moi !

Derrière eux, les branches et les feuilles volaient en tous sens sous l'impact des défenses du mammouth lancé à pleine vitesse.

D'une rapidité folle, William s'engouffra dans la végétation tropicale en chassant les feuilles de ses bras. Ses yeux fouillaient l'espace à la recherche d'un arbre précis.

Enfin, il le trouva. Un énorme banyan s'élevait à une trentaine de mètres de là. Le mammouth était à deux doigts de les toucher avec ses défenses lorsque William s'engouffra dans l'entrelacement des troncs de l'arbre. Il se baissa, plongea, se releva et s'enfonça le plus loin possible. Il se colla contre le tronc principal.

Laure comprit son manège. Elle reproduisit les mêmes gestes et se plaqua contre lui. Célia se faufila jusqu'à Laure et se plaça sur la droite, le dos collé à un gros tronc. Plus massif, Victor s'infiltra avec plus de difficulté. Mais sa musculature lui permit de forcer le passage et de casser des branches. Il parvint à se glisser contre Célia.

Les quatre amis n'attendirent pas longtemps...

Le pachyderme fonça dans le réseau de tiges, de troncs et de feuilles du banyan. Ses défenses s'enfoncèrent et brisèrent l'entrelacs de branches.

La tête s'approcha brusquement d'eux. Les défenses s'entortillèrent dans les troncs et les lianes. L'animal s'arrêta et sa trompe s'étira. L'extrémité s'ouvrit et toucha le nez de Victor. Un air chaud et humide sortait de cet appendice. Puis la trompe se promena sur son torse et sur sa chemise.

Poursuivant son inspection, elle passa au visage de Célia. La jeune fille eut une expression dégoûtée quand la trompe glissa sur ses joues, son menton, puis son cou. Ensuite, Laure eut droit à un traitement similaire. La trompe passa sur ses côtes, son ventre, puis descendit sur ses jambes, jusqu'à ses genoux et ses chaussures.

– C'est possible d'arrêter ça ? demanda Laure d'un air écœuré.

William donna une petite claque sur la trompe. Le mammouth la dirigea alors vers lui. Il eut droit aux mêmes papouilles.

– Victor ?

– Il nous sent, expliqua le jeune pirate. Il apprend à nous connaître. Il ne nous veut pas de mal.

Le mammouth ne pouvait plus avancer d'un pas. Ses défenses étaient enchevêtrées dans le réseau de tiges et de troncs du banyan. Il forçait sur ses énormes pattes, la végétation grinçait sous la pression comme une vieille charpente, mais elle tenait bon. La trompe de l'animal reprit sa promenade et retourna vers Célia.

– Je ne vais pas passer mon après-midi à me laisser tripoter par ce malandrin de mammouth ! s'écria Célia.

– J'ai une idée ! s'écria William, que l'attitude du mammouth irritait aussi. On va prendre de la hauteur.

William tendit les bras, se souleva du sol et grimpa. Il gagna des branches plus hautes et trouva un passage entre les mailles de ce filet de branches.

– Par ici ! dit-il.

Laure puis Célia rejoignirent William. En partant, les deux filles donnèrent une méchante claque sur le museau du géant et lui lancèrent un regard outré.

– Tu fais comment, Victor ? demanda son ami.

– J'ai ma petite idée. Attendez-moi de l'autre côté.

Le pachyderme semblait calme. Victor caressa la trompe en

fixant l'animal du regard. Le garçon avait une passion pour ce type de géant. Depuis sa plus tendre enfance, il avait toujours rêvé de toucher un mammouth. Contrairement à ses amis, il se sentait bien au contact de cette force de la nature.

Le mammouth observa Victor d'un air paisible. Le garçon s'accroupit, une main sur l'une des défenses, une autre sous sa bouche. Lentement, Victor se glissa entre les deux puissantes pattes du pachyderme et passa sous son ventre. Le garçon sentit cette odeur animale si forte, une odeur musquée, poivrée et acide. Au-dessus de lui, la cage thoracique du mammouth se gonflait puis se dégonflait. Il se releva, passa derrière la croupe de l'animal, la tapota puis partit à la rencontre de ses amis.

Il y eut alors des craquements de branches. Plusieurs barrissements retentirent. Puis le sol trembla. Le mammouth s'était dégagé.

– Je viens de vivre l'un des plus beaux moments de ma vie ! s'exclama Victor en rejoignant ses amis.

– Et nous, l'un des pires ! s'écria Célia.

– Mais qu'est-ce que vous faites ? demanda Victor en voyant Célia et Laure s'agiter.

– Un truc de filles ! répondit brusquement Célia.

Cette dernière et Laure fouillaient frénétiquement dans leur sac à dos. Enfin, elles trouvèrent ce qu'elles cherchaient.

Chacune d'elles sortit un précieux flacon. Une odeur de vanille flotta dans l'air autour de Célia et un parfum de fraise de la jungle embauma l'atmosphère autour de Laure.

– Je préfère sentir la vanille que le mammouth ! pesta Célia.

– Je trouve que ça sent très bon, moi, dit Victor en reniflant sa chemise.

– Pas vraiment, dit Laure, l'air dégoûté.

– Allez, finie la pause parfumerie, coupa William, la route est encore longue !

Une falaise couverte de lierre, de lianes et de lichen s'élevait devant les chasseurs de trésor. Des blocs de roche s'étalaient au pied de ce mur. Un long sentier se dessinait près de la paroi.

Ils s'engagèrent sur ce sentier et tombèrent rapidement sur un éboulis.

Une botte rouge dépassait du tas de roches.

Chapitre 30
La femme préhistorique

– QUE LUI EST-IL ARRIVÉ ?

– Cet homme est passé au mauvais endroit, au mauvais moment, constata Célia avec philosophie en découvrant le squelette, tout en notant sur son carnet de bord : « Vieille botte rouge sous un tas de rocher. Homme ? Femme ? »

– Pas sûr que ce soit un homme, dit tout bas William en pensant à Alexandra Mondragon.

La botte en cuir rouge, craquelée, écaillée et fissurée, laissait entrevoir un tibia blanc.

Victor leva les yeux vers la falaise. Avec les éruptions volcaniques et les tremblements de terre qui secouaient cette île, il ne trouvait pas étonnant qu'un éboulement rocheux ait pu ensevelir un pirate imprudent.

– On ne reste pas là, dit-il.

– Victor ! s'indigna Laure. On ne peut pas faire comme si on n'avait rien vu !

– C'est-à-dire ?

– On doit enterrer ce corps !

– C'est déjà presque fait ! Vous voulez que je rajoute un rocher dessus ?

– Tu es odieux ! lâcha Laure, choquée. William ? Tu es le capitaine.

– Je suis d'accord avec toi, répondit le garçon, qui pensait à tous les squelettes qu'il avait eu à manipuler. Victor, nous devons enterrer dignement ce malheureux et on ne peut pas se passer des bras du seul pirate plus fort qu'un mammouth...

– Demandé comme ça... C'est d'accord, Capitaine. Qu'est-ce qu'on fait ?

Les quatre amis soulevèrent les pierres une à une pour dégager le corps. Le cadavre se révéla être celui d'un homme. Il portait une veste de cuir et était coiffé d'un grand tricorne de feutre noir. Avant de déplacer le corps, William vérifia machinalement s'il ne manquait aucune partie du squelette.

– Victor ! s'étonna William. Il lui manque un doigt.

– Et alors ?

– Réfléchis deux secondes ! Un doigt en moins, ça fait combien de doigts ?

– Neuf. Bon Dieu ! Tu crois que c'est lui ?

William fouilla dans les poches de la veste. Il en sortit un por tefeuille et trouva un permis de navigation

– Alors ? demanda Victor.

– Taphia Monbars.

– Mon arrière-grand-père ! s'exclama Victor, d'un cri presque joyeux. Cette vieille canaille !

– Tu n'es pas triste ? s'étonna Célia.

– Triste ? Pourquoi ?

– Parce que c'était ton arrière-grand-père, Victor ! s'étrangla Laure. La famille, c'est sacré !

– D'accord, mais là, c'est différent, rétorqua l'arrière-petit-fils. Je ne le connaissais pas. Je ne l'ai jamais vu. Je n'ai pas de souvenir. C'est juste une légende pour moi. Je ne vais pas pleurer sur une légende.

– Quand même ! s'indigna Laure à nouveau.

– Tu parles ! Cette fripouille a passé son temps à boire sans soif, à voler sans vergogne, à trafiquer sans arrêt, à mentir à tout bout de champ et à courir tous les corsages du pays. Il a profité de la vie comme personne. Je ne vais pas m'effondrer en larmes, désolé !

Les arguments de Victor étaient solides. Tous se rangèrent à l'avis de leur ami. Un trou fut creusé, et grand-papy Monbars fut mis en terre. Victor confectionna un drapeau avec l'une de ses chemisettes. Il dessina dessus une bouteille de rhum avec un bout de roche crayeuse. Puis le garçon attacha ce pavillon pirate improvisé au bout d'une branche et le planta ensuite près du tombeau du défunt.

Célia et Laure déposèrent un gros bouquet d'hibiscus et de trompettes d'or. Le rouge des premières et le jaune des secondes évoquaient la vie de tout pirate : un voyage entre le sang et l'or.

L'arrière-petit-fils marmonna ensuite un extrait de chanson pirate pour son ancêtre. Le refrain disait : « Quel homme ne rêve pas de trésor ? Qu'il soit vivant ou qu'il soit mort ! »

Vers le milieu de l'après-midi, les aventuriers, exténués, s'arrêtèrent afin d'installer leurs hamacs pour la nuit. Des séquoias des boucaniers aux larges branches offraient des suspensoirs parfaits pour tendre leur lit.

Célia promena son regard autour de leur campement. Elle paraissait perdue au milieu de ces arbres. Ils se ressemblaient tous, montaient dans le ciel comme des cathédrales et apportaient une étrange obscurité en plein jour. Un sentiment d'angoisse la saisit.

– Vous êtes sûrs d'avoir pris la bonne direction ? demanda-t-elle. Je sais que je n'ai aucun sens de l'orientation, mais j'ai l'impression que l'on s'est égarés...

– Non, répliqua William. Et je le prouve immédiatement.

Le jeune capitaine sortit de sa poche un objet circulaire noir de la taille d'une galette et l'alluma. Des chiffres et des flèches apparurent sur l'écran de l'appareil électronique.

– C'est quoi ? l'interrogea Célia.

– Une boussole ultra précise, répondit William. Elle nous donne au millimètre près notre position et au dixième d'angle près notre direction. Hier, j'ai enregistré notre position en haut de la montagne noire et la direction exacte du panache blanc. Rassurée ?

– Pas vraiment, rétorqua Célia. La technologie, c'est bien beau, mais...

– J'ai compris, dit alors William. Tu préfères les techniques plus traditionnelles de repérage, sans doute.

– Je ne sais pas, je veux juste que l'on me confirme que...

– Eh bien, soit, l'interrompit le capitaine.

William se mit à escalader le plus gros séquoia des boucaniers des alentours.

– Descends ! hurla Célia. J'ai peur ! J'ai confiance en la technologie pirate... Vraiment ! Je n'ai aucun sens de l'orientation ! J'ai dit n'importe quoi ! Il ne fallait pas m'écouter !

– Célia a raison, insista Laure à son tour. Pas la peine de faire le malin pour nous impressionner. Je crois en cette boussole !

En bas, Victor faisait les cent pas. Son ami était d'une imprudence effrayante.

– Vas-y ! s'énerva Victor. Et casse-toi bien tous les os en descendant !

William fit comme s'il n'avait rien entendu et continua son ascension.

Un peu plus haut, une branche se brisa sous son pied. Le grimpeur manqua de tomber, mais il parvint à se retenir et prolongea son escalade jusqu'à la cime de l'arbre.

De son poste d'observation, situé à plus de soixante mètres au-dessus du sol, son regard embrassait toute l'île. Il se rendit compte alors de l'infinie beauté de cet endroit. La forêt formait un gigantesque matelas vert et bosselé. Quelques arbres géants surgissaient comme des îles.

Autour de lui, des millions d'insectes vrombissaient, des petits singes se chamaillaient dans les branches et des centaines d'oiseaux chantaient. Un couple de toucans passa près de lui, puis ce furent une douzaine de perroquets à tête rouge et un gros calao noir et jaune.

William se sentait bien. Il soupira longuement, puis il se mit en quête de ce qu'il cherchait.

À moins d'un kilomètre vers l'ouest, le garçon discerna un petit nuage blanc. La fumée semblait venir du sommet d'une falaise et non de la forêt, comme il l'avait cru auparavant. William éprouva alors un grand soulagement. Ils touchaient au but.

Avant de descendre, William regarda sa boussole ultra précise. Elle indiquait une direction légèrement décalée par rapport à la celle du panache de fumée. Il eut un sourire en pensant à Célia.

Maintenant, il lui fallait descendre.

Il regarda vers le bas.

– Les amis ?

Pas de réponse.

– Les amis ! hurla-t-il, plus fort

Toujours pas de réponse.

– Vous êtes là ? gémit William

Que se passait-il ?

Inquiet, William accomplit une descente vertigineuse. Pourquoi ne répondaient-ils pas ?

Arrivé à une dizaine de mètres du sol, William se jeta dans le vide. Il fit un vol splendide et chuta lourdement.

Ses trois amis, qui étaient demeurés sous l'arbre, éclatèrent de rire en le voyant dégringoler.

– Alors ? Comment ça va ? demanda Victor. Il faisait beau là-haut ?

– Vous m'avez fait peur ! grommela William en se relevant péniblement. Pourquoi vous ne répondiez pas ?

– Juste pour que tu ressentes la même chose que nous. Tu sais, quand on t'appelle et que tu ne réponds pas ?

– Amusant, commenta William en chassant la poussière et les brindilles de ses vêtements.

– Alors ? Du haut de ton nid, tu as vu quelque chose ? demanda Célia.

– Rien du tout.

– Comment ça, rien du tout ? s'étonna Célia. On est perdus alors ! Tu vois que j'avais raison de m'inquiéter, mille canons !

– Et la fumée ? demanda Victor.

– Oui, le panache blanc ? enchaîna Laure.

– Rien, mentit William, animé d'un esprit de vengeance à l'encontre de ses amis. Bon, on y va ?

– Où ? demanda Célia. On ne tend pas nos hamacs ici ?

– Pas la peine, dit William en indiquant l'ouest de la main. Quelque part, par là-bas, on nous attend...

Ses trois amis ronchonnèrent en comprenant qu'il s'était à son tour payé leur tête. Il fallait toujours que William ait le dernier mot.

À peine une heure plus tard, ils arrivèrent près d'une falaise de craie blanche. Entre les branches, Célia distinguait un nuage de fumée blanche. Quelqu'un vivait-il ici ? Ou bien était-ce encore une fumerole d'origine volcanique ?

– Tu crois que c'est là ? demanda Célia à William en s'approchant doucement de la falaise.

– La nature sait faire des choses étonnantes, remarqua le garçon, mais pas des escaliers aussi bien sculptés dans la roche.

Devant la jeune fille, un escalier montait à même la falaise. D'en haut, tombaient des cheveux du roi, une plante qui tenait son nom de sa couleur grise et de ses feuilles frisées.

Célia écarta le rideau végétal gris et s'avança. Les marches menaient à une terrasse ensoleillée.

Une fois sur la terrasse, les quatre amis furent ébahis par leur découverte. Sur leur gauche, une grande pièce avait été creusée dans la roche. Des colonnes de pierres avaient été conservées pour maintenir le plafond rocheux. Des meubles, des tableaux, des rideaux, de la vaisselle, tout était là pour assurer un confort royal. De larges ouvertures, dont une porte, donnaient sur la terrasse de bois noir. En face, les feuillages d'arbres majestueux laissaient assez d'espace pour voir l'océan dans le lointain.

– C'est absolument magnifique, reconnut Célia en arrivant sur la terrasse. Qui a bien pu faire ça ?

– C'est moi, dit une voix féminine derrière eux.

William recula d'un pas. Célia secoua la tête, médusée. Laure ouvrit la bouche mais ne put parler, tant elle était surprise.

– Les amis, dit Victor d'une voix tremblante, cette chose est une femme préhistorique !

Chapitre 31
Une autre Alexandra

LA FEMME QUI VENAIT D'ARRIVER sur la terrasse de la grotte tenait par les pattes un dindon aussi noir que mort. Mais le plus surprenant, c'était son apparence.

Une boue rougeâtre couvrait son corps et son visage, faisant ressortir le blanc de ses yeux. Une impressionnante touffe de cheveux chapeautait cette tête à l'air farouche. Un arc et un carquois rempli de flèches dépassaient de son épaule. Elle était vêtue d'un assemblage de fourrures, de plumes et de feuillages. Son curieux accoutrement donnait l'impression qu'elle portait toute la nature sur elle.

– Une femme préhistorique ! s'énerva-t-elle. Bravo, ça commence bien. On ne vous a pas appris la politesse ?

– Bonjour, dirent alors d'une même voix les quatre amis.

– Ah, tout de même ! répondit la femme ébouriffée et agacée. Bonjour !

– Vous parlez notre langue ? s'étonna Victor, toujours persuadé d'avoir en face de lui une femme du temps passé.

– Dites-lui d'arrêter immédiatement ces réflexions stupides ou je le transperce d'une flèche comme ce maudit dindon !

D'un geste brusque, elle jeta le gros volatile dans une grande corbeille en écorce posée sur la table de la terrasse.

– Arrête, Victor ! supplia William. Un peu de tenue !

– Dire que je n'ai pas vu un être humain depuis six ans et voilà que le premier que je rencontre me traite de femme préhistorique ! s'étrangla la dame.

– Pardon, murmura enfin Victor. Je ne voulais pas vous blesser. C'est que vous êtes habillée d'une étrange façon...

– Je ne m'habille pas comme ça pour aller au bal, précisa la femme en retirant son arc et son carquois. C'est pour la chasse. Tenter d'approcher un dindon sauvage à moins de dix mètres sans une tenue de camouflage est un pari impossible.

Victor se confondit à nouveau en excuses.

– Bon, à qui ai-je l'honneur ? demanda-t-elle d'une voix radoucie en fixant William du regard.

– William.

– Célia.

– Laure.

– Et lui, le méchant garçon, c'est...

– Victor, Madame.

William dévisageait la femme. Sous son masque de boue, elle semblait d'une rare laideur. Ce n'est pas ainsi qu'il avait imaginé l'ancienne élève de Roger Rayson et, surtout, l'auteur de *Mille et un trésors pirates.*

– Vous êtes Alexandra ? demanda-t-il.

– Oui, répondit-elle, étonnée et touchée. Je suis... Alexandra.

Les trois compagnons de William se tournèrent vers lui, estomaqués.

– Tu connais cette femme ? demanda Célia.

– Nous sommes sur une île inconnue au milieu de nulle part et tu connais le prénom de la seule fille du coin ? Croyez-moi, ce gars-là n'est pas n'importe qui !

– William ! s'écria Laure avec indignation. Tu ne nous as pas tout dit !

– Je vous présente Alexandra Mondragon, déclara William, l'air embarrassé. L'auteur de la carte au trésor qui nous a menés jusqu'ici.

Les trois autres le fusillèrent du regard. La fureur se lisait sur leur visage.

– Maintenant que les présentations sont faites, je vous laisse, dit Alexandra, gênée. Je dois prendre une douche, ajouta-t-elle en se grattant les bras. Et vous avez apparemment des choses importantes à vous dire.

– Oh, ça oui ! pesta Célia.

– Pour votre information, ajouta Alexandra, il y a un dindon à plumer pour ce soir. À tout à l'heure...

Personne n'ajouta le moindre commentaire. Des explications musclées allaient suivre.

Alexandra descendit les escaliers et disparut.

Une fois hors de portée du regard des adolescents, la jeune femme s'arrêta, colla son dos contre le tronc d'un palmier et se mit à pleurer. C'étaient des larmes de joie. On avait donc trouvé l'une de ses bouteilles à la mer. On avait cru à son message. Et on était venu la chercher. Elle pouvait enfin imaginer quitter cette île maudite.

Pendant que la maîtresse des lieux prenait sa douche, le quatuor s'installa autour de la table. Victor attrapa le dindon et se mit à lui arracher les plumes d'un air mauvais.

– Je vais tout vous expliquer ! certifia William, qui sentait le malaise monter.

– J'espère bien ! s'énerva Célia. Pourquoi ces cachotteries ?

– Parce que c'était un ordre du capitaine Roger Rayson, commença William.

– Un ordre ? s'indigna Laure, d'un ton acide. Balivernes que voilà !

– Pas du tout, rétorqua William. Le capitaine m'a fermement conseillé de ne rien vous révéler au sujet d'Alexandra.

– Et pourquoi ça ? enchaîna Victor en arrachant une pleine poignée de plumes noires au dindon. Nous ne sommes pas dignes de confiance ?

– Bien sûr que si ! répliqua William. Simplement, il pensait que c'était plus prudent de ne pas tout vous dire pour ne pas vous effrayer.

– Nous effrayer !? gronda Célia, qui s'empara d'un paquet de plumes noires arrachées par Victor avant de les lancer au visage de William.

Le jeune capitaine baissa la tête pour éviter les plumes. Puis il enchaîna :

– Roger Rayson m'a affirmé que la plupart des gens pensaient qu'Alexandra était folle, chuchota-t-il, et que mes amis refuseraient de me suivre s'ils apprenaient que c'était elle qui avait établi cette carte au trésor. On ne suit pas un fou ou une folle !

– C'est faux ! s'indigna Célia. Je n'ai jamais dit une chose pareille à propos d'Alexandra.

– Je t'arrête tout suite, la coupa William. Rappelle-toi. Dans la bibliothèque. Je cherchais des informations. Ce jour-là, en parlant d'elle, ne m'as-tu pas dit qu'elle était « folle à lier », mais qu'elle écrivait « magnifiquement » ?

– J'ai vraiment dit « folle à lier » ? demanda Célia après un instant de silence.

– Oui, affirma William. Et toi, Laure, ne t'ai-je pas entendu clamer tout haut que cette histoire de Trésor des sept galions était une histoire de fous ?

– Je te l'accorde, reconnut la jeune fille, mais...

– Enfin, toi, poursuivit William à l'adresse de Victor sans laisser Laure achever sa phrase, ne m'as-tu pas glissé dans le creux de l'oreille d'un air moqueur : « Ceux qui croient à l'existence de ce fichu trésor sont tous à moitié cinglés » ?

– C'est vrai, concéda Victor, couvert de plumes.

Pendant plusieurs minutes, William expliqua que Roger et lui-même étaient persuadés que cette carte était authentique et qu'il n'était pas insensé de partir à la recherche de ce trésor, en dépit de la personnalité originale de son découvreur. William avoua également qu'ils avaient tous les deux la crainte qu'Alexandra fût morte, et que la carte fût une sorte de testament. Il lui était donc difficile de parler d'elle avant de s'être assuré qu'elle était en vie.

– En vous cachant une partie de la vérité, conclut William d'une voix vibrante, j'ai pu vous convaincre de venir avec moi. Je ne souhaitais pour rien au monde constituer un équipage de chasseurs de trésor avec d'autres que vous. Et je ne voulais pas vous donner de faux espoirs en vous parlant trop tôt d'Alexandra...

– C'était une magnifique déclaration d'amitié, dit soudain Alexandra, debout au sommet de l'escalier. Et en même temps, un beau discours de capitaine.

Les quatre amis se retournèrent. Une surprise de taille les attendait.

Alexandra n'avait plus rien de commun avec la femme aperçue un instant auparavant.

Elle avait abandonné son accoutrement de chasse. Elle resplendissait dans une robe de soie bleu ciel chatoyante aux fines bretelles de dentelle blanche. Sa peau cuivrée luisait sous les derniers rayons du soleil. Ses cheveux longs, châtains et ondulés, descendaient en cascade sur de belles épaules. Elle avait surligné ses yeux verts d'un trait de crayon. Son petit nez fin était légèrement retroussé. D'un rouge carmin, sa bouche semblait avoir été dessinée par un grand peintre. L'éclat des bijoux qu'elle portait aux oreilles, autour du cou et aux mains magnifiait sa beauté naturelle.

– Vous êtes divine, s'émerveilla William, qui vacillait sous le charme d'Alexandra.

– Ce garçon serait-il un fripon ? demanda-t-elle.

– Comme on en voit peu, confirma Célia, les bras croisés sur la poitrine et le visage en feu.

– C'est peu de le dire, ajouta Laure.

– On dirait une autre femme ! s'étonna d'un coup Victor. Une autre Alexandra.

William ne pouvait décrocher son regard de la jeune femme.

– Vous l'avez donc trouvé, s'exclama-t-il enfin.

Le jeune capitaine scrutait avec émerveillement les bijoux en or et les pierres précieuses qui ornaient le corps d'Alexandra. Il avait remarqué en particulier qu'elle portait en médaillon l'un des beaux doublons d'or du capitaine del Dongo.

– Oui, je l'ai trouvé, confirma Alexandra. J'ai pris deux ou trois babioles. Rien d'exceptionnel.

– Vous n'avez pas besoin de bijoux pour être magnifique, ajouta William.

Cette fois, le rouge vint aux joues de la jeune femme.

Célia commençait à trouver la scène de séduction un peu longue. Elle ne comprenait pas que William joue les fripons avec une femme aussi différente qu'elle, aussi vieille, en fait.

– Alexandra, quelle âge avez-vous ? demanda-t-elle subitement, le regard flamboyant.

– Trente-six ans. Pourquoi cette question ?

– Pour rien.

William se tourna vers Célia et l'interrogea du regard.

– Nous, quatorze, précisa Célia. C'est amusant, vous pourriez être notre mère !

Laure et Victor eurent un sourire. William reprit ses esprits.

– Vous ne les faites pas du tout, remarqua Victor. On vous donnerait plutôt vingt ans.

– Tout à fait d'accord ! enchaîna William, tout rouge. Vous avez vraiment l'air plus jeune.

– Vous avez un secret, Alexandra ? demanda Laure.

– J'ai peut-être abusé du masque, lâcha Alexandra d'un air mystérieux.

– Un masque à base de plantes ? demanda Célia.

Alexandra avait l'air ennuyé. Elle en avait trop dit, sans doute. William la sauva d'un mauvais pas.

– Où se trouve la douche ? demanda-t-il, comme s'il lui fallait refroidir son cerveau le plus vite possible. Nous en avons tous besoin, je crois, ajouta-t-il en observant Victor.

– En bas, indiqua la femme. Vous suivez le petit parquet de bambou, il vous mènera à la cascade. Des serviettes, du savon, du shampooing et des huiles essentielles sont à votre disposition. Production maison, précisa Alexandra. Vous avez aussi une baignoire. Si l'eau est trop chaude, prenez-en à la rivière. Elle est plus fraîche

· Génial, un sauna ! s'écria Victor

– Désolé, jeune homme, mais je propose que tu restes avec la femme préhistorique pour éplucher les patates douces et faire rôtir la dinde, pour te faire pardonner. Et puis, c'est normal que tu participes à la préparation du repas ! Un grand garçon comme toi doit manger comme quatre !

– Pas sûr, nota William.

– Et pourquoi ça ? Il n'aime pas le dindon ?

– Non, ce n'est pas ça. Victor a enterré son arrière-grand-père récemment, expliqua William d'un air moqueur. Il est triste et a perdu l'appétit.

– Hilarant, commenta Victor d'un ton irrité. Vraiment hilarant.

– Sans vouloir vous embêter, dit alors Célia, vous n'auriez pas une ou deux choses à nous prêter qui ne soient pas des pantalons corsaires en lambeaux ou des chemises que l'on jurerait appartenir à un longues-griffes ?

Les vêtements des filles étaient dans un état déplorable. Célia se sentait incapable de rivaliser avec Alexandra dans des habits aussi répugnants.

– Vous voulez dire une robe, par exemple ? Comme celle que je porte ?

– Exactement.

– Vous trouverez votre bonheur dans le coffre du salon, dit Alexandra en montrant la pièce principale de sa grotte.

Une heure plus tard, William, Laure et Célia remontèrent les escaliers en riant. Ils avaient joué dans l'eau et les taquineries aquatiques auxquelles William s'était livré avaient mis les filles d'humeur joyeuse.

Victor fut ravi de les découvrir dans des vêtements dignes de leur beauté et de cette première soirée chez une amie préhistorique.

– Où avez-vous trouvé toutes ces merveilles ? demanda Célia à Alexandra.

– Un convoi de sept galions a fait naufrage dans le coin, répondit-elle, avec quelques malles débordant de robes somptueuses.

– Somptueuses, c'est le mot, dit William, hypnotisé par la tenue de Célia.

– Tu es belle comme une tomate bien mûre, déclara maladroitement Victor à Laure, qui avait revêtu une superbe robe rouge. Et toi, Célia, tu es très bien aussi, enchaîna le garçon, moins doué que William pour les compliments.

– Je ne fais pas un peu ronde dans cette robe ? s'inquiéta

Célia en tournant sur elle-même, sans vraiment croire à ce qu'elle disait.

– Mademoiselle, vous avez tout d'une reine, dit William, les yeux pétillants. M'accorderez-vous cette danse ?

– Volontiers.

William attrapa Célia par la taille et la fit virevolter. Depuis quelques mois, il avait compris que la plupart des filles adoraient danser et que la plupart des garçons n'osaient pas les inviter de peur qu'on les repousse. Lui n'avait jamais eu peur...

Chacun fut enchanté de manger enfin de la viande. Célia dévora une cuisse de dinde entière. Accompagnées d'un beurre d'huile de palme, les patates douces furent une « pure merveille pour le palais », selon elle. Quant à la corbeille de fruits, elle lui donna le vertige. Il y avait des mangues de brousse, des papayes papillons, des goyaves, des noix de coco naines, des fruits de la passion gros comme des oranges et des tas d'autres fruits délicieux. Célia se jeta en particulier sur de savoureux ramboutans avant de dévorer d'énormes mangoustans et de se ruer sur des bananes des flibustiers.

– Ça change du repas que l'on a eu toute la semaine ! remarqua-t-elle à l'adresse de Victor, le visage couvert de jus de fruit.

– Facile à dire ! répondit le garçon. Moi, ça fait six jours que je suis là, pas six ans ! Je ne connais pas les meilleures épiceries du coin.

L'air grognon, des plumes de dindon dans les cheveux, Victor menaça d'aller se coucher sans se laver. Les autres lui lancèrent un tel regard qu'il fila aussitôt se doucher. Les jeunes pirates devaient dormir à la belle étoile sur la terrasse. Il était hors de question pour ses amis d'avoir l'impression de sommeiller à côté d'un grosse-échine, une créature au parfum se situant entre celui du phacochère à grosses cuisses et celui du tapir à long nez.

Une lanterne à la main, Victor descendit les escaliers et le chemin de bambou qui menaient à la cascade. Celle-ci tombait dans une rivière à l'eau peu profonde d'où s'échappait une brume tiède. Victor n'était pas étonné de trouver des sources chaudes. L'île Sans-Nom était une île volcanique et la présence du magma brûlant juste en dessous réchauffait l'eau de la nappe phréatique.

Le garçon plongea les pieds dans l'eau brûlante, puis le corps tout entier et commença à se détendre. Son esprit se mit à vagabonder au milieu des écharpes de vapeur qui montaient autour de lui.

Il songea qu'il adorait ce genre d'endroit où l'on avait la sensation que Terra incognita était en vie. Son cœur en fusion battait quelques milliers de kilomètres plus bas. Une lave brûlante remontait à travers la roche comme à l'intérieur de veines et d'artères et arrivait sous lui exactement. L'eau des sources se frottait alors aux roches brûlantes et venait alimenter le bassin où il était en train de se relaxer sous le ciel perlé d'étoiles. D'une certaine manière, en prenant son bain, il avait l'impression de prendre le pouls de la terre.

Un sentiment de paix gagna l'esprit de Victor mais, soudain, en face de lui, les buissons s'agitèrent. Une forme sombre passa sous les feuillages. Un bruissement sourd se fit entendre. Alexandra lui avait pourtant affirmé qu'il n'y avait aucun risque à venir tout seul ici sans arme.

Le cœur de Victor se mit à battre la chamade. Le garçon se releva brutalement et remonta l'escalier à grandes enjambées, sans même prendre le temps de s'essuyer.

Il raconta sa mésaventure à ses amis, qui connaissaient sa tendance à voir des bêtes féroces partout. Ils ne crurent pas à son histoire.

Dans l'obscurité, Alexandra eut, elle, un sourire en coin.

Un peu plus tard, installés sur la terrasse, une boisson chaude à la main, les jeunes pirates eurent à cœur d'écouter Alexandra leur raconter sa vie sur l'île. Elle confia que la peur de devenir folle avait été sa plus grande angoisse. La femme avoua qu'il lui était arrivé de parler aux arbres, aux cailloux ou aux nuages.

Après deux ans de recherche, Alexandra avait enfin découvert le Trésor des sept galions. La question de son retour à Libertalia s'était alors posée.

– Quand je l'ai trouvé, je me suis dit qu'une quantité d'or pareille ne devait pas tomber dans n'importe quelles mains. Je me suis même demandé à un moment s'il ne fallait pas que je reste sur l'île jusqu'à la fin de mes jours pour le garder...

– Qu'est-ce qui vous a fait changer d'avis ? l'interrogea Célia.

– Un soir, j'ai aperçu un groupe de bannis sur l'île, raconta-t-elle. Je ne sais pas exactement ce qu'ils venaient traficoter dans le coin. Étaient-ils venus ici simplement pour chasser, faire des réserves d'eau douce, se cacher, ou étaient-ils sur la piste du trésor ?

– Je suppose que vous n'avez pas eu envie de leur demander des précisions ? l'interrogea Célia.

– Oh ! ça non, confirma Alexandra. Les bannis ne sont qu'un ramassis de brutes sanguinaires aux instincts les plus bas. J'ai senti ce jour-là qu'il était temps de penser à quitter cette île. Et, dès le lendemain, je lançais mes premières bouteilles à la mer en espérant qu'une âme pure, noble et audacieuse la trouverait et croirait à mon histoire, lança Alexandra en regardant William.

– Sans cette adorable tête de mule, remarqua Célia avec humour, aucun d'entre nous ne serait là. À part lui, évidemment.

– Je ne suis pas d'accord ! rétorqua William. Moi, sans ces trois merveilleux tire-au-flanc, je ne serais pas là non plus. Laure et Célia ont décrypté votre carte au trésor avec cette histoire de poème en bateau et d'encre des cieux. Et Victor, lui, nous a conduits, avec son *Albatros furieux*, jusque sur cette île de malheur, sains et saufs. Et il nous a nourris chaque jour, tant bien que mal.

– Sans les autres, on est peu de choses, reconnut Alexandra dans un soupir. Le destin de chacun de nous est lié à celui des autres. Et l'effort que l'un fait pousse tous les autres plus loin, souvent bien au-delà de ce qu'ils pensaient.

– Jusqu'à un bon gros dindon sauvage rôti, par exemple ! s'exclama Célia.

Chapitre 32
Un rubis noir

CÉLIA OUVRIT LES YEUX, mais préféra les refermer aussitôt. Non. Ce n'était pas possible ! Ses paupières se soulevèrent une seconde fois. Horreur. Elle les referma.

Fallait-il crier ? Non. Pas question de s'affoler. Courage, ma fille ! Il faut juste faire comme si elle...

— Elle ne te veut aucun mal, Célia, dit Alexandra, interrompant les pensées de la jeune fille.

— Vous êtes sûre ? Parce que là, je suis à deux doigts de pousser un cri à faire exploser une bouteille de rhum !

— C'est ma petite chérie. Fais-moi confiance.

Célia rouvrit les yeux.

Derrière le voile de la moustiquaire, elle distinguait nettement une énorme tête de félin noir. Une panthère noire, mais d'une taille anormale. Une créature plus grosse qu'une lionne et qui la fixait de ses yeux jaunes.

— Elle se nomme Rubis.

Dans la pièce principale, Alexandra Mondragon pressait des fruits pour les boissons du matin. Les quatre jeunes étaient allongés sur des matelas disposés sur la terrasse. La veille, ils avaient tendu une vaste moustiquaire au-dessus de leurs couchages.

– C'est elle que Victor a vue hier soir ? chuchota Célia à l'oreille de la jeune femme.

– Sans doute, dit Alexandra. Elle fait sa ronde, la nuit. C'est ma gardienne. Sans elle, j'aurais sûrement servi de repas à plus d'un carnivore. Ce n'est pas ce qui manque, ici.

Laure se réveilla à son tour. Célia fonça sur son amie et posa tout de suite un doigt sur la bouche de Laure. Elle lui indiqua Rubis du regard.

Laure frissonna, mais ne cria pas.

Les deux filles rejoignirent Alexandra.

– Que fait-on aujourd'hui ? demanda Célia en s'étirant.

– Je crois qu'un groupe de jeunes pirates est venu chercher le fabuleux Trésor des sept galions. Je me trompe ?

– Ah oui, c'est vrai, répondit Célia en se massant le visage.

Victor ronflait encore lorsque William s'éveilla.

Les cheveux en broussaille, le jeune capitaine bâilla et se frotta les yeux. Il repoussa le bord de son sac de couchage et découvrit Rubis.

Sans le moindre mouvement de panique, il s'approcha de la panthère. Il la caressa le plus naturellement du monde.

– Tu n'as pas eu peur en la voyant ? demanda Célia en quémandant un baiser de William.

– Si elle était dangereuse, elle vous aurait mangées, toi, Laure et Alexandra. Elle n'aurait donc plus assez faim pour me dévorer, plaisanta William en se versant un verre de jus de corossol.

– Bien dormi ? demanda Alexandra.

– Pas mal, dit William en l'embrassant sur la joue. Quelques ronflements de longues-griffes à signaler, ajouta le garçon en dirigeant son regard vers Victor qui émergeait de son sommeil, mais rien de bien méchant.

Rubis s'était placée tout à côté de Victor, mais le garçon regardait dans la direction opposée. Il se posa sur les coudes et observa les visages de ses amis. Ils le regardaient comme s'il avait un scorpion sur l'épaule.

– Qu'est-ce qu'il y a ? C'est ma coiffure qui vous déplaît ?

– Non, dirent les autres qui se retenaient de rire.

Victor se tourna sur la gauche.

– Mille canons de mille galions ! hurla Victor.

Le garçon tenta alors de sortir de son sac. Ses bras et ses jambes s'agitaient dans tous les sens. Mais il n'y arrivait pas.

Rubis recula en retroussant les babines. La panthère poussa ce rugissement terrifiant qu'il avait entendu à leur arrivée sur l'île...

Une fois Victor mis dans la confidence à propos de Rubis, le garçon s'apaisa. Il se permit même de jouer avec l'énorme félin.

Vers 9 heures, les jeunes chercheurs de trésor et Alexandra se mirent en route. Chacun avait un petit sac à dos. Rubis se plaça en tête de la marche.

Il leur faudrait une journée pour rejoindre le lieu où se trouvait le trésor. Ils passeraient la nuit sur place, puis ils rentreraient à la caverne. Ensuite ? Il fallait retourner à Piratopolis avec une partie du trésor et revenir plus tard avec des moyens supplémentaires pour tout ramener.

L'objectif de la matinée était de rejoindre à pied une large gorge rocheuse qu'Alexandra avait baptisée la « gorge de la Jument jaune ». C'était là qu'elle avait aperçu une jument à la curieuse robe d'un jaune clair.

Laure et William furent heureux d'apprendre que des chevaux sauvages vivaient ici. En observant l'énorme masse de muscles pourvue de griffes et de crocs que représentait Rubis, Victor fut surpris qu'ils puissent survivre.

Le chemin qui menait à la gorge se révéla plutôt praticable. La végétation était abondante et il fallait parfois donner un bon coup de sabre pour se tailler un passage, mais la plupart du temps, on progressait vite.

– En six ans, je ne sais pas combien de fois je suis passée par ici, dit Alexandra après environ trois heures de marche. Je crois que je connais chacun de ces rochers et de ces arbres.

– Au fait, vous êtes arrivée ici comment ? demanda William.

– En ballon dirigeable, répondit-elle. J'ai d'ailleurs fait un atterrissage des plus acrobatiques, dans les arbres.

– Vous n'avez jamais pu repartir avec votre ballon ? questionna Célia.

– Hélas non, dit Alexandra. La voile était en lambeaux. J'ai eu le malheur de me poser dans une forêt d'araucarias, comme celui-ci.

Alexandra fit une halte sous l'ombrage d'un arbre aux épines longues comme des poignards. Puis elle déboucha sa gourde. Non loin de là, Victor remarqua un arbre à perles aux fleurs rondes et blanches caractéristiques. Rubis passa devant et poursuivit son chemin.

– Ça fait longtemps que Rubis vit avec vous ? demanda-t-il.

– Depuis mon arrivée, en fait, répondit Alexandra. Je l'ai trouvée près de la grotte où je me suis installée. Elle avait la taille d'un chat, à l'époque. Aujourd'hui, c'est une belle demoiselle qui vit sa vie.

– Comment ça ? demanda Laure.

– Je la vois de moins en moins, expliqua la femme. Elle s'éloigne de mon campement, elle part pour plusieurs jours. Je pense qu'il est temps pour elle de trouver un fiancé, si vous voyez ce que je veux dire...

– Parfaitement, dit Célia.

– C'est sûr, confirma Laure. Il y a un âge où l'on doit faire son baluchon et prendre son indépendance.

Rubis gagna une crête rocheuse et disparut derrière une muraille de bambous géants.

– Et vous, Alexandra ? poursuivit Célia. Vous n'aviez personne dans votre vie, avant de partir ? Si je ne suis pas indiscrète…

– Disons que je venais de rompre avec mon fiancé, et j'avais besoin de prendre un peu de distance avec lui, expliqua Alexandra. Je crois que, derrière un départ, il y a toujours quelques petits soucis à oublier. N'est-ce pas ?

Personne ne répondit, mais chacun était d'accord avec elle.

– Nous sommes encore loin ? demanda Victor après un instant de silence.

Il était près de onze heures et le soleil piquait durement.

– Nous sommes à la moitié du chemin, nous serons bientôt à la rivière.

– Et comment allons-nous continuer ? demanda William. Nous n'avons pas de bateau.

– À la nage, dit Alexandra. Vous avez pris vos maillots de bain ?

Quelques minutes plus tard, le groupe escalada une colline à la pente raide et rocailleuse. La roche prenait à chaque pas une couleur plus ocre et rose. Ils parvinrent au sommet d'un à-pic et aperçurent alors une rivière à l'eau cristalline. Le groupe descendit à flanc de falaise et gagna la rive.

L'eau était calme et d'une rare transparence. On distinguait aisément les poissons et les algues qui peuplaient la rivière. Chaque membre de l'expédition glissa ses affaires dans un sac étanche et le fourra dans son sac à dos personnel.

William prit un soin particulier à envelopper son pistolet magique dans un second sac étanche qu'il s'attacha dans le dos. Quant aux cartouches du pistolet, d'un genre spécial, il les roula dans un troisième sac qu'il disposa dans une boîte. Puis il plaça le tout au fond de son sac à dos.

Chacun disposait d'une planche de bois léger. Placé devant soi, ce mini radeau permettait de nager sans effort en agitant les jambes et en gardant la tête hors de l'eau.

Ils plongèrent. L'eau était fraîche. La rivière s'écoulait à un rythme lent entre deux gigantesques falaises roses, striées de veines de quartz blanc.

Victor fouilla du regard la tranche d'eau. Dans le liquide, il eut la joie de découvrir un baramundi d'une taille exceptionnelle. Ce poisson à grosses écailles et au museau allongé avait une chair délicieuse et le garçon se promit d'en attraper un pour le menu du soir.

Devant lui, William battait des jambes pour se placer à un bras de distance d'Alexandra. Il tourna la tête sur la gauche pour l'observer. Les jambes de la jeune femme avaient un battement d'une régularité et d'une élégance qui frappèrent le garçon.

– On se promène, William ? dit-elle en le voyant approcher.

– Oui, répondit-il. Je suis à la recherche d'une sirène, et je crois que je l'ai trouvée.

– Quel charmeur, celui-là ! s'exclama-t-elle. Toujours un compliment à la bouche.

– Mon père m'a dit un jour que c'était le meilleur moyen de commencer une conversation.

– Ton père est sûrement un homme charmant.

– Vous le connaissez, peut-être. Il a le même âge que vous. Lucas Dooh.

– Tu es le fils de Lucas... Alors, je comprends tout.

– Vous le connaissez ?

– J'étais à l'université en même temps que lui. Je faisais mes études de géographie et lui était en sciences de la nature. C'était un garçon plein d'humour, intelligent, et si courageux ! Nous avons passé de belles soirées ensemble... En toute amitié, je te rassure. Lucas était déjà avec Lou, à l'époque.

William apprécia ce détail de l'existence de ses parents adoptifs, même s'il imaginait au fond de lui qu'un charmeur comme Lucas avait eu bien d'autres histoires d'amour et qu'une belle femme comme Lou n'avait sûrement pas eu qu'un seul joli cœur à ses pieds.

– Cette fois, nous y sommes ! s'exclama la femme à la vue d'une gigantesque cascade.

La rivière s'ouvrait sur un lac. L'étendue d'eau était ceinturée par une haute muraille de pierre d'une couleur sombre. Des plantes grimpaient aux parois noires et luisantes des falaises en formant de petites taches vertes. Sur la gauche, un vaste banc de sable scintillait sous le soleil. Une cascade large d'une trentaine de mètres dégringolait de la falaise.

Les nageurs gagnèrent la longue langue de sable. Cette plage offrait pour la nuit un site de bivouac des plus somptueux.

La beauté et le calme de l'endroit frappèrent les jeunes pirates. Ils s'affalèrent sur le sable chaud pour une petite sieste.

– Nous sommes tout près, maintenant, confirma Alexandra que la nage avait épuisée.

La jeune femme fixait la cascade.

Tout le monde s'assoupit. Sauf William.

Le jeune capitaine se trouvait dans une forme éblouissante. Son regard balaya la surface du lac. La falaise s'ouvrait à un endroit. Un sentier partait au milieu de petits arbustes aux feuilles longues et frissonnantes sous la brise. La lumière vive du soleil frappa ses rétines et William cligna des yeux.

Sur la rive d'en face, un garçon aux cheveux bruns apparut.

Chapitre 33
Le garçon inconnu

— LES AMIS, RÉVEILLEZ-VOUS ! murmura William d'une voix douce. On a un visiteur...

— Qu'est-ce que tu racontes encore ? marmonna Célia dans un demi-sommeil, le visage doré par la lumière chaude de la fin d'après-midi.

— Il y a un garçon de l'autre côté du lac... Mille canons !

— C'est encore une de tes blagues ? dit Laure sans ouvrir les yeux. Laisse-nous dormir !

— Je ne plaisante pas, insista William. Debout là-dedans !

— Dis-lui de revenir dans une heure, proposa Victor. Maintenant, c'est l'heure de la sieste.

— Alexandra ? demanda William d'un ton agacé.

La femme dormait comme un bébé.

— Très bien, dit William. Moi, j'y vais.

Le garçon était toujours là, au bord de l'eau, immobile et souriant. William se leva et mit ses mains en visière. Le garçon s'agenouilla, puis se releva et agita un animal sombre, luisant et lourd.

Il soulève un énorme poisson, songea William.

L'inconnu le tendait dans sa direction. Puis il reposa le poisson et recula de quelques pas. Il souriait toujours.

William s'avança vers le lac, puis pénétra dans l'eau. Sur l'autre rive, le garçon devait être à une cinquantaine de mètres tout au plus. William commença à nager. Une sensation de froid lui parcourut le ventre. Il mit alors la tête sous l'eau pour regarder le fond du lac. Il n'y avait plus un seul poisson... Puis, d'un coup, sur sa gauche, William eut l'impression de voir passer une ombre.

Il mit la tête hors de l'eau, accéléra sa nage et regarda à nouveau sous lui. Une créature verte remontait du fond du lac. Elle avait une longue queue qui ondulait et une énorme tête. Un crocodile ! pensa le garçon, qui battit des jambes aussi vite qu'il pouvait. Le reptile se rapprocha. William força sur les bras. La bête parvint à la surface, à quelques mètres de lui, au moment où il touchait la rive.

Les poumons en feu et le cœur battant, William fit rapidement quelques pas sur la berge.

Le garçon inconnu n'était plus là.

Le jeune capitaine découvrit un baramundi d'une dizaine de kilos posé au milieu d'un lit de roseaux.

Puis, en levant les yeux vers le sommet de la falaise, William aperçut une silhouette immobile. Il était déjà là-haut. Quel coureur !

Un sentier remontait à flanc de falaise jusqu'à la ligne de crête où se trouvait le garçon. William tenait à remercier l'inconnu pour son cadeau. Il se mit en tête de le rejoindre.

Là-haut, la silhouette restait immobile. William se mit à trotter, puis à courir. Il gagna le sommet de la falaise.

Le garçon inconnu était assis au bord d'un précipice. William s'approcha de lui, tout doucement.

— Qui es-tu ? demanda-t-il.

Le garçon plissa les yeux, parut réfléchir puis sourit.

— Bini.

– Moi, c'est William. Merci pour le poisson.

Bini fit un petit signe de tête, puis se leva.

Il était torse nu et portait un bermuda court en cuir décoré de coquillages et de plumes. Il était de la même taille que William, ses muscles étaient fins et saillants comme ceux d'un grand sportif. Mat de peau, il avait les yeux bridés et de longs cheveux bruns. Sa jambe droite s'ornait d'un splendide tatouage : un trait bleu partant de sa cheville, qui dessinait des poissons sur l'ensemble de son mollet et remontait jusqu'au genou.

En découvrant Bini, William aurait juré avoir en face de lui un garçon appartenant à un peuple ancien, un peuple oublié de la forêt.

Après quelques secondes d'observation réciproque, Bini se leva et regarda William d'un air amusé. Puis il partit comme une flèche, tout en le fixant. Le jeune pirate comprit que l'autre l'invitait à courir.

William n'avait jamais perdu une course de sa vie.

Ils allaient se mesurer.

William accéléra d'une façon fulgurante et manqua de toucher le bras de l'inconnu. Celui-ci augmenta alors la cadence et mit cinq bons mètres entre eux. Le jeune pirate se prenait au jeu et il accéléra encore. Il se rapprocha à nouveau mais, très vite, Bini le sema.

La pente était de plus en plus raide, mais Bini semblait voler au-dessus des rochers. William était pourtant un coureur exceptionnel, mais il avait du mal à suivre le rythme imposé par son adversaire. Un sentiment de faiblesse l'envahit alors. Que se passait-il ?

La course continua ainsi un bon quart d'heure. Sans plus de réussite pour William.

Enfin, Bini prit plus de cinquante mètres d'avance. Puis il s'arrêta au sommet d'une crête.

En l'apercevant là-haut, si tranquille, si souriant, William renonça à courir. En nage, il se mit à marcher pour le rejoindre.

L'étrange garçon avait gagné. William, épuisé, arriva et se plaça à ses côtés.

La dent rocheuse plongeait sur l'océan. William se pencha au-dessus du vide. Un croissant de sable blanc limité par une épaisse forêt de palmiers apparut sous ses yeux. Le jeune capitaine discerna un campement. Un feu relâchait un nuage de fumée grise.

– Tu habites là ? demanda William.

Le garçon ne répondit pas. Il invita William à le suivre d'un geste de la main.

– Je ne peux pas, mes amis m'attendent...

Bini renouvela son invitation, avec une expression plus insistante encore.

– Non, dit William. Je ne peux pas venir. Je...

– William, Bini, dit le garçon en prenant le bras de William et en le tirant vers la pente.

Cette fois, son visage exprimait de la fermeté.

– Impossible, s'écria le jeune capitaine d'une voix dure.

– William, Bini, insista l'autre.

Le garçon semblait triste. William ne savait plus quelle décision prendre. Ses amis devaient encore dormir. Revenir lui prendrait moins d'une heure. Non, ils devaient être morts d'inquiétude. Il fallait rentrer.

William recula d'un pas. Bini comprit qu'il ne le suivrait pas.

Le garçon inconnu s'avança vers lui, regarda le gros doublon d'or qu'il portait en pendentif. D'un geste rapide, Bini lui arracha le collier et partit en trombe dans la végétation.

Sans perdre un instant, William se mit à courir pour le rattraper.

Après une heure de course, William arriva aux abords du campement.

Le corps griffé par les épines d'acacia, en nage, il se dissimula derrière un bouquet de grandes feuilles.

Bini n'était pas là.

Un feu brûlait sous une grosse marmite de fonte.

Contrairement à ce que William avait imaginé, ce n'était pas le campement d'un peuple de la forêt. Bien au contraire. Il y avait des tentes, des barriques, un tonneau rempli de sabres et de fusils, et même une barque cachée sous des rameaux de palmiers. Des pirates s'étaient installés là. Sans doute des bannis, songea William avec effroi. Il était temps de partir et de prévenir ses amis. Tant pis pour Bini.

William se releva tout doucement. Un éclair violent explosa alors dans son cerveau et il tomba à la renverse.

Avant de s'évanouir, le jeune capitaine discerna l'énorme silhouette qui le dominait. Une barbe rousse s'avança vers lui. Une odeur de tabac lui frappa les narines.

– Est-ce lui ? dit une voix qui semblait sortir des ténèbres.

– Oui, Prince. C'est William Santrac.

– Vous aviez donc vu juste, constata l'homme à la voix de ténor. Si le petit protégé du capitaine Rayson est ici, c'est qu'il doit savoir des choses sur ce fichu trésor... On ne vient pas sur l'île Sans-Nom par hasard. Une fois qu'il aura repris ses esprits, interrogez-le.

– Et s'il résiste ?

– Je m'en occuperai personnellement. Je tiens à recueillir ses confidences.

Daniel O'Connor venait de parler à son homme de main, Bertrand Brice. Le visage laid, étroit et malsain de ce dernier était coiffé d'un foulard rouge. Sa peau, brune et couverte de cratères et de cicatrices, faisait penser à une omelette brûlée.

Deux anneaux d'or pendaient à l'une de ses oreilles. Il avait de grands bras blancs et de longues dents jaunes, comme celles d'un vieux cheval.

– Il a l'air mal en point, constata Brice, qui tenait une rame.

– J'espère que vous ne l'avez pas tué, dit O'Connor.

Brice posa la rame contre un arbre et attrapa William par les poignets. Il le tira sans ménagement sur le sable jusqu'à une tente de toile blanche.

Chapitre 34
Le supplice du cerf

PRINCE ·

Oui, entrez, Brice

– Il refuse de parler.

– Comment ça ?

– Ce garçon est une tombe. Il dit juste qu'il n'est pas William Santrac.

– Eh bien, tant pis pour lui, déclara Daniel O'Connor en soulevant son énorme corps du lit où il s'était allongé pour fumer sa pipe. Nous allons passer à une technique plus convaincante, ajouta-t-il d'un air sombre. Ce cachottier va nous dire tout ce qu'il sait, croyez-moi. Et Bini ?

– Disparu.

– Lancez deux hommes à sa recherche. Qu'ils le ramènent ! Je ne souhaite pas me faire tailler en pièces par qui vous savez.

– Je comprends. Il n'apprécierait pas.

Le prince des bannis se coiffa d'un vaste tricorne noir orné de trois plumes orange. Il sortit de sa tente, suivi de son second. Le soleil projetait une lumière violente sur le sable blanc de la plage. Pas un souffle de vent n'agitait les palmes des hauts cocotiers qui se penchaient au bord de l'eau.

– Allez chercher Santrac et attachez-le au poteau sur la plage. Faites tuer un cerf et écorchez-le. Ramenez-moi sa peau sans en détacher la tête. Personne ne résiste au supplice du cerf. Surtout avec une chaleur pareille. Il parlera.

Brice passa aussitôt commande de la dépouille du cerf à un pirate barbu et gras qui astiquait un long fusil. L'homme avait du sang séché sur ses vêtements et il portait une sorte de bonnet de fourrure. Trois énormes chiens avec des colliers à clous rongeaient des os à ses côtés.

– Boucanier, ne détachez pas la tête du cerf de la peau, précisa Brice. C'est un ordre du prince.

– Compris, dit l'homme.

– Et que vos chiens ne touchent pas à la dépouille.

– Comptez sur moi, répondit le boucanier.

Le barbu s'enfonça dans la forêt, suivi de ses trois grands chiens.

Ensuite, Brice pénétra sous une tente où William était assis, les mains et les pieds attachés. Le forban dénoua le lien qui lui enserrait les jambes afin qu'il puisse le suivre. Le jeune pirate avait du sang qui coulait de sa lèvre inférieure, mais ses yeux exprimaient une incroyable détermination.

Dehors, un poteau se dressait au milieu de la plage, en plein soleil. William examina rapidement l'espace. O'Connor n'était pas là. Une poignée d'hommes s'activait : l'un enroulait une corde autour de son bras, un autre, très poilu, frottait une pierre contre la lame de son sabre, un troisième transportait une cagette de fruits en sifflant. Quatre autres tiraient une barque sur le sable. Le garçon observa qu'une dizaine de pommeaux de sabre dépassaient d'une barrique située à l'ombre d'un palétuvier. Il fallait faire vite pour tenter quelque chose.

Brice, qui le tenait par le bras droit, portait un sabre à la ceinture.

– Je vais te detacher, avertit le pirate, un poignard à la main. Si tu fais le malin, je te tue.

– Je vous crois, répondit William en soutenant son regard. Vous nous suivez depuis pas mal de temps, n'est-ce pas ?

Le pirate aux deux anneaux d'or à l'oreille droite fixa méchamment le garçon.

– Depuis plus longtemps que tu ne le crois, se vanta l'autre. Quand je t'ai entendu raconter dans la cours du collège que tu partais chercher le Trésor des sept galions, je me suis douté qu'il ne fallait pas te lâcher d'une semelle. J'ai eu vent de tes exploits passés dans la Zone mystérieuse... Tu m'as échappé sur l'île de la Perdition, mais, comme tu le vois, je t'ai retrouvé. Maintenant, ton compte est bon. Tu finiras par nous raconter tout ce que tu sais.

– C'est ce que nous verrons, répliqua William d'un ton de défi.

L'homme plaça le poignard entre ses longues dents jaunes et dénoua la corde. William se frotta les poignets.

– Par ici, dit l'autre. Assieds-toi contre le poteau.

William obéit, attendant que Brice se place derrière lui pour agir. Le garçon posa ses fesses dans le sable et appuya son dos contre le poteau. L'homme le lâcha et s'agenouilla pour nouer la corde.

– Tes mains ! Derrière le poteau !

– Ne comptez pas là-dessus ! s'exclama William en se propulsant sur ses jambes de toutes ses forces.

Sans perdre une seconde, il se dirigea vers la barrique remplie de sabres, s'empara d'une des armes et se retourna. Le banni se précipitait sur lui, sabre en main, en hurlant.

– À moi, les gars ! ordonna-t-il. Le prisonnier s'est échappé !

Une dizaine d'hommes accoururent dans sa direction. William se plaça dos au soleil.

Sortant de l'ombre, Daniel O'Connor apparut. Le géant à la barbe rousse se dirigea lentement vers le sommet d'un rocher noir aux formes tortueuses. Les bras sur la poitrine, deux pistolets à la ceinture, il prit la parole :

– Bannis ? Vous êtes dix ! Il est seul ! Pas d'armes à feu ! Je le veux vivant !

Daniel O'Connor tenait beaucoup à faire parler William. Il soupçonnait le garçon de savoir où se trouvait le Trésor des sept galions.

– Chiens galeux, je vous attends ! s'écria William.

Les dix pirates l'encerclèrent, souriant de leurs dents pourries. Ils n'imaginaient pas un instant qu'un garçon d'à peine quinze ans puisse leur offrir la moindre résistance.

Un homme en culotte rouge s'approcha de William en faisant décrire des cercles à son sabre au-dessus de sa tête. Le garçon leva un sourcil, s'avança et fendit l'air avec son arme. La lame du pirate vibra entre ses mains et son sabre vola trois mètres plus loin. William ajouta un coup de lame qui déchira profondément la main de son adversaire.

Les bannis échangèrent des regards moins hardis.

Coiffé d'un foulard noir, l'un d'eux bondit en direction de William, lame tendue vers l'avant. Le jeune capitaine para sans difficulté, piqua l'homme à l'épaule puis au mollet et se retourna vers un troisième. Celui-ci recula mais prit un fouetté de William sur la cuisse. L'homme hurla et se pencha sur sa jambe en sang.

– C'est mou, Messieurs ! hurla O'Connor du haut de son rocher.

Un homme gras à la face flasque et mal rasée courut vers William.

Le garçon le toisa, le laissa s'avancer, para son attaque grossière et se lança dans une série de mouvements de bras très rapides. Le pantalon de l'homme tomba en lambeaux et sa chemise, fendue en deux, se détacha de son corps.

Les autres éclatèrent de rire. Le garçon profita de cet instant pour anéantir ses ennemis. Il se précipita vers eux, les désarma et les blessa chacun à un endroit différent.

Brice s'approcha. William le fixa longuement. En trois coups de sabre, le garçon lui fit perdre son sourire. Puis, le jeune capitaine accéléra et fit gicler le sabre de Brice à trois mètres de là. Désarmé, l'autre s'éloigna.

– Minable ! se moqua William.

– À toi ! souffla Brice au dernier adversaire capable de tenir tête au jeune escrimeur.

L'homme, de grande taille, était habillé avec élégance. Ses cheveux étaient d'un blond presque blanc. Son visage à la peau très blanche exprimait une assurance nettement supérieure à celle des neuf autres escrimeurs, désormais hors de combat.

– Monsieur Störtebeker, lança alors O'Connor. Il ne reste plus que vous. Faites-nous le plaisir de rosser ce freluquet ! Mais ne le tuez pas. J'en ai besoin. William ? Je te présente Bjorn Störtebeker, ma meilleure lame.

Le garçon ne répondit pas. Cette fois, il sentait que son adversaire était d'un tout autre calibre. Il avala sa salive, respira profondément et se concentra. L'homme avait sûrement une allonge supérieure à la sienne. En revanche, William, plus petit et très rapide, pouvait jouer de sa souplesse et de sa vitesse.

L'autre le salua d'un signe de tête et s'avança, la lame de son sabre dans l'axe de son visage.

William lui rendit son salut, puis recula avant de faire quelques pas sur le côté pour se mettre dos au soleil. Son adversaire avait ainsi plus de mal à le voir.

– Je connais cette ruse, dit l'autre dans un sourire. L'avantage de l'ombre.

Störtebeker se déplaça pour mieux discerner William et ne pas être ébloui par le soleil. Puis il se mit en garde.

L'homme se rua sur William et frappa son sabre d'un coup violent. Le poignet du garçon résista.

– Pas mal, commenta l'autre.

Störtebeker fit quelques pas sur le côté, puis se plia et tendit son sabre pour piquer William au genou. Le garçon para, contre-attaqua et roula en sol. Il se releva aussitôt, courut, frappa le sabre de son adversaire sur la garde, mais l'homme riposta d'un beau revers cinglant.

Le garçon tenait bon, mais pour combien de temps encore ? L'épuisement commençait à le gagner. Il fallait abréger le combat et préparer sa fuite.

William piqua sur son adversaire, fouetta l'air en décrivant des cercles et parvint enfin à toucher l'autre à l'avant-bras.

Du sang s'échappa de la manche noire de Störtebeker et goutta sur le sable blanc.

– Qui est ton maître d'armes ? demanda l'autre, franchement impressionné par la dextérité de William. Qui t'a enseigné notre art ?

– Pas vous, en tout cas, répliqua William afin de provoquer son adversaire.

Le visage de Störtebeker s'empourpra. Sa main se crispa sur la poignée de son sabre. Le garçon savait qu'en escrime la colère était la pire conseillère.

– En garde ! s'écria l'autre, fou de rage.

Störtebeker se précipita sur William et tenta de chasser sa lame d'un coup puissant sur le côté. Le garçon se plia sur ses jambes, fit un bond à droite et fendit l'air. La cuisse de Störtebeker s'ouvrit. Une giclée de sang traça une ligne rouge sur la plage. L'homme gémit et lança son bras sur la gauche. William avait déjà fait demi-tour. Il para et tailla la chemise de son adversaire au niveau de la poitrine. Une longue estafilade rouge perla sur la peau blanche.

Störtebeker posa un genou à terre.

William sentit des picotements sur l'épaule gauche et dans son dos. Son adversaire avait réussi à le blesser.

– Cela suffit, jeune homme ! hurla O'Connor, deux pistolets en main. Vous nous avez assez diverti. Störtebeker, relevez-vous et saluez votre vainqueur. Quant à toi, ajouta le prince des bannis, ton cerf vient d'arriver. Pose cette arme, si tu tiens à la vie.

Le regard empli de fureur, William jeta son sabre au sol.

On l'attacha au poteau. Le chasseur et trois autres hommes l'enveloppèrent de la peau de cerf. Seul son visage ressortait de la dépouille et faisait face au soleil. Une odeur écœurante de chair morte s'insinua dans ses narines. Ornée de cornes magnifiques, la tête de l'animal pendait sur le côté et le dominait de ses grands bois.

William songea au cerf qu'il avait vu quelques semaines plus tôt en compagnie de Victor lorsqu'ils se dirigeaient vers le puits du Diable. Le garçon eut l'impression abominable de porter le manteau d'un mort. Ce triste vêtement était encore chaud de la vie qui l'habitait quelques instants auparavant.

Les premières mouches se posèrent sur son visage.

Chapitre 35
Dans le ventre de la bête

— LA BALLE EST DÉSORMAIS DANS TON CAMP, William, annonça Daniel O'Connor. Il est encore temps de me dire ce que tu sais...

Le garçon se contenta d'un regard noir.

— Où se trouve le Trésor des sept galions, mille tonnerres ? gronda le géant roux.

— Je n'en sais rien. Je suis ici pour trouver Le Trésor maudit du capitaine Gouchkaplouc.

— Tu me prends pour un imbécile ?

— Non, répliqua William. Pour un meurtrier.

O'Connor le fixa d'un air féroce.

— Jeune homme, ton avenir vient de se raccourcir brutalement, affirma le prince des bannis. Dans quelques heures, la chaleur, la soif et la vermine auront eu raison de toi. Tu seras incapable de parler. Mais cela n'aura alors plus aucune importance, car mes hommes auront alors trouvé tes amis. Si tu penses les sauver en te sacrifiant, eh bien, tu fais erreur !

Des flammes jaillirent des yeux de William.

— Mes bannis passent la forêt au peigne fin. Une fois qu'ils auront mis la main sur eux, je parie fort que tes compagnons seront moins stupides que toi et, surtout, plus bavards. Et après, ils danseront joliment au bout d'une corde !

– Ignoble personnage, je n'ai rien à vous dire. Je ne suis pas celui que vous croyez. Et je suis venu seul sur cette île.

– Nous le verrons bien.

Daniel O'Connor se releva et partit.

L'énorme tête de cerf pendait sur son côté droit. Malgré le sang et le liquide blanchâtre qui s'étaient figés sur son visage, William distinguait encore son museau et son œil mort. Les bois monumentaux plongeaient vers le sable et projetaient une ombre ressemblant à une vaste couronne d'épines.

Le soleil grimpa. Un nuage de mouches vibrionnaient autour du garçon. Puis elles se posaient et cheminaient sur son nez, sa bouche, autour de ses yeux, de ses oreilles, de son front, de sa gorge en lui causant d'horribles démangeaisons. William soufflait, secouait la tête, pestait. Les mouches décollaient quelques instants, mais revenaient rapidement sur lui pour se nourrir, boire et pondre.

Vers midi, une chaleur terrible tomba du ciel. Le sable était d'un blanc cru et reflétait les rayons comme des cristaux de sel. William gardait les yeux clos pour se protéger de la violence de la lumière.

De nouveaux insectes gagnèrent le festin. Il y avait des mouches de plus en plus grosses, des scarabées aux ailes bleutées, des cloportes d'une taille prodigieuse et des cafards aux cris stridents. Ils se battaient entre eux sur le corps du prisonnier.

Vers quinze heures, William se tordit de douleur. Son estomac le brûlait et les piqûres des insectes le démangeaient de plus en plus. La bouche desséchée, les yeux hagards, il se mit à gémir comme un animal.

Autour de lui, il n'y avait plus personne, hormis Bertrand Brice, assis à l'ombre d'un palmier, armé d'un fusil.

William gémissait. Son garde ne bougea pas de l'après-midi.

Le soir arriva. La fraîcheur de la nuit fit du bien à William.

O'Connor vint le voir vers vingt-deux heures. William refusa de lui dire quoi que se soit.

– Demain, tu mourras, lui souffla alors le prince des bannis de sa voix de ténor.

Au milieu de la nuit, une ombre s'approcha de William qui somnolait. Une main redressa le visage du prisonnier et lui passa de l'eau sur la bouche. Le garçon entrouvrit les lèvres et un liquide frais et sucré se répandit sur sa langue. Il en avala quelques gorgées.

Qui était son bienfaiteur ? William tentait d'ouvrir les yeux. Impossible. Ses paupières étaient collées. Il tenta de parler, mais ses cordes vocales, desséchées, ne répondaient plus.

La main lui lava grossièrement le visage avec cette même eau fraîche et sucrée. Puis l'ombre se releva et partit dans la nuit. Le garçon pu enfin ouvrir les yeux. Mais son visiteur s'était éclipsé.

Un court instant, William se demanda si on n'était pas venu lui glisser du poison dans la bouche pour abréger ses souffrances.

La seconde matinée fut terrible. Une soif insupportable réveilla William. Le soleil lui arrivait en plein visage et brûlait sa peau comme un fer rouge.

– Alors, tu parles ? hurla Brice en agitant une gourde devant lui.

William ne répondit pas.

– Crois-moi, c'est le moment ou jamais !

Le garçon garda le silence. Il économisait ses forces.

Brice se retira brusquement.

Entre deux battements de paupières, William entrevit une forme longue et sombre qui déambulait sur la plage. L'animal avait vaguement la forme d'un crocodile et avançait vers lui. Le garçon commençait à avoir des hallucinations. Le manque d'eau et de nourriture perturbait son cerveau.

William ferma les yeux, puis les rouvrit péniblement.

L'animal s'était arrêté à un mètre de lui. Ce n'était pas un crocodile. Son museau était trop fin et sans dent. Sa couleur était presque noire. Ses pattes, assez hautes et très musclées. C'était un reptile. Mais lequel ?

William tentait d'identifier la créature qui ondulait devant lui. Mais son cerveau épuisé ne parvenait pas à mobiliser sa mémoire. Le garçon pensa à ses amis. Eux auraient trouvé la réponse. Victor ? Il aurait su, lui, tout de suite. Il connaissait si bien le monde animal. Oui, Victor aurait su, et il l'aurait aidé. Mais il n'était pas là. Ni Célia, sa douce Célia. Ni Laure. Ni Alexandra, la belle Alexandra au nom si beau : Mondragon. Seul. Il était seul face à ça...

Une langue noire avec des ombres violette sortit de la gueule. Cette langue était fourchue, comme celle d'un serpent.

Un... Un dragon... non... Un varan. Un gigantesque varan, pensa William.

La gueule s'ouvrit, s'avança et saisit la peau du cerf. L'animal secoua la tête et arracha un morceau de la fourrure. Puis il l'avala. Le varan contourna la dépouille de l'animal et découvrit la tête du cerf. Il l'a mordit et la tira violemment.

William se recroquevilla sous la peau. Ne pas être vu. Voilà sa chance. Pour rester en vie encore un peu.

Mais le varan se tourna à nouveau et se présenta en face de lui. Sa langue se propulsa à l'extérieur de sa grosse gueule.

Un éclair passa dans les yeux du reptile. Il venait de trouver William.

Le varan ouvrit largement la gueule et la referma dans un claquement sourd.

William ne sentit rien.

La gueule s'était retirée juste avant de se refermer. Quelque chose l'avait fait disparaître.

Un immense gorille noir tenait le varan par la queue.

D'un geste puissant, le primate le propulsa à dix mètres de là. Le reptile se remit sur ses pattes et fonça sur le gorille. Le grand singe noir recula d'un pas en poussant un rugissement énorme.

Le varan prit un premier coup de poing juste sur le crâne, puis un second derrière la nuque, puis un autre sur les flancs qui lui brisa les côtes.

Le reptile s'affaissa, se releva péniblement, observa le grand gorille.

Le géant l'attendait en se frappant sur la poitrine.

Le varan fonça. Le grand singe fronça les sourcils et grogna puissamment. Il fit un bond au moment où le varan tentait de le mordre au ventre. Le gorille lui infligea un coup sur le milieu du dos, puis un autre entre les omoplates. Le reptile s'affaissa. Le gorille l'attrapa par la queue et le jeta contre un arbre. Le reptile heurta le tronc puis s'écroula. Sonné un instant, il se remit ensuite sur ses pattes, toisa le singe de ses yeux froids, puis il quitta la plage en boitant et disparut derrière un rocher.

Aussitôt, le singe s'avança vers le poteau où se trouvait William. Le beau visage du primate se pencha doucement vers celui du garçon.

William sentit alors une odeur familière, celle de Pollux.

Derrière le singe géant, un homme courait dans leur direction.

William n'eut pas le temps de le reconnaître. Ses dernières forces l'abandonnèrent.

Que se passait-il ? L'odeur de la peau en décomposition qui lui avait donné tant de haut-le-cœur ne le dérangeait plus. Il lui semblait soudain qu'il ne faisait plus qu'un avec le cadavre du cerf. William eut un long frisson. Une sensation de froid gagna d'abord sa poitrine, puis son ventre et tous ses membres. Il se sentait comme un bébé, à l'intérieur du ventre de l'animal. Des images de Lou, Lucas et Robin lui revinrent en tête, puis des souvenirs défilèrent avec ses amis Victor, Célia, Laure et Alexandra. Ils étaient tous là, avec lui, maintenant, comme pour lui dire au revoir. Il eut alors encore plus froid, mais ce n'était pas douloureux. Ses pensées se mirent à flotter. Une sensation de douceur étrange envahissait chacune de ses cellules. Alors, c'était cela, mourir ?

Chapitre 36
Le retour à la vie

– Doc ?

– Oui, Capitaine.

– Alors ?

– Tout va bien. Il s'en sortira.

William était allongé sur un lit de camp, disposé sous une large tente.

Un stéthoscope autour du coup, un homme frisé portant des lunettes rondes argentées prenait le pouls du garçon. Trois pas derrière le médecin, un homme aux larges épaules regardait la scène d'un air soucieux.

– Ce garçon est étonnant, dit le médecin en se relevant. J'ai rarement vu une chose pareille...

– Expliquez-moi, dit l'autre.

– Très honnêtement, Capitaine, après son séjour sous ce cadavre de cerf, je pensais qu'il ne s'en sortirait pas. Mais c'est loin d'être le cas. Dans une heure au plus, il reviendra à lui. Après ce qu'il a subi, c'est un miracle.

– Dites-moi le fond de votre pensée, Emmanuel.

– Face au manque d'eau et de nourriture, son corps semble s'être mis au ralenti et à basse température.

– En hibernation, en quelque sorte ?

– Exactement, confirma le médecin. Comme un ours. Et ce n'est pas tout...

L'autre homme l'invita à poursuivre d'un geste de la main.

– Avec ses plaies au contact du cadavre, ce garçon aurait dû développer une infection très forte. Au lieu de ça, quelques réactions inflammatoires de rien du tout qui vont disparaître avec le traitement que je lui ai donné...

– Qu'est-ce que vous en concluez ? demanda le capitaine.

– Je vous laisse la conclusion, dit le médecin d'un air mystérieux. Elle vous appartient. Mais, vous savez, je n'ai rencontré dans ma vie que deux cas comme celui-là... Je crois que vous avez des choses à dire à ce garçon.

Le capitaine approcha un tabouret du lit, retira sa longue veste de marine rouge, s'assit et contempla William un long moment. Il fallait bien se rendre à l'évidence. C'était lui.

Le capitaine regarda le pied droit de William. Il portait bien le petit tatouage bleu en forme de cercle. Les yeux de l'homme se mouillèrent.

Quelques instants plus tard, le garçon ouvrit les yeux en papillonnant des paupières. Son visage était propre et ses cheveux, coiffés. Il portait une longue chemise blanche trop grande pour lui.

Il découvrit alors celui qui était assis à ses côtés.

L'homme dégageait une chaleur humaine immédiate. Il avait des cheveux bruns, longs et attachés en queue de cheval. Des favoris grisonnant descendaient en bandes longues et épaisses jusqu'au bas de sa mâchoire. Une fine moustache traçait un trait noir sur sa lèvre supérieure et une presqu'île de poils sombres descendait de son autre lèvre jusqu'à son menton. William eut l'impression d'être face à un lion à la crinière brune, ou alors face à un mousquetaire. Mais non, c'était un pirate. Un pirate qui dégageait une confiance en lui exceptionnelle, au point qu'il semblait rempli d'acier. Son regard bleu disait qui il était.

– Je reconnais vos yeux, dit William d'une voix faible.

– Moi aussi, je reconnais les tiens.

– Vous avez à nouveau changé de visage...

– Disons plutôt que j'ai retrouvé l'ancien. Le visage que tu as connu avait un côté ridicule, et il était rattaché à plein de mauvais souvenirs...

– Vous n'êtes plus Amor Trom ?

– Non. Je suis de nouveau Worral Warrec.

– Je préfère ce visage, dit William. Vous êtes mieux comme ça.

Worral Warrec parut touché par les mots de William. Autrefois, le garçon n'aurait pas dit cela au capitaine, qu'il considérait comme le pire des hommes. Mais William était dans une sorte de brouillard et disait les choses simplement, sans mettre de barrière à ses pensées.

– Pourquoi m'avez-vous sauvé la vie ? demanda William après un instant de silence.

– C'est Pollux qui t'a sauvé la vie, rectifia le capitaine dans un sourire. Sans lui, tu finissais dans l'estomac d'un varan de Tortuga. Et puis, il me semble que tu pourras également remercier Emmanuel.

– Emmanuel ?

– Emmanuel Oexmelin. Un chirurgien exceptionnel, dit le capitaine en se frottant la mâchoire.

– C'est lui qui vous a redonné votre visage ?

– Oui, et c'est lui qui m'a soigné quand j'ai quitté la soirée du Grand Don avec trois balles dans le corps...

Après dix ans de bannissement, le capitaine Worral Warrec avait voulu changer d'identité. Il avait fait modifier son visage et s'était fait appeler Amor Trom. Il souhaitait se faire élire capitaine sous ses nouveaux traits. Mais, il y avait un peu plus de deux ans, le soir de Noël, William avait réussi à le démasquer. Il avait dénoncé ses agissements en public lors d'une grande soirée, la soirée du Grand Don. Ce qui avait obligé le banni à fuir et à renoncer à son projet de redevenir capitaine. William le soupçonnait de vouloir récupérer la carte des passages secrets. Ce document ultra confidentiel indiquait tous les lieux par lesquels il était possible de passer de Terra incognita à la Terre et inversement.

William pensait que le capitaine ferait tout pour se venger de lui à la première occasion.

– Vous allez me tuer ? demanda William avec un naturel qui fit rire son interlocuteur.

– William ! s'écria l'homme. On ne tue pas quelqu'un quand on a jugé bon de lui sauver la vie quelques heures auparavant.

– Ça dépend, dit William.

– Ça dépend de quoi ?

– Un mort ne raconte pas d'histoires, nota William en guise d'explication.

– Vieux dicton pirate. Je le connais. Mais je ne vois pas où tu veux en venir ?

– Si vous souhaitez apprendre ce que je sais sur le Trésor des sept galions, mieux vaut que je sois en vie.

– Exact. Alors, tu sais quelque chose ?

– Je ne sais pas où il est, affirma William en se relevant sur ses coudes.

– Je te crois, dit le capitaine.

– O'Connor ne m'a pas cru, lui.

– Daniel et moi sommes très différents.

– Vraiment ?

Le capitaine prit cela comme un coup de poignard.

– Tu es déplaisant, William. Très déplaisant !

– Désolé, Capitaine, se reprit le garçon.

– Je n'apprécie pas ses méthodes, concéda le capitaine en songeant au supplice du cerf infligé à William. Mais j'ai passé un marché avec lui. Il a des hommes et du matériel. Moi, mes hommes sont pour la plupart en prison dans la forteresse d'Ocracoke, tu ne l'as pas oublié ?

– Non, je n'ai pas oublié, répondit William. Mais ils le méritaient !

– J'accepte ta façon de voir les choses, dit le capitaine d'une voix ferme mais qui laissait deviner un véritable effort de compréhension. Mais n'en fais pas trop !

William sentait qu'il n'était peut-être pas utile d'aller sur ce terrain-là. Il fallait changer de conversation, en choisir une qui n'irrite pas le capitaine.

– Comment va Pollux ? demanda William.

– Bien.

– Où est-il ?

– Ce gros fripon est dans la nature. Je pense qu'il est parti chercher tes amis. Pour leur dire à sa façon que tout va bien pour toi.

– Je suis venu seul.

– William ! s'écria le capitaine. Pas de ça avec moi. Personne ne vient sur l'île Sans-Nom seul. À moins d'être fêlé.

William eut une pensée pour Alexandra.

– Qui sont les trois autres ? demanda le capitaine. Victor, je suppose ?

– Pourquoi vous intéressez-vous à mes amis ?

– Mieux vaut que je les trouve avant les hommes de O'connor.

William songea à ce qui pourrait arriver aux filles et à Victor. Les hommes du prince des bannis étaient des brutes effroyables.

William ne portait guère le capitaine dans son cœur, mais il savait que Worral Warrec était un homme loyal.

– Je suis ici avec Victor, Célia et Laure, deux amies.

– Où sont-ils ? Il ne faut pas les laisser seuls !

– Ils ne le sont pas. Il y a quelqu'un avec eux.

– Qui ?

– Une femme. Elle les protégera. Elle connaît cette île comme sa poche et les ramènera chez nous.

– William, j'en doute. Tes amis vont venir te chercher. Et ils vont tomber sur les hommes de O'Connor. Où sont-ils ?

– Je ne sais pas, affirma William. Nous étions près d'une grande cascade. Nous faisions une pause avant de continuer. Puis, j'ai vu ce garçon étrange, je l'ai suivi et je suis tombé sur O'Connor.

– C'est vrai, tu as vu Bini. Il me l'a dit.

– Vous le connaissez ?

– Je suis son père.

William sembla étonné par la nouvelle. Il n'avait jamais entendu dire que le capitaine Warrec avait un fils.

– Bini est votre fils ?

– Pour être plus précis, Bini est un fils adoptif. Ses vrais parents me l'ont confié pour quelque temps. Il ne parle pas notre langue.

– On dirait un intrus, remarqua William. Mais un intrus qui viendrait d'une autre planète que la Terre.

– C'est à peu près ça, dit le capitaine d'un air énigmatique. Bini ! s'écria alors le capitaine avant de prononcer une phrase dans une langue inconnue de William.

Une poignée de secondes plus tard, Bini arriva en courant. À la vue de William ressuscité, il eut un immense sourire et s'approcha de lui. Il lui tendit un objet : le collier qu'il lui avait arraché. Puis le garçon lui parla. Le capitaine traduisit.

– Bini dit qu'il est heureux que tu sois en vie. À cette occasion, il tient à te rendre ce qui t'appartient. Mais, surtout, il souhaite t'offrir un nom.

Un nom ?

C'est une coutume de son peuple. Quand on rencontre une nouvelle personne et que cette personne passe une épreuve difficile avec succès, on lui donne un nom.

Bini s'agenouilla devant William et le fixa du regard. Puis il prononça :

– Mana.

– Qu'est-ce que ça veut dire ? demanda William.

– Cerf, dit le capitaine, qui demanda des explications à Bini.

Le garçon raconta alors quelque chose au capitaine.

– Bini dit que tu as survécu au supplice du cerf et que tu mérites de porter le nom de cet animal, symbole de force et de courage. Mais il dit qu'il aurait aimé t'appeler autrement.

– Et comment ?

– Tanaha, ce qui veut dire nuage. Bini dit que tu es fait pour aller dans les airs, comme un nuage. Il pense que Mana-Tanaha est un beau prénom composé pour toi.

– Mana-Tanaha. Cerf-nuage. C'est beau. Comment dit-on merci dans sa langue ?

– Il y a une dizaine de possibilités, mais je pense que Amimi conviendrait à la situation. Tu peux ajouter Bela, qui veut dire beaucoup.

– Amimi Bela, dit William. Et je peux lui faire un cadeau en retour ?

– C'est un geste qu'il appréciera, approuva le capitaine.

William attrapa le collier que venait de lui rendre Bini et l'attacha autour du cou du garçon, qui dit quelques mots en paraissant très touché.

– Il dit que vous êtes frères, annonça le capitaine, visiblement ému. C'est la façon la plus belle de remercier quelqu'un que de dire cela.

– Amimi Bela, répéta William. Et vous, Capitaine, je suppose que vous avez un autre nom, si vous parlez aussi bien cette langue ?

– Oui, le grand-père de Bini m'a surnommé Mio.

– Et cela veut dire ?

– Ocean.

Du dehors, des discussions parvinrent jusqu'à la tente où se trouvaient le capitaine et les deux garçons. William reconnut l'une des voix. Elle était grave et terrifiante.

En compagnie de Brice et Störtebeker, Daniel O'Connor entra dans la tente, sous le regard noir de Bini. Le visage du capitaine Warrec se durcit instantanément.

– Encore en vie, celui-là ! grogna O'Connor en découvrant William. Quelqu'un a dû l'aider pendant la nuit, ajouta le géant en fixant Bini du regard.

William pensa à cette eau fraîche et sucrée que son sauveur était venu lui donner.

– Alors, O'Connor ? Des nouvelles des compagnons de William ? demanda le capitaine sans prêter attention aux propos soupçonneux du prince des bannis.

– Non. Toujours rien.

– Et vous ? nota O'Connor. Il a enfin parlé ?

– Non. Toujours rien.

– Pourquoi le garder en vie ?

– Ses amis, justement, releva le capitaine. Ils tiennent sûrement plus à lui qu'à ce trésor. Nous ne les avons pas trouvés, mais qu'importe ! Eux viendront le chercher à un moment ou à un autre... Et là, ils seront à nous.

O'Connor eut un sourire affreux.

William lança un regard vénéneux à Worral Warrec.

– Pour accélérer les choses, dit le capitaine, allumez donc un feu, O'Connor. Un grand feu. Et cachez vos hommes discrètement autour, à cinq cents pas de là. Je ne connais pas à un seul être humain qui résiste à l'appel de la fumée. Dès qu'un panache blanc monte dans le ciel, il faut qu'il vienne voir ce qui se trame. Qu'en penses-tu, William ?

– Mes amis sont intelligents, ils ne tomberont pas dans un piège aussi grossier, assura William d'un ton cinglant.

– Je parie le contraire, affirma le capitaine.

Chapitre 37
La disparition de Célia

— JE SUIS INQUIET.

— Nous sommes tous inquiets, Victor, dit Célia. Ça fait quarante-huit heures qu'il a disparu.

— Je voulais dire que je suis inquiet pour nous tous.

Assis sur un bloc de roche ocre, face à l'océan, Victor tenait un document à spirale de la taille d'un petit cahier. Son regard parcourait des colonnes de chiffres. Un petit vent sec agitait les herbes hautes.

— Explique-toi, Victor, s'étonna Laure. Tu nous fais peur.

— Nous sommes le 11 juin. Le calendrier prévisionnel des cyclones indique que nous avons un risque de cyclone sur cette zone dans les prochains jours.

— Et il est vraiment fiable, ton calendrier ? l'interrogea Célia.

— C'est une ragougnasse de chiffres, d'équations, de probabilités et d'algorithmes, mais je pense que l'on doit en tenir compte.

— Et qu'est-ce que dit ton calendrier ? demanda Laure, assise à côté de lui.

— Il dit que nous avons quatre-vingt-neuf pour cent de chances d'avoir à affronter un cyclone de force neuf dans les trois jours. Je vous rappelle que l'échelle de puissance des cyclones ne comporte que dix degrés.

Laure, Célia et Alexandra prirent cette nouvelle comme un coup de poing à l'estomac.

– Il faut trouver William au plus vite, conclut Alexandra qui promenait ses yeux sur la ligne d'horizon. Et quitter cette île. Où se trouve votre bateau ?

– De l'autre côté de l'île, dit Victor. Sur la plage de la baie des Âmes amères.

– Et le trésor ? releva Laure, qui songeait à la disparition de l'or du Trésor commun et au désordre que cela avait dû provoquer à Piratopolis.

– Il a attendu trois siècles, il pourra attendre quelques jours de plus, répondit Célia, qui ne cessait d'imaginer ce qui avait pu arriver à William. Vous pensez qu'il est encore...

– William est un dur à cuire, la coupa Victor d'un ton rassurant. Il a survécu à la Zone mystérieuse. Ce n'est pas une Zone interdite de malheur qui va impressionner un maudit pirate comme lui ! Ce forban va nous faire signe.

– Mais ce garçon qu'il a vu et ce poisson qu'on a trouvé ? demanda Célia. C'est bizarre, non ?

– Oui, confirma Victor. Mais William s'en sortira. C'est un bon capitaine d'équipage. Il ne va pas nous abandonner. Il reviendra.

– Je sais que tu as raison, Victor, dit Célia, des larmes dans la voix. Mais c'est dur d'attendre sans savoir...

Laure se leva et prit son amie par l'épaule. Alexandra se joignit à Laure et enserra les deux filles dans ses bras.

Victor se leva et grimpa au sommet d'un amas rocheux. Son regard balaya la ligne de côte, puis se tourna vers la forêt. Rien. Il saisit sa longue-vue et renouvela l'expérience. Cette fois, à deux kilomètres de là, il aperçut un panache blanc.

– Alexandra, vous n'êtes apparemment pas la seule à utiliser ce stratagème pour vous faire retrouver, s'écria alors le garçon. William a retenu la leçon et nous envoie un nuage de fumée à son tour.

La femme gagna le sommet rocheux et attrapa la longue-vue.

– Méfions-nous, répondit Alexandra. L'île Sans-Nom est parfois une escale pour les bannis et les boucaniers. Je vous l'ai dit, j'en ai déjà aperçus. Restons très prudents.

Après une vingtaine de minutes de marche, le petit groupe se figea. Des branches craquaient. Une bête courait dans leur direction.

– Tout le monde dans l'arbre ! ordonna Alexandra, arrêtée au pied d'un figuier aux vastes branches. Grimpez le plus haut possible. Et que chacun reste immobile et silencieux. Vite !

Laure, Célia et Victor montèrent rapidement dans les hautes branches, suivis par Alexandra. Ils attendirent.

La bête arriva par les cimes.

Le cœur de Victor manqua de lâcher.

Mais, quelques secondes plus tard, le garçon fut soulagé de reconnaître, entre les larges feuilles vertes, le beau visage de Pollux.

– Pas de souci ! souffla Victor. Ce singe est notre ami.

Le double-gorille passa en revue tout le peuple de l'arbre. Une expression inquiète habitait son visage. Les yeux du grand primate s'arrêtèrent sur ceux d'Alexandra. La femme tenait un poignard à la main.

– Pollux, dit Célia. C'est une amie. Elle s'appelle Alexandra.

La femme rangea son couteau dans son étui. Le singe s'apaisa, s'avança vers Célia et la prit sous son bras.

Alexandra Mondragon observait le singe. Elle sentait que

l'animal n'allait pas bien. Il bougeait les épaules et tournait sur lui-même en gardant son énorme main musclée sur l'épaule de Célia

Victor, qui le connaissait bien, commençait à partager l'avis d'Alexandra. Et puis, surtout, le garçon réalisait que la présence de Pollux sur cette île indiquait que le capitaine Warrec ne se trouvait pas loin.

– Pollux est nerveux, constata Alexandra. Il y a un problème.

– Oui, confirma Victor. Le capitaine Warrec est dans les parages. Il a capturé William. Il faut absolument...

Victor n'eut pas le temps de terminer sa phrase. Le double-gorille glissa son bras autour de la taille de Célia et se balança dans le vide en rugissant. D'un bond il fut au sol et s'engouffra dans le fouillis végétal.

Les trois autres dégringolèrent de l'arbre et partirent à la poursuite de l'animal. Au détour d'un buisson, Alexandra distingua le dos doré du primate qui filait sous les arbustes. La jeune fille était plaquée contre son flanc et hurlait de terreur. Le gorille jeta un regard en arrière, puis accéléra et disparut.

Alexandra, Laure et Victor parvinrent à la limite du campement. Ils avaient pris la précaution de ralentir et de vérifier que personne n'espionnait les environs.

Laure attrapa la longue-vue et promena l'objectif sur le campement.

– William est là, dit-elle. Il semble aller bien.

– Et Célia ? demanda Victor.

Sans qu'ils s'en aperçoivent, une haute silhouette s'approcha du trio. Le crâne aux grandes arcades sourcilières de Pollux s'arrêta juste au-dessus d'eux.

Une main se posa sur la bouche de Laure. Une autre, très poilue, sur celle d'Alexandra. Victor eut un coup au cœur et resta muet.

Laure se retourna et découvrit son amie et le gorille.

— Silence, chuchota Célia à ses amis. Pollux m'a amenée ici. Il voulait que l'on vienne. Sans se faire prendre. Regardez...

Célia tendait le doigt en direction d'un bouquet de magnolias aux fleurs rouges. Les silhouettes de quatre hommes et d'un garçon élancé se devinaient dans l'ombre des végétaux.

Sous le regard effaré des trois filles et du garçon, le grand primate s'avança sur ses poings, passa entre Alexandra et Victor et quitta le groupe. Il gagna l'ombre du bouquet d'arbres où discutaient les quatre personnes.

Worral Warrec regarda son singe venir à lui et comprit à son expression qu'il avait trouvé et ramené les compagnons de William. À ses côtés, William gardait le silence.

— Eh bien, Messieurs, la discussion est close, dit le capitaine à l'adresse de Daniel O'Connor et de ses hommes. William est mon prisonnier. D'ici à ce soir, je vous promets qu'il me dira ce qu'il sait et où sont ses amis. Sinon, nous nous en débarrasserons.

— Méfiez-vous de ce diable de garçon, gronda O'Connor. Il a mis hors de combat dix de mes hommes à lui seul.

— Vous pensez que je risque quelque chose ? rétorqua le capitaine d'un ton ironique, une main sur le pommeau de son sabre.

— Non, pas vous, Capitaine, vous êtes de très loin la meilleure lame de cette planète...

Avec Lucas, pensa William, sans le dire.

— Nous sommes d'accord, tonna le capitaine d'une voix dure. Dans ce cas, gardez vos conseils pour vous et vos hommes. Et s'ils ne savent pas mieux se servir d'un sabre qu'une tortue, donnez-leur des pistolets et des fusils, ajouta-t-il à l'attention de Störtebeker. Au moins, avec ça, espérons qu'ils auront le dessus.

Störtebeker se pinça les lèvres en lançant un regard vengeur à William.

– Et vos bannis ? Quand arrivent-ils ? demanda le capitaine. Nous allons avoir du pain sur la planche, très bientôt, vous le savez ?

– Mes renforts arrivent au pire ce soir, Capitaine. Au mieux, en milieu d'après-midi.

– Ils sont en retard !

– La mer est mauvaise.

– Arrêtez de leur trouver des excuses, O'Connor. Pensez-vous qu'ils ont mieux à faire que de trouver le Trésor des sept galions ?

– Non, Capitaine, admit l'autre, le regard brûlant de haine.

– Maintenant, laissez-nous. J'ai à parler à ce diable de garçon.

Le prince des bannis salua le capitaine et se retira. L'homme se sentait profondément humilié par l'attitude de Worral Warrec.

– Tes amis sont arrivés, dit le capitaine, une fois les autres partis. Comme je te le disais, Pollux est allé les chercher, ajouta-t-il en grattant le cou du primate.

– Vous mentez ! s'écria William. Vous...

– Mets ton orgueil de côté, mille sabords ! Pense à tes amis. Tu préfères que ce soit O'Connor et ses bannis qui les découvrent ?

– Non, répondit le garçon.

Le capitaine regarda autour de lui. Il tenait à ce que personne ne les suive.

Ils traversèrent la plage et allèrent jusqu'à la lisière de la forêt.

Pollux pénétra dans la végétation, huma l'air et tourna sur la gauche. Derrière lui, William fit quelques pas en écartant le feuillage.

Une forme fonça soudain sur lui et lui sauta dessus.

Le garçon serra Célia dans ses bras.

– J'ai eu peur, dit la jeune fille en larmes. Tellement peur de ne plus te revoir.

– Tout va bien, lui répondit William.

– Tu nous as fichu la trouille, maudit Santrac ! confirma Victor, qui s'approcha de son ami pour lui mettre une petite claque amicale.

– Quelle fripouille, celui-là ! s'exclama Laure, en larmes, avant de l'embrasser.

Alexandra serra à son tour William dans ses bras.

– Allons-nous-en, proposa aussitôt la jeune femme.

– Ce n'est pas aussi simple, affirma une voix grave.

Worral Warrec apparut et sa venue jeta l'effroi.

– Qu'est-ce qu'il fait là ? demanda Célia.

– La même chose que nous, dit William.

Le capitaine regarda les jeunes pirates d'un air sombre, puis il examina Alexandra.

– Capitaine Worral Warrec, dit-il à l'adresse de la jeune femme. L'homme le plus détesté des quatre jeunes gens ici présents.

– Alexandra Mondragon. La femme qui les aime le plus sur cette île.

– Charmé, dit le capitaine. C'est donc à vous que l'on doit la découverte du Trésor des sept galions ?

– C'est ce que l'on raconte sur cette île, confirma la jeune femme.

– Je suis ravi de vous rencontrer.

– Je ne peux, hélas, en dire autant.

Worral Warrec fut piqué au vif.

– Vous êtes bien désagréable, gronda-t-il.

– J'ai de bonnes raisons de l'être, non ? Je ne suis pas née de la dernière averse, Capitaine, ajouta Alexandra. Je suppose que vous êtes ici pour prendre le Trésor des sept galions.

– Un trésor n'appartient pas à celui qui le cherche, ni à celui qui le trouve mais à celui qui le prend mademoiselle Mondragon

– Je connais la loi, monsieur Warrec rétorqua Alexandra d'un ton de défi. Mais je fais partie de celles et ceux qui pensent qu'il faudrait la changer.

Les quatre amis appréciaient la façon dont Alexandra tenait tête au capitaine.

– Vous avez du caractère, Mademoiselle, admit le capitaine. Mais êtes-vous aussi intelligente que vous êtes belle ?

– Que voulez-vous dire ? demanda Alexandra, quelque peu troublée par le compliment délicatement glissé par le capitaine.

– Je comprends votre attachement à ce trésor, dit-il, mais vous n'êtes pas en mesure de le garder. Une cinquantaine de bannis seront sur cette île dans les heures qui viennent et, croyez-moi, les hommes de Daniel O'Connor seront moins patients que moi. La soif de l'or leur ronge les entrailles depuis des années. Vous savez ce que cela signifie ?

– Sans doute, dit-elle, songeant que cette horde de brutes serait capable de tout pour récupérer le butin.

– Alors, voilà ce que je vous propose, déclara l'homme d'une voix ferme. Soit nous faisons affaire ensemble, soit vous faites affaire avec Daniel O'Connor et ses bannis. Ils sont experts dans le maniement du chat à neuf queues.

– Vous me menacez du fouet, Capitaine ? l'interrogea Alexandra.

– Pas seulement, poursuivit Worral Warrec. O'Connor a d'autres bottes secrètes pour délier les langues. William peut en témoigner.

– Qu'est-ce qu'ils t'ont fait ? s'étrangla Célia.

William ne souhaitait pas évoquer les tortures qu'il avait subies.

– Il ne vous dira rien, assura le capitaine. Mais voilà la vérité : William vient de passer deux jours sous la peau en putréfaction d'un cerf, luttant contre la soif, la chaleur et la vermine. Si vous ne tenez pas à vivre la même chose, parlez !

– Vous ne les laisseriez pas nous faire une chose pareille ! s'écria Alexandra, implorant le capitaine.

– Je ne suis pas un agneau, Alexandra, répondit Worral Warrec. Je vis en compagnie des bêtes sauvages et je n'ai pas de temps à perdre avec une reine de beauté ! J'ai mieux à faire !

Alexandra fixa le capitaine avec fureur.

– Pour l'heure, je suis maître du jeu, poursuivit Worral Warrec. Je suis en position de force pour négocier avec O'Connor le prix de votre existence à tous. Mais, dans quelques heures, ses bannis débarqueront sur cette plage. O'Connor sera alors maître de la partie. Si vous refusez de me conduire maintenant au trésor, je vous livre à eux.

– Cette décision ne m'appartient pas, dit Alexandra d'un ton grave. Elle appartient à mes jeunes amis. Et en particulier à William.

Chapitre 38
La colère du capitaine

CERTAINS PIRATES VOIENT LA VIE comme une longue suite de problèmes insurmontables. Le capitaine Warrec n'était pas de ceux-là, ni William. Ils considéraient tous les deux que, pour un problème, il y avait toujours au minimum une solution. Il leur était donc possible de trouver un accord à propos du trésor. Mais qu'allaient en penser les autres ?

– Mes amis, commença William, nous avons une décision importante à prendre tous ensemble. Que choisissez-vous ?

– Qu'en penses-tu, toi ? demanda Célia avec une expression perdue, semblable à celles de Laure et de Victor.

Le garçon laissa parler son cœur.

– Il n'y a rien, sur l'île Sans-Nom ou ailleurs dans l'univers, qui ait plus de valeur à mes yeux que nos vies, dit-il. Pas même le Trésor des sept galions.

– Je suis d'accord, dit Célia.

– Nous avons chacun une bonne raison de détester le capitaine Warrec, poursuivit William. Mais, dans la situation où nous nous trouvons, face au choix que nous avons à faire, je le considère comme un homme de parole.

– Tu en es sûr ? demanda Victor.

– Oui, répondit William. Entre lui et O'Connor, mon choix est fait. Laissons-lui ce trésor et il nous laissera la vie sauve.

– William ! s'écria Laure, l'air affolée. Je ne suis pas certaine qu'il nous laisse partir...

– Capitaine ? interrogea le garçon. Si Alexandra s'engage à vous conduire jusqu'au Trésor des sept galions, vous promettez de nous laisser repartir ?

– Oui, répondit le capitaine, impressionné par l'autorité de William. J'en fais le serment.

– Mes amis, dit alors William, je crois que ma décision est sage. Me suivez-vous ?

Il y eut un long moment de silence. Célia, Laure, Victor et Alexandra échangèrent des regards lourds.

– Capitaine, déclara Victor en lançant un regard fier à son ami. Je suis convaincu que c'est la moins mauvaise solution. Et puis, au fond, ce trésor de malheur ne m'intéresse plus. À l'heure qu'il est, j'ai juste envie de rentrer chez nous.

– Même chose pour moi, approuva Célia. Je me moque bien de ce qu'il peut vouloir faire avec tout cet or !

– William, tu parles comme un vrai capitaine, s'exclama Laure. La république est forte. Nous n'aurons pas l'or du Trésor des sept galions pour remplacer celui du Trésor commun, mais nous trouverons un moyen de nous en sortir. Le peuple pirate saura traverser cette épreuve avec courage.

Tous les regards se posèrent alors sur Alexandra.

– Capitaine ? dit-elle à l'attention de Worral Warrec. J'espère que vous appréciez, comme moi, l'esprit de ces quatre jeunes gens. Je ne vois rien à ajouter à ce qui vient d'être proposé. Je vous mènerai à l'endroit que vous souhaitez. Considérez que le Trésor des sept galions est à vous.

Le capitaine ne fit aucun commentaire. Il paraissait troublé par l'échange qui venait d'avoir lieu.

L'air sombre, il conduisit le groupe vers le campement.

O'connor et quelques-uns de ses hommes étaient en grande conversation autour d'une table.

– Capitaine Warrec, vous êtes d'une persuasion et d'une efficacité extraordinaire, dit Daniel O'connor à la vue des enfants et d'Alexandra. Comment avez-vous fait ?

– La douceur, répondit le capitaine d'une voix moqueuse. Cela vous dit quelque chose ?

Le prince des bannis prit cela comme une gifle. Worral Warrec lui avait reproché à de nombreuses reprises sa brutalité et sa cruauté. Et cette nouvelle allusion à son tempérament barbare lui fit monter le sang au visage.

– Je sais, Capitaine, nous n'employons pas les mêmes méthodes, reconnut O'Connor. Avouez néanmoins que j'obtiens, moi aussi, des résultats. Sans moi, William ne serait pas à notre merci.

– Certainement, mais sans moi, il ne serait plus en vie, répliqua le capitaine en fronçant les sourcils. Mais laissons là nos querelles, cher Prince, ajouta le capitaine pour apaiser l'autre. Cette ravissante jeune femme va nous conduire à l'endroit que nous cherchons depuis si longtemps.

– C'est une bonne nouvelle ! exulta O'Connor. Comment faisons-nous ?

– Venez avec trois de vos hommes, ordonna le capitaine. Qu'ils soient armés correctement.

– Nous partons maintenant ? demanda le prince d'un air songeur en frottant sa gigantesque barbe rousse.

– Oui, répondit l'autre. Pourquoi cette inquiétude ?

– Mes bannis, les autres, ne sont pas encore là, dit O'Connor. Nous aurons besoin d'eux pour transporter la cargaison !

– Vous préférez les attendre ou vous voulez voir ce maudit

trésor tout de suite ? Sachez que nous partons dans un quart d'heure. Décidez-vous !

– Mes yeux attendent cet instant depuis trop longtemps, Capitaine, avoua finalement le prince des bannis. Nous serons prêts à temps pour vous accompagner. Je donne des consignes et nous partons.

Bini et Pollux se joignirent au groupe de dix personnes en partance pour le Trésor des sept galions. Percipal, le fidèle second du capitaine, avait rejoint son chef en début d'après-midi. William et Victor le connaissaient. C'était le « meilleur fusil de la planète », aux dires de Worral Warrec. Il portait six pistolets à la ceinture et deux sabres à son baudrier.

William présenta Bini à ses amis. Tous les quatre constatèrent avec un grand étonnement que le fameux garçon existait bel et bien. La tenue de Bini et ses tatouages créèrent aussi la surprise. Victor et les filles imaginèrent que c'était un intrus. Un Terrien tout droit venu de la forêt amazonienne et qui avait atterri sur Terra incognita.

Le groupe avançait sur un terrain bosselé. Le capitaine se plaça au côté d'Alexandra. Elle dégageait moins d'hostilité à son égard que les enfants. Une conversation courtoise s'engagea. Alexandra raconta sa vie sur l'île Sans-Nom et fit rire le capitaine à plusieurs reprises.

Puis elle se sentit suffisamment à l'aise pour aller sur un autre terrain.

– Lorsque j'étais adolescente, dit-elle soudain, vous étiez pour moi et tous les jeunes pirates un modèle. Un jeune capitaine ambitieux et courageux qui suscitait l'admiration. Je sais ce qui s'est passé voilà douze ans et William m'a raconté ce qui vous a opposés deux ans auparavant. Comment un homme tel que vous a-t-il pu changer autant et, surtout, aussi vite ?

– Alexandra, répondit le capitaine d'un ton amical. Je pourrais vous dire que ce qui s'est passé dans ma vie ne regarde que moi ?

– Sans aucun doute.

– En même temps, je dois la vérité à cette adolescente que vous avez été et qui a vu son modèle prendre un chemin inattendu, poursuivit-il. Je serai donc sincère.

– Vous l'êtes tout le temps, je pense, glissa Alexandra.

– Tout le monde ne pense pas comme vous, Princesse de l'île Sans-Nom, répliqua le capitaine.

– C'est vrai, reconnut Alexandra. Alors ?

– Il y a une douzaine d'années, on m'a banni pour dix ans. De mon point de vue, bien entendu, le Conseil des capitaines a eu la main lourde. La sanction que l'on m'a infligée pour ce que j'avais commis était disproportionnée. Et je pense que l'on n'a pas tenu compte de tout ce que j'avais apporté à la République.

– Vous vous êtes senti humilié...

– Disons plutôt rabaissé, rectifia le capitaine. Un esprit de vengeance m'a alors envahi. Je me suis dit que ce que je ferais désormais vaudrait vraiment ces dix ans de bannissement. Je me suis mis à braconner et à cultiver de la drogue dans la Zone mystérieuse. Je n'en suis pas fier du tout. Je le sais aujourd'hui : j'ai laissé mes propres ténèbres submerger mon esprit et mon cœur. Mon âme était noire, à l'époque, et chaque jour qui passe ne chasse pas le souvenir hideux que j'ai de mes actes passés.

– Pourquoi ne pas revenir chez vous ? demanda Alexandra. La république peut vous pardonner, surtout si vous lui rapportez ce trésor dont elle a tant besoin ?

– La république ne veut plus de moi. Pour elle, je ne suis qu'un paria, un damné, un infâme renégat, s'écria Warrec d'un ton amer. Un banni qui fait honte à tout le monde. Ressentez-vous ce que ces enfants pensent de moi, par exemple ?

– Ils ne vous détestent pas tant que cela, affirma Alexandra.

– Vous croyez ? demanda le capitaine, qui n'attendait pas de réponse.

– Seulement, ils n'apprécient pas que vous leur preniez leur trésor, mon cher, dit gentiment Alexandra. Et moi non plus, d'ailleurs !

– J'ai un projet, dit simplement le capitaine. J'ai besoin d'or.

– Et quel genre de projet ? demanda la jeune femme d'un ton innocent.

En guise de réponse, le capitaine se contenta de sourire. Les confidences s'arrêtaient là.

William, qui n'était pas loin, bondit au-dessus d'une racine et rejoignit le capitaine et la jeune femme.

– Alexandra, dit-il, je peux vous parler du projet du capitaine.

– Avec plaisir, répondit Alexandra en jetant un regard amusé à ce dernier.

– Je suis curieux d'entendre ça, moi aussi, ajouta Worral Warrec.

– C'est simple, commença le garçon, le capitaine souhaite fonder une nouvelle république.

Le capitaine garda le silence. Un silence qui avait valeur d'aveu. Comment William pouvait-il connaître le fond de sa pensée ?

– Ton intelligence est la fois un délice et un supplice, dit le capitaine d'une voix soudain ombrageuse. Qui t'a parlé de ça ?

– Personne, mentit William, qui avait en mémoire la conversation entre le capitaine Roger Rayson et Daniel O'Connor. C'est que je ne vois aucun projet qui puisse demander autant d'or, Capitaine.

– Ce n'est pas faux, remarqua l'homme.

– Ce n'est pas faux, reprit William, mais c'est dangereux.

– Dangereux ? l'interrogea le capitaine.

– En créant une seconde république, vous allez créer la possibilité d'une guerre. Vous y avez pensé ?

– Admettons d'abord que ce que tu affirmes soit juste, c'est-à-dire que je veuille créer une république.

– C'est une bonne hypothèse, remarqua Alexandra.

– Certes, admit le capitaine. Donc, selon toi, en fondant une seconde république, je crée la possibilité d'une guerre. Première remarque : tu oublies que la paix est envisageable, non ? La guerre n'est pas obligatoire, que je sache. Et je te le dis droit dans les yeux, William : je n'aime pas la guerre.

– Vous êtes un homme de pouvoir, Capitaine. Vous êtes ambitieux. Vous...

– Cela ne veut pas dire que je sois prêt à tout, William, le coupa le capitaine. Je ne cherche pas à rendre les gens malheureux, bien au contraire.

– Vraiment ? demanda William qui songeait au détournement du Trésor des sept galions.

– Je sais que l'instant est mal choisi et que les apparences sont contre moi. Mais, crois-le ou non, ma volonté est d'agir pour le bonheur du peuple pirate. Cela ne va pas sans poser des problèmes à certains, je m'en rends compte. Mais, un jour, la majorité des gens seront satisfaits de mon action.

– J'en doute, fit William.

– Si jamais je crée une autre république, je crée la possibilité d'une autre vie pour des milliers de pirates. Sur Terre, si j'en crois les livres d'histoire, il y a de cela plusieurs siècles, des millions de miséreux, d'affamés, chassés d'Europe, sont partis de ce continent où l'on ne voulait plus d'eux. Ils ont fondé de nouvelles républiques aux Amériques.

– Et alors ? demanda William.

– Des milliers de pirates de Libertalia sont prêts à partir si on leur en donne la possibilité. Ils ont des rêves à semer et à faire grandir ailleurs qu'entre les étroites frontières de notre seule et unique république de Libertalia. Et des centaines de bannis sans terre, des bannis que je connais bien, n'attendent que cela. Terra incognita est vaste, peu peuplée, et elle peut accueillir une seconde république.

– Et la guerre ?

– La possibilité d'une guerre est un faux problème. Quand les hommes veulent faire la guerre, ils sont capables de la mener à l'intérieur même de leur république. On appelle cela une guerre civile.

William écoutait le capitaine sans grande conviction, mais il n'avait pas à sa disposition d'arguments à lui opposer.

– Je trouve que pour une personne qui ne pense pas à créer une république, vous avez les arguments de quelqu'un qui y pense beaucoup, nota Alexandra avec malice.

– Elle a raison, confirma William. La seule chose que je ne comprends pas, ajouta-t-il sur un ton de défi, c'est pourquoi vous ne vous contentez pas de l'or du Trésor commun ? Pourquoi nous prendre notre Trésor des sept galions ?

Worral Warrec posa sur William un regard terrible.

– Ton intelligence a des limites, mon cher, répliqua-t-il d'un ton cinglant. Cela prouve au moins que tu me connais bien mal. Jamais je ne volerais un seul doublon au peuple pirate !

– Je vous ai vu dans les galeries de la Compagnie générale des os, sous la rue Calico-Jack, autrement dit à deux pas de la Banque internationale pirate. Et cela, à peine quelques jours avant la mystérieuse disparition de l'or.

– Imagine ce que tu veux, William, rétorqua le capitaine. Sache seulement que l'on a parfois bien des choses à faire dans les catacombes qui n'ont pas grand-chose à voir avec l'or. Rendre visite à des proches défunts, par exemple.

– J'ai du mal à vous imaginer avec un bouquet de fleurs ! Vous ne prendriez pas un risque pareil pour honorer simplement vos ancêtres.

– Peu importe ce que tu crois, William. Il m'arrive d'être un homme comme les autres, avec les mêmes peines et les mêmes joies. Mais, désormais, puisque me voilà placé à tes yeux au rang de misérable voleur, je pense que nous n'avons tous les deux plus rien à nous dire.

Le garçon prit les paroles du capitaine comme un coup de sabre dans le ventre.

L'homme s'éloigna, l'air ténébreux, comme si un ouragan venait de naître sous son crâne.

La grande cascade apparut alors à l'horizon. Le groupe était à l'endroit exact où William avait rencontré Bini pour la première fois.

– Nous y sommes, dit Alexandra. Le trésor est là.

Chapitre 39
La grotte de la cascade

LE GROUPE S'ARRÊTA DEVANT L'IMMENSE CHUTE D'EAU. Daniel O'Connor avait eu du mal à parvenir jusque-là. La marche était une vraie torture pour son énorme corps, et la traversée de la rivière une épreuve pénible de plus.

Tout le long du chemin, William avait observé le géant roux. Le prince des bannis avait passé la moitié de son temps à jeter des regards derrière lui, comme pour s'assurer qu'on le suivait bien. Le garçon avait également remarqué que O'Connor n'utilisait pas de béquille. C'était donc un stratagème pour berner le capitaine Rayson et lui faire croire qu'il était au plus mal.

En discutant avec ses amis, William parvint à une autre conclusion : O'Connor était venu avec trois de ses hommes, mais d'autres restaient probablement tapis dans les fourrés, à quelques pas de là, pour lui prêter main-forte.

Le capitaine semblait toujours aussi mécontent. William l'avait profondément blessé en le soupçonnant d'avoir dérobé le Trésor commun. Mal à l'aise, le garçon ne savait pas comment rattraper les choses. Worral Warrec répondait à chacun de ses regards par une indifférence glaciale.

Alexandra s'arrêta au pied de la falaise. Le haut mur rocheux formait une coupole autour d'eux. Une chute d'eau s'abattait derrière elle dans un boucan impressionnant.

– Notre randonnée se poursuit derrière la cascade, dit-elle. Elle dissimule l'entrée d'une grotte. Pour y parvenir, il faut se coller à la paroi et marcher sur une vingtaine de mètres. Ensuite, il faut plonger et nager sur une courte distance.

Épuisé, O'Connor faisait une tête de six pieds de long. Mais il était hors de question pour lui de renoncer à la découverte du Trésor des sept galions.

– Je vous montre, dit Alexandra.

La jeune femme disparut derrière le rideau liquide.

Aussitôt, William s'engouffra entre la falaise et l'eau. La paroi était noire, luisante et fraîche. Des centaines de litres d'eau dégringolaient sur les épaules du garçon. Un peu plus loin, sur sa gauche, il aperçut une étendue d'eau plus claire et moins remuante. Il plongea, nagea sur quelques mètres et remonta vers une forme floue.

Alexandra attrapa sa main et l'aida à sortir de l'eau.

William découvrit la grotte mystérieuse. Elle s'enfonçait loin dans le cœur de la montagne. Le tunnel rocheux formait un très haut couloir de section triangulaire. Un peu de lumière du jour filtrait du fond de la galerie...

Après William, Célia arriva, puis Laure, Victor et Bini. L'ignoble tête de Daniel O'Connor émergea ensuite de l'eau, puis celles de Brice, Störtebeker, et celle du troisième homme de main du prince, un certain Pedro Dominguez, un homme joufflu et chauve à l'air ahuri.

Enfin, Percipal et le capitaine remontèrent à leur tour.

Pollux resta dehors.

Dans la pénombre, William devinait le chemin à prendre. Alexandra l'informa que la galerie faisait près d'un kilomètre.

Au bout d'un moment, le plafond de la grotte s'ouvrit.

Un ruban de lumière pénétra jusqu'au sol.

Plus loin, la clarté augmenta. La grotte révéla la vie qui l'habitait. Des plantes au feuillage tombant apparurent sur les parois. Victor remarqua la présence d'arbustes sur les hauteurs. Il fut surpris de découvrir qu'une liane de Morphée était venue jusque-là. Une scolopendre de la taille d'un concombre passa entre ses jambes. Un serpent à la peau couverte d'anneaux violets et blancs glissa devant Célia. Laure retira sa main pour ne pas la poser sur une tarentule de la taille d'une assiette.

Puis la grotte devint un gouffre béant, ouvert largement sur le ciel. La densité de la végétation explosa subitement. Des perroquets volaient entre les branches et des petits singes gesticulaient derrière les feuillages. Victor n'avait toujours pas résolu l'une des grandes questions qui taraudaient son esprit depuis son arrivée sur l'île : comment autant d'animaux étaient-ils parvenus jusqu'ici ? Alexandra avait refusé de lui révéler l'origine de ce mystère.

– Où en sommes-nous, Alexandra ? demanda soudain le capitaine avec impatience.

– Nous arrivons dans cinq minutes.

– Bien, répondit-il.

– Capitaine ? demanda William. Je souhaite vous dire quelque chose.

– Je n'ai pas de temps à perdre.

– Je sais, Capitaine. Je serai court.

– Je t'écoute, dit l'homme d'un ton ombrageux.

– Je sais que vous n'êtes pas un voleur, affirma le garçon. Vous êtes même le contraire. Je sais qu'à mon âge vous avez découvert le Trésor du flibustier fantôme et que vous l'avez offert au musée de la marine, hormis la perle rouge qui pend à votre cou. Je pouvais vous dire des tas de méchancetés, mais pas de ce tonneau-là. Je vous présente mes excuses.

– J'apprécie ton attachement à la vérité, dit Worral Warrec après quelques secondes de silence.

Le garçon et l'homme échangèrent un regard intense.

– J'accepte tes excuses, William. Mais veille à ne pas abuser de ma patience, à l'avenir

La marche reprit.

– Cette perle est vraiment magnifique, Capitaine, dit Alexandra un peu plus loin. Vous comptez vous en séparer un jour ? demanda-t-elle, comme une invitation à lui faire ce cadeau-là. Je suis prête à l'échanger contre un trésor.

– Hélas, je me suis promis de la donner à mon fils aîné, dit le capitaine avec un air mystérieux. C'est une vieille tradition pirate que d'offrir un tel cadeau, ajouta le capitaine en tendant son arme à William.

Le garçon attrapa le sabre des Dooh et le glissa fièrement dans son foureau.

– Je te le rends, ainsi que ton sac à dos, dit le capitaine. J'espère que tu mesures le degré de ma confiance.

– Oui, fit simplement William en enfilant son sac

- Qu'as-tu dedans ? ajouta le capitaine.

– Un pistolet un peu spécial, avoua William.

– Ne l'utilise pas contre moi.

– Promis, assura William.

Enfin, le groupe arriva devant ce qui était sans doute la découverte la plus surprenante de leur vie.

Les sept galions étaient là, formant sur terre le convoi qu'ils avaient formé sur l'océan. Un long cordage reliait les vaisseaux et dessinait une courbe brisée entre eux. Bien sûr, ils n'avaient plus la flamboyante beauté d'autrefois, mais ils en avaient une autre.

Les galions, comme les cordages qui les reliaient, étaient au trois quarts couverts de mousse, de fougères, de lichen et de plantes grimpantes. Des arbres colossaux poussaient au milieu des coques fracassées. Des racines grimpaient, se tordaient, s'infiltraient entre les planches et les poutres de la coque et du pont. C'était comme si la nature avait voulu redonner leur vie végétale à chaque morceau de bois utilisé pour bâtir ces sept navires.

Le groupe s'approcha.

Le premier galion avait une étonnante position verticale. Son château, la partie arrière où se trouvaient les appartements du Capitaine et des officiers, était couvert de lierre, mais une plaque parfaitement dégagée indiquait son nom : le *Santa Monica.*

Le second galion était coupé en deux. En le regardant, William eut l'impression qu'un coup de hache l'avait fendu dans le sens de la longueur. C'était le *San Andreas.*

Plus loin, le troisième apparut au contraire aplati. Il semblait avoir été pris en tenaille et ses trois mâts étaient brisés en leur milieu. Cinq arbres, aux troncs blancs et aux feuilles vert clair, avaient poussé en lieu et place des mâts. Son nom était la *Nuestra Señora de las Maravillas.*

Notre Dame des merveilles, traduisit aussitôt Laure, qui parlait espagnol.

Le quatrième était le plus petit et le mieux conservé. Sa figure de proue, intacte, représentait une femme au visage triste, tenant un bébé dans les bras. Ce navire se nommait le *Santa Maria* et son ancre était posée juste à côté d'un gros rocher.

Le cinquième était presque entièrement détruit, comme broyé par une mâchoire. Alexandra précisa qu'il s'agissait du *Santa Guadalupe.*

L'avant-dernier était un galion de taille moyenne et, bizarrement, peu recouvert de végétation. Il semblait momifié et Alexandra préféra s'écarter de ce navire dont le nom avait disparu de la coque

Le dernier navire avait ses voiles déchirées, alors que sa coque noire était intacte. William eut le sentiment de se retrouver face à un vaisseau fantôme. C'était le *San Cristobal*.

Que s'était-il passé ? Comment ces galions avaient-ils atterri ici ? Alexandra avait une explication.

Elle rappela que, pendant des siècles, les meilleurs chasseurs s'étaient lancés à la recherche du Trésor des sept galions sans jamais mettre la main dessus. Tout ceux qui avaient tenté de le trouver étaient aveuglés par une certitude : sur Terre, la turbine du Démon avait arraché le convoi des sept galions à la mer des Caraïbes et l'avait propulsé en plein océan sur Terra incognita. Ils pensaient, tous sans exception, que les épaves reposaient au fond de l'eau avec leur mystérieuse cargaison.

– Je me suis dit que l'erreur était là, poursuivit Alexandra. Le cimetière de ce convoi de galions n'était pas l'océan, mais la terre ferme.

La jeune femme marqua alors une pause. Elle fixa ensuite du regard tous les chasseurs de trésors présents, et elle conclut :

– Voilà ce que je crois. Un jour de l'année mille sept cent quinze, le convoi des onze galions du capitaine Carlos del Dongo a affronté la turbine du Démon, sur Terre, non loin des îles Bahamas. Comme vous le savez, ce convoi s'est scindé en deux. Sept galions ont été emportés sur Terra incognita. En arrivant ici, ils ont dû faire face à un cyclone phénoménal qui balayait un océan probablement secoué au même moment par une éruption sous-marine. Une vague énorme s'est levée et a poussé les sept bateaux jusqu'au fond de cette vallée ouverte sur la mer. Les colères et les hasards de la nature dépassent souvent l'imagination des hommes. Et le trésor qui dort ici dépassera aussi de loin votre imagination...

Chapitre 40
Le Trésor des sept galions

LE SOLEIL ÉTAIT À SON ZÉNITH. Une lumière crue pénétrait dans le gouffre et donnait une couleur pâle aux plantes et aux navires. Immobiles depuis des siècles, les sept galions allaient enfin dévoiler leur trésor.

William se rapprocha de Célia et lui prit la main. Victor posa un bras sur les épaules de Laure.

Le capitaine était ébloui et Daniel O'Connor savourait l'ivresse de cette fantastique découverte.

– Chère mademoiselle Mondragon, où est l'or ? demanda Daniel O'Connor. Encore dans les galions ?

– Non, répondit sèchement Alexandra, prise soudain d'une colère froide. Vous pouvez laisser leurs entrailles en paix.

– Où est-il alors ? insista le prince des bannis, une main sur le pommeau de son sabre.

– Sous vos pieds, dit-elle d'un air sombre.

Chacun leva les bras comme s'il marchait sur quelque chose de fragile et tous reculèrent comme si le sol allait s'effondrer.

Seule Alexandra ne bougea pas. Elle frappa violemment le sol du talon et un bruit sourd retentit. Sous une couche de dix centimètres de terre et de feuilles, se trouvait un long plancher.

La jeune femme fit quelques pas, fouilla derrière un amas végétal et revint avec trois pelles. Elle les lança aux trois pirates qui accompagnaient Daniel O'Connor.

– Tas de feignants que vous êtes, vous n'aurez pas trop d'efforts à fournir pour prendre votre butin ! lança-t-elle d'un ton ironique. Raclez le sol, retirez les planches et servez-vous. Et que le diable vous emporte !

Daniel O'Connor retroussa les narines et jeta un regard féroce à la jeune femme. Puis il ordonna à ses hommes de creuser.

Le capitaine restait calme. Il se contentait d'observer alternativement le sol et O'Connor.

Alexandra recula et s'approcha des enfants.

– Ne regardez pas trop longtemps ce trésor, murmura-t-elle. Sa beauté est ensorcelante. Vous ne pourriez pas repartir.

– C'est si impressionnant que ça ? demanda William.

– Le jour où je l'ai découvert, je suis restée ici une semaine sans boire et sans manger, errant de galion en galion, sous l'emprise de cet or, chuchota Alexandra en créant l'effroi chez ses jeunes compagnons. J'ai l'impression qu'il y a une malédiction qui pèse sur ce trésor. Regardez-le un instant, mais partons ensuite très vite.

– D'accord, assura William. Vous avez entendu, vous autres ? dit le jeune capitaine. On jette un œil et on file !

Les trois autres acquiescèrent d'un signe de tête.

En compagnie de ses jeunes amis, Bini ne comprenait pas tout, mais il semblait avoir saisi la situation. Des adieux se préparaient. Bini murmura :

– Mana Tanaha lalélé Bini.

– Qu'est-ce qu'il veut ? demanda Victor.

– Je ne sais pas, dit William.

– Il dit que tu lui manqueras, traduisit le capitaine, qui avait écouté attentivement.

Bertrand Brice écarta une planche à l'aide de sa pelle et la souleva. Les rayons du soleil pénétrèrent dans la fente et une lumière jaune remonta de la cachette.

L'excitation gagna tout le monde.

Une à une, les planches furent arrachées et jetées au loin. Un grand trou circulaire apparut.

L'or était là. Le soleil frappait de toutes ses forces sur l'amas de métal jaune. La lumière qui jaillissait de la cachette était si éblouissante qu'il était impossible de garder les yeux ouverts.

Au bout d'un instant, un nuage passa dans le ciel.

L'extraordinaire trésor se révéla au regard de tous.

Il y avait des barres et des lingots d'or par centaines, des chaînes énormes formant de gros serpents dorés et brillants, des plaques de toutes formes et de toutes tailles représentant des oiseaux, des félins, des poissons, des insectes, des colliers, des bracelets, des bagues, des broches, des vases, des assiettes, des pépites d'or brutes aux formes tarabiscotées, et une couronne royale... Il y avait des doublons d'or par millions. Et, au milieu de cette fortune, entassées dans des coffres de marine, étincelaient des milliers de pierres précieuses, diamants, saphirs, rubis émeraudes et opales...

Mais le plus fascinant, ce n'était pas tout cet or et ces pierres rares. C'était un visage, un immense masque d'or posé au milieu du trou. Il devait mesurer trois mètres de diamètre. Représentait-il un dieu ou une divinité pour un des peuples d'Amérique, Incas, Mayas, Aztèques, Olmèques ? Les noms de civilisations anciennes de ce continent défilaient dans l'esprit de William. Il savait que cet or provenait de ces contrées secrètes de l'Amérique.

Le masque affichait une expression étrange. Il était difficile de savoir si c'était celui d'une femme ou d'un homme, d'un enfant ou d'un vieillard, d'une personne heureuse ou malheureuse. Le visage énigmatique exprimait tout à la fois.

William se sentait fasciné par cet objet, étourdi par sa beauté et son mystère. Sous le regard effaré des autres, le jeune capitaine sauta sur le tapis d'or, puis s'agenouilla près du visage. Il était comme hypnotisé. Sa main se posa sur la joue du masque. Son esprit commença à s'engourdir. Puis, le jeune pirate eut l'impression étrange de devenir une statue de métal.

– Vous savez maintenant que ce n'était pas un rêve, dit alors Alexandra d'une voix douce. Nous pouvons partir.

– William ! s'exclama le capitaine Warrec. Relève-toi !

William restait sourd. Comme pétrifié, il ne pouvait détacher son regard du visage d'or. Il éprouvait une sensation étrange. Il ne pouvait plus parler, plus bouger. Il se sentait rajeunir.

Worral Warrec sauta à côté du garçon et l'arracha à sa contemplation. Il le souleva et le propulsa en dehors du trou.

La magie cessa aussitôt d'opérer sur lui. Ses mains et le reste de son corps redevinrent légers.

William observa alors ses amis d'un air triste.

– Bon retour ! dit simplement le capitaine avant de poser son regard sur la couronne d'or.

– Merci, fit William en regardant le capitaine avec gratitude. Nous y allons, les amis. En route !

– Vous plaisantez, Capitaine ? l'apostropha alors O'Connor, qui sortait lui aussi de sa merveilleuse fascination. Vous n'allez pas laisser partir ces cinq-là ? Vous autres, lança le prince des bannis à ses hommes de mains, tuez-les !

Les trois pirates sortirent leurs armes. Dans la seconde, William posa la main sur la poignée de son sabre.

– Tu n'en auras pas besoin, dit le capitaine d'une voix ferme. O'Connor, j'ai donné ma parole. En échange du trésor, je leur ai promis la liberté. Je tiendrai cette promesse, vous m'entendez !

– Ils ont tout vu, Capitaine ! Il faut les pendre à un de ces mâts ! Ils pourraient témoigner, une fois de retour à Libertalia !

– Dans une semaine, ils ne seront pas encore là-bas. Dans deux jours, nous ne serons plus ici.

– C'est un risque que je ne veux pas prendre, Capitaine ! s'énerva O'Connor en dégainant un pistolet. Pendons-les !

– O'Connor, vous avez la haine au cœur ! gronda le capitaine. Essayez de les pendre et je vous promets que vous n'aurez pas le temps de dépenser un seul gramme de tout cet or ! Nous ne sommes pas ici pour anéantir ces êtres, mais pour leur prendre ce trésor, mille tonnerres !

Daniel O'Connor poussa un soupir hargneux.

– Je ne comprends pas votre attachement à cette troupe de propres à rien ! grogna O'Connor. Alors, qu'ils partent sur-le-champ !

Le capitaine se tourna vers Alexandra et lui fit un signe de tête pour lui signifier de partir le plus vite possible.

William appréciait l'attitude loyale du capitaine. Il lui sembla à son tour indispensable de lui rendre cette loyauté.

– Capitaine, murmura William, je tiens à vous confier un secret. Je sais que Daniel O'Connor vous trahira.

– Qu'est-ce qui te permet d'affirmer cela ?

– Je l'ai vu chez Roger Rayson, Capitaine. Le prince des bannis est venu négocier un poste de capitaine du Hasard en échange du Trésor des sept galions. Le capitaine Rayson a accepté ce marché. O'Connor joue un double jeu. Il vous tuera à un moment ou à un autre.

Worral Warrec regarda William avec intensité. De la reconnaissance passait dans ses yeux.

– J'étais au courant, confia-t-il en jetant un rapide coup d'œil à Brice. Celui-là est moins méchant qu'il en a l'air et moins fidèle à O'Connor qu'il n'y paraît. Il est de mon côté... Mais je ne te cache pas que j'apprécie beaucoup ta sollicitude. Vraiment beaucoup !

– Je ne souhaite pas votre mort, Capitaine, même si je trouve votre idée de créer une république extrêmement dangereuse.

– Nous n'avons plus le temps de parler de ça. Dépêche-toi de rentrer à Piratopolis. Je pense qu'ils ont bien besoin de toi, là-bas. Un trésor a disparu, non ?

– Vous savez quelque chose ! chuchota William. J'en suis sûr, Capitaine. Vous savez qui a commis le vol du Trésor commun, n'est-ce pas ? Parlez, Capitaine ! Je vous en supplie !

– William, la vie est un bal masqué, lança Worral Warrec en plantant ses grands yeux bleus dans ceux du garçon. Parfois, des personnes qui ont fière allure et une réputation au-dessus de tout soupçon commettent les pires forfaits.

– De qui parlez-vous ?

– Tu trouveras son nom sans moi.

– Et l'or ? L'or du Trésor commun ? Où est-il ?

– La plupart des gens ont de belles choses sous le nez qu'ils ne voient pas.

– Qu'est-ce que vous voulez dire ?

– On ne déplace pas une montagne d'or d'un revers de la main. L'or est un métal lourd, William, ajouta le capitaine d'un air mystérieux. Maintenant, fiche le camp ! ordonna-t-il. Tu as tout pour comprendre. Tu feras le reste du chemin tout seul.

– Venez avec nous, Capitaine ! On vous pardonnera.

– Je n'ai besoin du pardon de personne, répliqua le capitaine. Quant à toi, un dernier conseil : ne te sépare pas de ton sac à dos. Il pourrait vraiment t'être utile.

William songea à son pistolet, lové dans un étui étanche.

– Un grand secret hante votre âme, votre esprit et votre cœur, Capitaine, je le sens, affirma William. Il faudra un jour vous en libérer.

C'est fait, songea le capitaine, sans oser en dire davantage au garçon.

William se tourna alors vers Bini et le prit dans ses bras.

– Bini lalélé Mana Tanaha, dit alors le jeune pirate.

– Mana Tanaha Bini iléla, lalo caco pala.

– Toi et lui, vous êtes frères, alors vous vous reverrez, traduisit le capitaine tout en gardant un œil attentif sur O'Connor et ses hommes.

Aux côtés du capitaine, le regard froid, Percipal tenait un pistolet dans chaque main.

Quelques instants plus tard, Alexandra et les quatre jeunes pirates repassèrent devant les sept galions, sous les yeux remplis de flammes de Daniel O'Connor. En partant, Victor, Laure et Célia jetèrent un œil noir au prince des bannis et au capitaine. Ces deux-là leur avaient pris leur trésor.

Un peu plus loin, les conversations reprirent.

– Tu as fait ami-ami avec le capitaine, on dirait, lança soudain Victor à William. Cela me surprend. Après tous les crimes qu'il a commis et ce qu'il vient de nous faire...

– Je sais, Victor, je comprends ce que tu ressens, mais...

– Mais quoi ? rétorqua son ami sur un ton de reproche.

– Je n'arrive pas à le haïr, reconnut William.

– Moi, j'y arrive très bien, grommela Victor.

– Moi aussi, ajouta Célia.

– Moi de même, assura Laure.

– Eh bien, ça fait une bonne moyenne, constata William, les sourcils froncés. Et vous, Alexandra ?

– Je n'ai de haine pour personne, répondit la jeune femme. J'ai haï mon ex-petit ami pendant longtemps. Mais, un jour, j'ai décidé d'arrêter. Je perdais mon temps, résuma Alexandra. L'esprit de vengeance occupe l'esprit, mais il ne produit rien.

– Mais comment se débarrasser de la haine qui nous habite, alors ? demanda Célia. Ce n'est pas facile...

– C'est vrai, admit Alexandra, on a tous besoin de trouver un moyen de l'évacuer. Moi, je suis partie à la chasse au trésor.

Il y eut un silence. Chacun pensa alors à la haine qu'il ressentait pour ceux qui leur avaient volé leur trésor. Pour se débarrasser des sentiments négatifs qui le rongeaient, Victor pensa qu'il pourrait affronter une belle tempête ou construire de ses propres mains un navire. Célia se dit qu'elle pourrait peindre, écrire un poème ou un roman avec quelques scènes bien cruelles. Laure se soulagerait facilement en domptant un cheval sauvage.

William n'en était plus là. Sa haine envers le capitaine l'avait quitté.

Le groupe parvint enfin devant la grotte.

– Que faisons-nous, Alexandra ? demanda Célia. On reprend ce tunnel de l'horreur ?

– Oui, et nous retournons chez moi, répondit Alexandra. Là-bas, j'ai de quoi nous ramener très vite à votre bateau. En cinq heures maximum.

– Et moi, affirma William, une fois au bateau, j'ai de quoi nous ramener à Piratopolis en moins de trois jours !

Les paroles de William jetèrent la stupéfaction parmi le groupe.

– Et *L'Albatros furieux* ? s'étonna Victor. Mon bel *Albatros* ?

– Oui, dit Laure, notre goélette archi-rapide à plus de trois mille pièces d'or ?

– William, tu es devenu fou ? l'interrogea Célia.

– Non, je veux rentrer sans avoir à affronter l'océan, les calmars géants ou un tourbillon monstrueux ! Suis-je le seul ?

Tout le monde l'approuva.

Après un kilomètre dans la galerie, ils arrivèrent à la chute d'eau.

Ils passèrent le rideau liquide sans encombre et gagnèrent la plage de sable.

Assis sur un aplomb rocheux, magnifique et paisible, Pollux les attendait. Il descendit de son perchoir et rejoignit le petit groupe.

Le ciel prenait une allure menaçante. Des nuages gris s'accumulaient au-dessus de l'île. Un vent tourbillonnant secouait les arbres qui coiffaient les falaises.

– Mesdames et Monsieur, le cyclone arrive, dit sobrement Victor. Je propose de fuir. Qu'en pensez-vous ?

À ce moment-là, un homme, torse nu, en pantalon crasseux, sortit des buissons, puis un autre, avec un bermuda orange, puis un autre encore, en chemise de marin à carreaux.

Ces trois-là n'étaient pas seuls.

Rapidement, une cinquantaine de bannis à l'allure féroce se placèrent en demi-cercle devant les jeunes pirates. Ils étaient armés jusqu'aux dents.

Chapitre 41
Retour à la caverne

LES TROGNES AFFREUSES DES BANNIS firent reculer Alexandra, Laure, Célia et Victor, mais pas William, ni Pollux.

Les hommes de Daniel O'Connor étaient donc sur l'île. Un espion du prince des bannis les avait sans doute conduits jusqu'à eux.

– Mille canons ! s'écria Alexandra. Demi-tour !

– Pas la peine, répliqua William d'un air tranquille. J'ai ce qu'il faut pour nous débarrasser de cette horde répugnante.

Le double-gorille poussa un terrible rugissement.

– Tout doux, dit le garçon à l'attention du singe. Quant à vous, mes amis, quand je vous le dirai, fermez les yeux ! L'éblouissement pourrait vous aveugler, prévint William.

– Qu'est-ce que tu vas faire ? s'inquiéta Victor.

– Mon pistolet magique, c'est le moment ou jamais ! Victor, place tes mains sur les yeux de Pollux.

– Il va se laisser faire ?

– Bien entendu, l'assura William. Il te connaît.

William apaisa le grand singe d'une série de caresses, puis Victor déposa ses mains sur les énormes arcades sourcilières du primate.

En un éclair, le jeune capitaine retira ensuite son sac à dos et attrapa un étui étanche. Il en ôta l'énorme pistolet, l'ouvrit pour s'assurer qu'il contenait bien un projectile, puis le referma brusquement.

Les bannis s'avançaient lentement, en silence, sûrs d'eux.

William pointa son pistolet vers eux.

À la vue de cette arme à l'aspect ridicule, un immense éclat de rire partit du rang des bandits.

– Tu comptes nous tuer, avec ton joujou ? hurla un gros barbu chauve.

Ses compagnons hurlèrent de rire à nouveau.

Mais une sensation de puissance habitait William. Son regard se durcit et un sourire flotta sur son visage. Les rires cessèrent.

– Mes amis, je vous en supplie, fermez les yeux, lança le jeune capitaine. Ensuite, faites comme moi, courez !

Le garçon fixa ses adversaires, puis il appuya sur la détente. Une gerbe d'étincelles jaillit de l'énorme pistolet. Une boule lumineuse se forma, grossit et explosa à quelques mètres des yeux des bannis. Une lumière blanche, violente, comme un flash gigantesque, illumina les alentours.

Aveuglés, les hommes hurlèrent de douleur.

– Cette fois, cria William à l'adresse du singe géant, tu peux y aller ! Et pas de quartier !

Victor retira ses mains des yeux du double-gorille. Pollux partit en trombe. Ses bras puissants expédièrent les bannis contre les rochers, dans l'eau du lac et sous la chute d'eau.

Les cinq amis traversèrent le groupe de pirates assommés, puis ils gagnèrent l'entrée de la gorge de la Jument jaune.

– Pollux ! s'exclama alors William. Nous devons partir. Prends soin du capitaine, ajouta le garçon d'un ton amical. Il nous a pris notre trésor, mais ce n'est pas le pire des hommes.

Pollux parut triste un instant, mais son visage se radoucit

subitement après que William lui eut juré qu'ils se reverraient bientôt.

Le groupe se mit à l'eau et nagea entre les hautes murailles de la gorge de la Jument jaune. L'eau était verte et tiède. Au-dessus, le ciel s'agitait. Des bourrasques s'engouffraient dans la gorge et parvenaient jusqu'à la surface de l'eau, qu'elles faisaient frissonner.

– Nous sommes tranquilles pour le moment, assura William à ses amis, tout en nageant. Ils ne sont pas près de retrouver leur route...

– Ils sont aveugles à présent ? demanda Célia par simple curiosité.

– Non, l'effet du méga flash s'atténuera. Ils retrouveront la vue dans quelques heures.

– J'imagine qu'ils voudront se venger, continua Célia.

– D'ici là, nous serons à la caverne, dit Alexandra qui nageait magnifiquement le crowl corsaire.

– Faut quand même pas traîner, insista Victor, un regard sur le ciel de plus en plus sombre.

Des nuages gros, gris et gras filaient sur l'horizon. Ils semblaient fuir quelque chose de terrifiant.

Les quatre jeunes pirates et Alexandra nagèrent durant de longues heures à un rythme soutenu. Ils laissèrent ensuite la rivière et prirent le chemin des collines au pas de charge. Le groupe parvint à la caverne d'Alexandra complètement épuisé.

La jeune femme saisit un sac et glissa à l'intérieur deux gros volumes. Elle s'empara également d'une lourde sacoche.

– Mon journal intime, six ans de souvenirs, et le carnet de bord du capitaine del Dongo. Je ne peux pas laisser ce trésor ici.

– Absolument, dit Célia, qui avait tenu son carnet de bord durant toute leur expédition.

– Et cette sacoche ? demanda Laure.

– Quelques beaux doublons d'or du capitaine del Dongo. On ne va quand même pas partir sans un petit souvenir ?

– Sûrement pas ! dit la trésorière de l'expédition.

– Comment fait-on pour rejoindre le bateau ? demanda William, inquiet face aux figures éreintées de ses compagnons. Mon équipage semble au bout du rouleau, Alexandra.

– Je ne peux pas faire un pas de plus, avoua Célia.

– Vous savez tous monter à cheval ? demanda Alexandra.

Le visage de Victor se décomposa. Mais, en voyant la moue moqueuse de son jeune capitaine, il se révolta contre sa propre peur.

– En selle ! s'exclama Victor en défiant William du regard. Je préfère me ridiculiser à cheval que de me faire égorger par un banni ou emporter par un cyclone, mille canons !

Non loin de la grotte, à l'intérieur d'un enclos, une dizaine de chevaux de petite taille broutaient une herbe haute. Laure fut aussitôt frappée par la couleur jaune de leur robe et leur crinière noire, courte et en brosse.

– On dirait des chevaux préhistoriques, remarqua William. Comme ceux des grottes de Lascaux, en France. J'ai vu des peintures de chevaux comme ça sur des parois de grotte.

– Sur Terre, vous appelez cette race le cheval de Przewalski, du nom de leur découvreur russe, précisa Laure. Pour nous, ce sont des chevaux Takh.

– Vous avez un spécimen bien solide pour moi ? demanda Victor.

– Bengali te conviendra. Il est gros, paisible et puissant.

– Parfait ! s'exclama Victor.

Une fois en selle, Alexandra libéra les cinq autres chevaux, qui filèrent se cacher dans la montagne.

– Ils étaient sauvages, ils le redeviendront vite, dit la jeune femme avec un soupçon de tristesse dans la voix.

– Et Rubis ? demanda Célia, grimpée sur le dos d'une splendide jument à la robe couleur de miel.

– Ma chère panthère a déjà commencé à vivre sa vie, affirma Alexandra d'une voix triste. Il est temps que nos chemins se séparent.

La jeune femme regardait un arbre aux larges branches. À travers le feuillage, elle avait deviné la présence de Rubis et d'une autre double-panthère allongée à ses côtés

Chapitre 42
Dans l'œil du cyclone

LES CINQ CAVALIERS PARTIRENT AU GRAND GALOP en direction du volcan. Au-dessus d'eux, la cime des arbres bougeait furieusement.

Alexandra connaissait l'île par cœur, et ses raccourcis en particulier. Elle prit la tête de la chevauchée et engagea les montures sur des pistes sûres et rapides.

Le petit gabarit des chevaux Takh faisait merveille pour progresser sur les chemins difficiles.

Après quatre heures d'une course exténuante, ils arrivèrent en vue de la baie des Âmes amères.

Alexandra prit la route de la plage. Elle fixa soudain Victor du regard, puis lâcha dans un sourire :

– Tu veux toujours savoir comment de gros animaux sont venus sur cette île ?

– Et comment !

– La réponse se trouve derrière cette colline.

Victor talonna Bengali de toutes ses forces.

En contrebas, au milieu des arbres, à quelques mètres seulement de la plage, un navire apparut. Il avait la taille d'un cargo. Sa coque était éventrée, rongée par la rouille et presque entièrement dissimulée par la végétation. Des lianes, des plantes grimpantes, des fougères montaient sur ses flancs jusqu'à une hauteur qui donnait le vertige. La coque du bateau semblait enfoncée en son milieu.

– Cette île est un cimetière de bateaux ! s'étonna Célia.

Ils s'avancèrent. Derrière un rideau végétal, le groupe découvrit alors une longue balafre qui ouvrait le ventre du navire. Ils entrèrent dans les entrailles du bateau.

Dans la semi-obscurité, des cages d'acier apparurent. Il y en avait des centaines, de toutes dimensions et déformées par les chocs qui avaient accompagné l'échouage. Les barreaux étaient tordus, rouillés, griffés, mordus. Les portes étaient ouvertes. Sur chaque cage, ils découvrirent un écriteau avec le nom de l'animal qui avait séjourné là : mammouth, hyène hirsute, crocodile, cheval Takh, double-panthère, varan de Tortuga, six-cornes, etc.

En un instant, Victor imagina ce qui avait pu se produire.

Le navire devait livrer ses animaux à un zoo, peut-être celui de l'île de la Perdition. Un violent cyclone avait drossé le navire à la côte. Les animaux s'étaient échappés, avaient survécu et prospéré sur l'île.

Qu'était-il arrivé aux hommes et femmes du bord ?

Alexandra dégagea la coque à un endroit bien précis.

On avait gravé un message dans le métal à l'aide d'un poignard :

Quitter immédiatement cette île
Danger de mort
Rachel S. Darwin
Capitaine du Pinson des mers.

– Cet avertissement arrive un peu tard, remarqua Laure.

– Je ne suis pas d'accord, dit William. Si Victor avait découvert cette épave une semaine auparavant, il aurait redémarré aussitôt son *Albatros furieux* et on aurait fait demi-tour !

– Et alors ? s'indigna Victor. Je ne vois pas ce que cela aurait changé ! On rentre bredouilles, non ?

– Presque, dit William qui regardait Alexandra.

– Pardon ! s'excusa Victor. Pardon, Alexandra. Je suis un fieffé goujat ! Vous êtes le véritable trésor de l'île Sans-Nom ! Un million de fois plus précieux que le Trésor des sept galions.

– Merci, beau matelot, dit Alexandra.

– Tu progresses au niveau des compliments, nota William.

– J'ai à mes côtés un maître en ce domaine, ironisa Victor

Sous un ciel noir et agité, ils dessellèrent et débridèrent leurs chevaux. Sentant le danger approcher, les montures partirent se réfugier dans la forêt.

Un peu plus loin, *l'Albatros furieux* était toujours sur la plage, là où son équipage l'avait dissimulé. Mais la mer était déjà très mauvaise. Soulevés par le vent, de gros rouleaux venaient s'abattre sur le sable. Victor reconnaissait qu'il serait délirant de se lancer dans une bataille contre la mer. Le *Pinson des mers* avait essayé et le résultat était pitoyable.

Mieux valait se cacher dans une grotte, ou alors...

– J'ai ici un aéroptère, révéla William en ouvrant brutalement la vaste caisse qu'ils avaient cachée quelques jours plus tôt dans la forêt.

– Un aéroptère ? s'étonna Alexandra.

– Une aile volante, si vous voulez, expliqua William. Une sorte de voile gonflable qui file avec le vent.

– Et le cyclone ? s'inquiéta Célia.

– Eh bien, contrairement aux apparences, ce monstre affreux, cet ogre de vent, cet abominable dévastateur sera notre salut, notre meilleur ami et allié pour nous sauver !

– Tu peux nous rassurer davantage ? demanda Victor.

– Un objet se déplaçant grâce au vent va à la même vitesse que lui, expliqua le garçon. Dans la nacelle de l'aéroptère, vous ne sentirez pas la moindre brise. On sera peut-être juste un peu secoués.

– Un peu ? répéta Victor. Un tourbillon de la taille d'une ville ! Force neuf ! L'expression « un peu secoués » ne convient pas. « Monstrueusement secoués » serait plus juste.

– Quelqu'un veut rester ici ? Avec les bannis ? demanda William.

Personne ne répondit.

Une fois la voile sortie de la caisse, William ouvrit les vannes des bouteilles d'hélium. Le gaz ultra léger se mit à remplir l'énorme masse de tissu qui prit la forme d'une grande voile noire rectangulaire. Cette voile était frappée d'une énorme tête de mort couleur or sous laquelle deux sabres se croisaient.

La voile prit rapidement de la hauteur et le vent se mit aussitôt à la chahuter.

Sur le côté de la nacelle, William disposa ensuite une hélice. Elle permettait de propulser l'aéroptère pour lui faire changer de cap.

La nacelle était attachée au sol par quatre cordes.

– Tout le monde est prêt ? demanda William, les cheveux brassés en tous sens par le vent. Alexandra, pas de regret ?

– Je pense qu'il est temps pour moi de trouver un amoureux. Ce n'est pas sur cette île que je rencontrerai mon prince charmant. Fichons le camp ! Et que ça saute !

Tout le monde s'installa au mieux dans la nacelle et se cramponna à ses voisins. Au-dessus, l'immense voile de l'aéroptère formait un rectangle magnifique qui se découpait sur le ciel sombre.

Le bras de William bascula une première fois. Le sabre des

Dooh coupa un premier lien, puis un second et un troisième. Mais le vent violent fit alors basculer à l'horizontale la voile de l'aéroptère.

William se cogna violemment la tête contre Victor. Il se releva et empoigna son sabre. Mais son bras ne s'abaissa pas.

Le jeune capitaine scruta l'horizon végétal de l'île Sans-Nom. Worral Warrec, Bini et Pollux se trouvaient quelque part, là-bas...

– William, il faut vraiment y aller ! s'écria Victor. Coupe ce lien !

– Je ne peux pas ! hurla William.

– Dans ce cas, laisse-moi faire.

Victor s'empara du sabre. Son bras puissant fendit l'air. La lame frappa la corde qui céda.

L'aéroptère partit comme un boulet de canon dans les airs. Chacun quittait cette île la peur au ventre.

Derrière eux, un œil nuageux se formait au-dessus de l'océan. Son énergie colossale allait balayer l'île Sans-Nom.

Dans les premières heures du vol en aéroptère, un sentiment d'abandon et de tristesse gagna les cinq amis.

Alexandra fuyait une île qu'elle avait fini par aimer et abandonnait un trésor qu'elle avait mis si longtemps à découvrir.

Laure était déçue de ne pas rapporter le trésor pour soulager les maux de la république. Ce fichu trésor que son père recherchait depuis tant d'années ! Elle aurait été si fière de le lui montrer.

Célia et Victor avaient l'impression d'avoir échoué dans leur mission. Qu'allaient-ils bien pouvoir raconter à leurs proches, en rentrant à Piratopolis ?

William ne songeait pas du tout à cela. Plus le temps s'écoulait, plus il s'apercevait qu'il avait quitté cette île à regret. Worral

Warrec avait changé. Il lui avait fait confiance et l'avait laissé repartir comme il s'y était engagé. Il y avait aussi Bini, qui semblait si naturellement proche de lui. Le jeune capitaine aurait sincèrement aimé en savoir davantage sur ce garçon qui lui avait offert ce nom étrange : Mana Tanaha. Et, une nouvelle fois, William se séparait de Pollux.

La nacelle pivota sur elle-même, prit brutalement de l'altitude, puis redescendit aussi brusquement. Le cœur battant, la nausée toute proche, chacun essayait de résister au mal de l'air. Seul William restait debout, le regard sur l'horizon.

Le vent violent du cyclone poussa l'aéroptère à plus de deux cents kilomètres à l'heure pendant plusieurs heures. Ils passèrent la Zone interdite sans s'en rendre compte. À cette altitude, ils étaient hors de portée des tirs de la Brigade des mers.

Après un périple dans l'atmosphère qui parut interminable aux passagers de la nacelle, le ciel bleu apparut enfin. Dans la lumière du jour naissant, William observa ses compagnons qui dormaient, recroquevillés les uns sur les autres, se partageant une unique couverture. Leurs visages figés étaient blancs comme ceux des morts.

En bas, l'océan était encore noir, mais moins tumultueux.

Le pilote desserra la vanne d'une bouteille d'air comprimé. L'hélice se mit à tourner. Le garçon actionna le gouvernail, et l'aéroptère changea lentement de cap.

Au loin, un peu plus tard, une terre se présenta. Le vent portait en douceur l'aéroptère vers le continent. C'était la Zone mystérieuse.

William fit descendre l'appareil et s'approcha du relief. Le parfum de la forêt monta jusqu'à lui.

Un grand mur de bois traça bientôt une ligne infinie sous leur aile volante. À ce moment-là, William réveilla ses amis.

— Je vous présente le mur de la Sauvagerie, dit le jeune capitaine d'équipage sur le ton d'un guide touristique. Cette muraille de trois mille cent quarante kilomètres de long sépare la Zone mystérieuse de la république de Libertalia.

– On est vraiment arrivés ? demanda Célia, les cheveux en bataille et les yeux gonflés de sommeil.

– Oui, répondit William. Nous sommes de retour chez nous.

– Et on est encore en vie ? s'étonna Victor en se frottant les bras.

– Oui, assura le pilote de l'aéroptère. Et j'ai une belle surprise pour tout le monde, ajouta-t-il d'un air mystérieux.

Chapitre 43
Le tombeau et les fleurs

PIRATOPOLIS ÉTAIT EN VUE. Du haut de la nacelle de l'aéroptère, les passagers distinguaient les contours de la ville. Les maisons de pierres blanches aux toits d'ardoises noires et les façades à colombages apparurent enfin. William tira sur un câble et l'aile volante perdit de l'altitude. Comme ils s'y attendaient, la disparition du Trésor commun avait semé le chaos.

La cité était devenue une sorte de ville morte. Les rues étaient désertes et sales. Les ordures envahissaient les trottoirs. Les tavernes et les échoppes avaient portes closes. Les volets des maisons étaient fermés. Quelques rares pirates cheminaient dans les rues, titubant, divaguant, maudissant les chiens errants.

L'aéroptère gagna de l'altitude et prit la direction du centre-ville. Le lac de la Mort forma soudain un cœur noir au milieu du Parc central d'un vert pur.

William se dirigea vers le lac. Le jeune capitaine scruta intensément la surface liquide. Il fit faire un second tour à son engin. À quelques dizaines de mètres de la rive sud, il aperçut une masse sombre...

Le pilote eut un petit sourire, puis il examina les cavités des falaises qui ceinturaient le lac. Il repéra la Compagnie générale des os, visa la petite place qui s'étendait devant l'entrée.

– On se pose là ? demanda Victor. T'as pas moins sinistre ?

Tu vas comprendre dans quelques instants, dit son ami.

William tira sur une corde, puis enfonça une manette. L'hélium s'évacua du ballon en douceur. L'engin atterrit entre trois énormes eucalyptus.

– Tout le monde descend ! s'écria William d'un air satisfait.

– Atterrissage parfait, remarqua Alexandra.

Un sentiment de soulagement s'empara du petit groupe. Ils étaient en vie et en sécurité.

William vida le ballon de l'hélium qu'il contenait.

– Et ta surprise ? demanda Victor. C'est d'être en vie ?

– Non, Monsieur Monmouth.

- Alors, c'est quoi ? demanda Laure.

– Allez chercher vos parents, vos amis, vous devez me ramener le plus de gens possible ici. Que les douze capitaines soient présents également. D'accord ?

– Que se passe-t-il, William ? demanda Célia. Tu as perdu la raison ?

– Non, je l'ai retrouvée, au contraire, rétorqua le garçon.

Personne ne comprenait ce qui était en train de se jouer. Mais William avait l'air si sûr de lui...

– Laure, je crois que ton père t'attend avec impatience, glissa le capitaine avec chaleur. Bon courage !

Laure poussa la grille du grand parc de sa maison. Elle gagna le sommet de la colline où se trouvait la vaste demeure familiale. Les portes étaient grandes ouvertes et des éclats de rire parvenaient aux oreilles de la jeune fille.

Sa mère Gloria riait comme Laure ne l'avait entendue rire depuis longtemps.

La jeune fille se mit à courir.

Une voix masculine résonnait dans la maison.

Les yeux de Laure se noyèrent de larmes et sa gorge se noua.

– Papa ? C'est toi ?

– Laure ? Ma chérie ?

– Papa !

Laure pénétra dans la maison. Elle sauta dans les bras d'un homme grand, amaigri et aux cheveux argentés. Son visage était blanc et de larges cernes soulignaient son regard aux iris noirs. Il portait une belle veste rouge brodée d'or et une chemise blanche immaculée. Des cuissardes de cuir noir remontaient au-dessus de ses genoux et lui donnaient l'allure d'un roi.

Jacques de La Tour d'Eyrans était de retour après dix ans d'absence.

– Où étais-tu passé, papa ? demanda Laure, à la fois heureuse et en colère. C'était horrible de t'attendre !

– J'étais loin, très loin, répondit Jacques. Je suis sincèrement désolé. Je n'ai pas pu rentrer plus tôt. Je te raconterai tout ça un jour.

– Je ne veux pas que tu repartes ! gronda Laure, des larmes sur les joues. Je ne veux plus, tu entends ?

– C'est promis, ma chérie, la rassura son père. Je vais brûler ma malle de voyage.

– C'est fini, les chasses au trésor, hein ?

– C'est fini, répéta Jacques en serrant sa fille dans ses bras. Je vais passer à autre chose, ajouta-t-il en lançant un regard complice à sa femme.

– Ton père a des ambitions politiques, fit Gloria, d'un ton à la fois soulagé et triste.

– Assez parlé de moi, dit Jacques. Parlons de toi, ma chérie. Comment ça va ? Maman m'a appris que tu étais partie chercher un trésor. Alors, tu l'as trouvé ?

– Mes amis et moi, on a trouvé le Trésor des sept galions, mais on nous l'a pris, répondit Laure.

– Qui a osé faire ça ? demanda Jacques, les yeux illuminés.

– Tu m'avais parlé du trésor maudit de je ne sais plus qui, Laure, fit Gloria d'une voix courroucée. Si ma mémoire est bonne, il ne s'agissait pas du Trésor des sept...

– Laisse-la parler ! la coupa Jacques. Laure, qui a fait ça ?

– Daniel O'Connor et le capitaine Warrec.

– Malédiction ! gronda l'homme. La république est donc condamnée... Nous sommes perdus.

– Pas sûr, dit sa fille. Venez avec moi !

– Que se passe-t-il, Laure ? demanda Gloria.

– C'est une surprise.

De son côté, William tenait à vérifier une de ses hypothèses avant d'annoncer une nouvelle retentissante au peuple pirate.

Il se dirigea vers l'entrée de la Compagnie générale des os et tira sur une cordelette. La cloche retentit.

– Nous sommes fermés, dit la voix triste et grave de Milos Gubrus, le directeur.

– Milos, c'est William, votre stagiaire. Ouvrez-moi !

– Bonjour William. Je suis navré, mais la Compagnie est en grève. Comme toutes les entreprises du pays. Plus d'or. Plus de salaires. Plus de travail. Plus d'os. Les ténèbres ! La désolation ! Bonne journée.

– Milos ! C'est une question de vie ou de mort !

– Ici, tout est question de vie ou de mort. Au revoir !

– Je vous en supplie, Milos, la survie de la république est en jeu.

Il y eut un moment de silence.

– Alors, dans ce cas...

La porte se leva et William fonça dans le bureau du patron de la Compagnie générale des os.

– Milos, où se trouve la famille Warrec ?

– C'est important, je suppose, demanda l'homme au visage blafard.

– Très.

Milos Gubrus ouvrit un grand registre où figuraient les noms de toutes les familles pirates. Son index blanc parcourait la lettre W.

– Tu trouveras le tombeau de cette famille rue Aristide-Le-Bihan.

– C'est où ?

– Tu te souviens de la rue Calico-Jack ?

– Évidemment !

– Au croisement de cette rue avec la rue Grace-O'Malley, tu prends la deuxième à gauche et tu trouveras la rue Aristide-Le-Bihan.

– Merci, Milos ! Je peux vous emprunter un véhicule ?

– Cela va sans dire !

William démarra l'engin et se précipita dans les galeries. Il stoppa dans la rue Calico-Jack et parcourut le reste du chemin à pied. En une minute, il fut devant le tombeau de la famille Warrec.

Une gerbe de fleurs, des orchidées et des roses, était disposée près des tombes. William avait désormais la certitude que le capitaine était venu pour rendre hommage à ses parents et non pour cambrioler la Banque internationale pirate.

Tout ce qu'il lui avait dit était donc vrai.

Le reste aussi ? Il en aurait le cœur net dans quelques minutes.

Chapitre 44
Sous le lac de la Mort

Il était près de midi. Une bonne partie du peuple de Piratopolis était réunie sur les rives du lac de la Mort. Le bouche-à-oreille avait fonctionné à merveille. Des centaines de personnes avaient été finalement alertées. Mais chacun se demandait pourquoi il devait être là.

William tenait son petit frère Robin dans les bras tout en discutant avec ses parents et ses grands-parents. Il y avait à côté de lui Lise et Léon Dooh, les parents de Lucas, ainsi que Lilian et Liane Loos, les parents de Lou. Chacun trépignait, souriait, ricanait bêtement, sentant tout au fond de lui que William était sur le point de révéler un immense secret.

Lorsque le capitaine Roger Rayson arriva en compagnie de Victor, William les rejoignit sans tarder.

– Ton ami m'a appris la nouvelle, dit aussitôt le capitaine Rayson. O'Connor et Warrec vous ont pris le Trésor des sept galions. Quelle bande de scélérats !

– Le mot est juste, Capitaine, affirma le jeune pirate, mais la situation est moins grave qu'il n'y paraît.

– Tu sais comment retrouver ce trésor ?

– Non, mais je sais comment en reprendre un autre, assura

William. Un trésor n'appartient pas à celui qui le cherche, ni à celui qui le trouve ou le prend, mais à celui qui le reprend... Suivez-moi.

Sûr de lui, William s'approcha de la rive du lac de la Mort et se déshabilla. Il enfila ensuite une combinaison, chaussa des palmes et plaça sur ses yeux des lunettes de plongée.

Le visage de Victor affichait une profonde inquiétude.

– Ne te fais pas de bile, lui dit William. Le lac de la Mort, ce n'est pas le puits du Diable. Aujourd'hui, tu n'auras pas à me sauver de la noyade.

– William, le problème n'est pas là, assura Victor. L'eau de ce lac est plus polluée qu'une fosse à purin ! Une seule gorgée et tu meurs !

À quelques pas de là, une pancarte indiquait :

Lac de la Mort.
Pollution aux métaux lourds.
Baignade strictement interdite.
DANGER DE MORT.

– Victor est la voix de la sagesse ! s'écria alors Célia. Ne fais pas une sottise pareille !

William se contenta d'un clin d'œil à son ami et d'un baiser sur la bouche de la jeune fille.

Tout près d'eux, une jeune fille brune aux cheveux courts et au nez pointu apprécia peu la scène. Katia Doggos avait envisagé de remplacer Célia dans le cœur de William. Elle imaginait déjà deux ou trois perfidies pour semer la discorde au sein de ce joli couple.

Mais un garçon enrageait plus encore que Katia. Butor Caraccioli, l'ennemi intime de William, venait lui aussi d'observer la scène du baiser avec un agacement certain. Il convoitait Célia depuis belle lurette et aurait encouragé William à plonger dans le lac de la Mort le plus vite possible.

Lucas passa devant Katia et Butor et s'approcha de son fils bien-aimé pour lui donner une accolade affectueuse. Il tenait le sabre des Dooh dans sa main droite.

– Tu me le rends tout à l'heure, lui dit William.

– D'accord, Capitaine, répondit Lucas du ton d'un matelot aux ordres de son supérieur.

Sous les yeux effarés de la foule, William plongea dans l'eau noire du lac de la Mort. Ses bras frappèrent l'eau à une cadence soutenue et ses jambes s'agitèrent en harmonie parfaite. Sous le garçon, les abysses sombres du lac ne lui renvoyaient qu'un néant noir et froid. Mais William s'en moquait.

Il cessa de nager, prit une grande goulée d'air et plongea vers le fond.

Sur la rive, ses amis virent ses deux palmes battre l'air pendant quelques instants, puis le corps du garçon fut avalé par l'eau noire.

L'eau était si sombre que le garçon avait l'impression de plonger dans la nuit. Une nuit sans Lune, sans étoiles, sans vie. Rien que l'obscurité froide. Puis quelque chose brilla, comme une étoile. Puis plus rien. L'air commençait à lui manquer. Les oreilles lui faisaient mal. Et cette pression sur ses poumons... Allez... Encore un peu plus loin...

Le garçon cligna des yeux, puis tendit le bras. Sa main se referma et il reprit la direction de la surface.

Là-haut, Lucas n'était pas inquiet, juste intrigué. Le regard perdu, Lou tenait Robin dans ses bras.

Célia frissonnait. William, son William ne réapparaissait toujours pas.

Une minute s'écoula encore

La foule s'agitait.

Quelques bulles remontèrent à la surface de l'eau.

Un dôme d'eau se forma, puis la tête de William perça subitement la surface. Il retira son tuba et remplit ses poumons d'air. Le garçon poussa un hurlement terrible. Un cri de rage, de joie et de liberté.

Il y eut de longs soupirs de soulagement.

William se mit sur le dos et battit des jambes. Il tenait un sac de toile sur sa poitrine. Une fois sur la berge, il jeta le sac au sol.

– Papa, tu peux me passer mon sabre ? dit-il.

– Tiens, mon fils, répondit Lucas, les larmes aux yeux.

Pour la première fois, William l'avait appelé papa.

Le garçon leva le bras et la lame coupa la toile. Un petit bruit métallique retentit.

William s'agenouilla et attrapa une poignée de pièces d'or.

– Le reste est là-bas, tout le reste ! lança William au capitaine Rayson.

– Qu'est-ce que c'est que cet or ? demanda Roger Rayson d'un air effaré.

– Mais le Trésor commun ! répliqua William. Ceux qui nous l'on volé n'ont pas eu le temps de l'emporter. Trop voyant. Ils sont passés par les galeries de la Compagnie générale des os, ont vidé les coffres et transporté l'or sur une barge. Tout cela de nuit, évidemment.

– Sur une barge ?

– Ils l'ont coulée. Je l'ai aperçue depuis le ciel. Je pense qu'ils attendaient que les choses se calment avant de venir le prendre.

– C'est extraordinaire ! s'exclama Roger, les bras levés. Ce jeune capitaine de quinze ans vient de retrouver le Trésor commun, mes amis. Peuple pirate, ajouta-t-il d'une voix vibrante, William Santrac vient de sauver la république de Libertalia ! Il vient de nous sauver tous !

Un énorme tonnerre d'applaudissements retentit.

William se laissa volontiers embrasser, féliciter et porter en triomphe par tous les pirates présents.

– Je pense qu'un A et cinq étoiles seraient une note minimum pour ton brevet de chasseur de trésors, lui lança le capitaine Rayson, une fois William de retour à terre.

– Et pour mes amis ? demanda aussitôt le garçon.

– Même note ! Par ma barbe !

– Capitaine ! s'exclama soudain un homme qui arrivait tout juste, complètement essoufflé. Je crois que c'est à moi d'en décider.

– Vous avez raison, Francis ! s'excusa aussitôt le capitaine Rayson. Pardonnez ma joie, Francis ! Vous êtes le correcteur officiel du brevet de chasseur de trésors de tous les élèves du collège William-Kidd.

– Mais je vous rassure, répliqua Francis Cornog en serrant vigoureusement la main de son élève, si j'en crois la rumeur qui m'a porté jusqu'ici, cette note me semble tout à fait méritée. Surtout que le carnet de bord officiel a été tenu par notre chère mademoiselle Bilkis.

– Oui, Professeur, répondit Célia.

– Mais pour le nombre d'étoiles, cher ami, poursuivit le professeur Cornog en tournant son regard vers le capitaine Rayson, nous verrons cela ensemble, comme d'habitude.

Chapitre 45
Le secret de la perle rouge

La découverte exceptionnelle de William fut confirmée. À l'aide de ballons gonflables, une équipe de plongeurs remonta la barge avec toute sa cargaison.

Sur la rive du lac, Victor était en compagnie du héros du jour. Fier de celui qui avait réussi à résoudre « l'énigme du Trésor englouti », comme il l'avait baptisée. Mais, bizarrement, quelque chose l'intéressait davantage que le retour du Trésor commun.

– Dis-moi, je t'ai bien vu embrasser Célia sur la bouche, tout à l'heure, non ?

– Rien de plus normal, il me semble, quand on sort ensemble.

– Ça fait longtemps que toi et elle... ?

– Quelques jours...

– Monsieur garde bien ses secrets, décidément.

– Les plus belles histoires d'amour commencent dans le plus grand secret. Je pense ne pas être le seul à agir comme ça, remarqua William en lançant un regard appuyé à son ami.

– Qu'est-ce que tu veux dire ?

– Je vous ai vus, Laure et toi, vous embrasser sur le bateau, avant notre débarquement sur l'île Sans-Nom. Nous venions de traverser le champ de trombes d'eau. Le soleil se couchait. La lumière était magnifique. C'était tellement romantique.

– Oui, mais c'était amical... Hélas !

– C'est-à-dire ?

– Sur tes conseils, j'ai fini par demander à Laure si elle voulait sortir avec moi. Elle m'a dit non, mais très gentiment. Elle m'a expliqué que j'étais une sorte de frère pour elle, un ami très important, mais pas un amoureux. Elle m'a donné ce baiser en signe d'amitié. Au moins, maintenant, je suis fixé. Je peux passer à autre chose...

– Tu as des projets ? s'étonna William, surpris que son ami prenne aussi bien le refus poli de Laure.

– Tu te souviens de Rebecca Glamis, une grande blonde, l'amie de Katia Doggos ? Nous les avons rencontrées chez oncle Bob.

– Je m'en souviens, répondit William. Elle est même là-bas, en compagnie de Katia, justement.

– J'envisage de la revoir, annonça Victor qui salua de loin Rebecca d'un geste de la main. Qu'en penses-tu ?

– Elle en sera ravie, dit William. Regarde ce sourire qu'elle t'envoie...

Puis les deux amis firent quelques pas à l'écart de la foule. William voulait parler à Victor d'une chose très importante.

– Il faut que je t'avoue quelque chose, dit William d'un air grave. Je crois savoir qui a fait le coup.

– Tu sais qui a tenté de voler le Trésor commun ?

– Je n'ai pas de preuve, mais j'ai ma petite idée. Je pense qu'une opération de cette envergure a été préparée de longue date, ajouta le garçon en jetant un regard accusateur à Jacques de La Tour d'Eyrans.

À quelques pas des jeunes pirates, le visage blafard et fermé du père de Laure trahissait la surprise, mais aussi une colère mal dissimulée.

– Voilà ce que je crois, continua William. Cet homme se serait volatilisé pendant dix ans pour trouver le Trésor des sept galions, n'est-ce pas ?

– C'est ce que l'on dit...

– Et tu ne trouves pas qu'il a un teint bien pâle pour un chasseur de trésors, autrement dit un aventurier qui est censé avoir passé dix ans sous le soleil des tropiques à chercher ce maudit trésor ?

Victor regarda ses avant-bras, qui, en deux semaines, étaient devenus franchement cuivrés sous le soleil de la Zone interdite.

– Il a plutôt le teint d'un cadavre, en effet...

– Oui, le teint d'un individu qui a passé son temps dans les catacombes à creuser des tunnels secrets jusque sous la Banque internationale pirate !

– Pourquoi aurait-il fait une chose pareille ?

– Avant son départ, il voulait être capitaine, m'a dit Lucas. Mais sa combine pour le devenir a échoué. Et il a disparu. Or, Laure nous a bien dit qu'elle était plus riche aujourd'hui qu'hier, non ?

– Exact.

– Et que son père lui avait dit de ne jamais mettre une pièce d'or à la banque, non ?

– Encore exact, confirma Victor.

– Et avec une immense fortune comme la sienne, qu'est-ce que l'on peut faire ?

– C'est un bon moyen de prendre le pouvoir dans une république en plein désordre, et surtout en manque d'or...

– C'est aussi ce que je pense. Et regarde ce que Lucas vient de me donner. C'est le journal d'hier...

Un titre barrait la Une du *Pirate libéré* :

Jacques de La Tour d'Eyrans offre un pont d'or à la république

L'un des seuls hommes encore riches de la république vient d'offrir la somme faramineuse de 100 millions de pièces d'or à la Banque internationale pirate. Un geste qui pourrait sauver l'économie pirate !

– Tu es brillant, mon ami, assura Victor. Mais nous voilà dans l'embarras. Maintenant, comment va-t-on annoncer la nouvelle à Laure ? Apprendre que son père est un voleur, quel déshonneur !

– Pour l'instant, elle n'apprendra rien, dit William. Ce n'est qu'une hypothèse parmi d'autres, murmura-t-il d'un air mystérieux. On n'accuse pas les gens sans preuves.

– Je suis d'accord, souffla Victor. Mais quelque chose m'intrigue encore. Comment as-tu compris que l'or était dissimulé dans le lac ?

– Quelqu'un m'a soufflé une partie de la réponse, confia William.

– Le capitaine Warrec ?

– Oui, confirma William.

– Qu'est-ce qu'il t'a dit ?

– Il m'a mis sur la voie en me disant qu'il était difficile de déplacer autant d'or. Il m'a parlé de métal lourd... J'ai mis du temps à saisir son allusion. Mais j'ai fini par comprendre qu'il parlait de la pollution du lac.

– Pollution aux métaux lourds, comprit Victor. Mercure, plomb, cadmium... Mais aussi l'or... Très astucieux.

– Rendre le Trésor commun à la république, avoue que c'est un beau cadeau, non ?

– Cet homme est peut-être moins mauvais qu'il en a l'air, dit Victor en fixant William pris soudain d'un frisson. Tu as froid ?

– Un peu, répondit William.

– Ça ne m'étonne pas. L'eau de ce fichu lac est glacée.

William fouilla alors dans son sac à dos pour en retirer une chemise sèche. Sa main glissa au fond et ses doigts touchèrent une petite bourse.

Il la sortit.

– C'est à toi ? demanda William à Victor.

– Non.

William s'approcha de Célia, qui était en compagnie de sa mère Eléonore et de son père Marcus.

– C'est à toi ?

– Non plus, répondit la jeune fille en s'avançant vers son amoureux.

– Laure ? appela William.

– Oui ?

– Viens voir.

La jeune fille quitta la compagnie de ses parents et s'approcha.

– C'est à toi ? lui demanda William.

– Pas que je sache.

– Alexandra ?

– Pas à ma connaissance, dit la jeune femme d'une voix distraite en se tournant vers lui.

Alexandra était en compagnie d'un homme au sourire charmeur. Elle venait de lui raconter son long séjour sur l'île Sans-Nom. Son histoire avait eu l'air de le passionner. Mais, derrière le sourire affiché d'Alexandra, se cachait un certain malaise. Après tant d'années de solitude, elle se trouvait à nouveau plongée dans le tumulte de la cité. Des questions hantaient son esprit. Allait-elle se faire à sa nouvelle vie ? Oserait-elle, surtout, raconter tout ce qu'elle savait du Trésor des sept galions ? Le visage d'or n'était pas un visage banal. En le touchant, William avait eu la sensation de rajeunir et elle-même paraissait si jeune pour son âge. Le capitaine Warrec, qui le possédait désormais, n'était pas au bout de ses surprises.

À cet instant, William pensait justement à cet homme. Les paroles de Worral Warrec lui revenaient en boucle : « Ne te sépare pas de ton sac à dos. Il pourrait t'être vraiment utile. »

Le garçon desserra le lacet de cuir qui fermait la petite bourse jaune. Il devinait la forme de l'objet qu'elle contenait.

Le garçon attrapa le bijou.

C'était un médaillon. Une chaîne en or à laquelle pendait une magnifique perle rouge.

Les yeux de William se remplirent de larmes.

– Que se passe-t-il, William ? demanda Célia.

– Je suis heureux.

Après un instant de silence, elle ajouta :

– Heureux ?

– Oui, très heureux. Je sais maintenant qui je suis.

William passa le médaillon autour de son cou et disposa la perle rouge au centre de sa poitrine, entre les revers de sa chemise blanche. Le garçon soupira profondément et s'essuya les yeux.

Puis, le regard perdu sur l'horizon, il dit à voix haute :

– Je m'appelle William Warrec.

Le garçon se souvenait que le capitaine s'était promis d'offrir ce bijou à son fils aîné. La perle rouge venait confirmer tout ce que William n'osait s'avouer depuis des jours. Il était né ici, sur Terra incognita. Sa venue sur cette planète n'était qu'un retour parmi les siens. Qui étaient ses vrais parents ? Son père ? Sa mère ? Que s'était-il passé après sa naissance ? Comment avait-il atterri sur Terre ? Un brouillard ténébreux entourait jusque-là ses origines.

Une partie de ce brouillard venait de se dissiper.

Les mots du garçon jetèrent l'effroi dans la foule. William, le fils de Worral Warrec ! Jamais personne n'avait entendu dire que le capitaine avait eu un fils. Encore moins qu'il s'agissait de William, un garçon qui, voilà un peu plus de deux ans, vivait sur une autre planète. Bien sûr, il y avait des rumeurs... Mais rien de très sérieux, de l'avis général. Le pire, c'est que cet homme était considéré comme un ennemi de la république. Et son fils venait de la sauver.

Plus que tous les autres, Lucas et Lou étaient sous le choc de la nouvelle qu'ils venaient d'apprendre. Le couple échangea un long regard et n'eut pas besoin de se parler pour se comprendre. Cela ne changeait rien. William restait leur fils bien-aimé.

Lucas, qui tenait Robin dans ses bras, et Lou s'avancèrent vers lui. William essuya ses larmes du revers de la main avant de la reposer sur le pommeau du sabre des Dooh.

– J'ai oublié une chose très importante, reprit William. Je dois respecter l'ordre des choses. Mon nom est William Warrec-Dooh.

– William ! tonna alors Victor, des sanglots dans la voix. Ne renie pas ton passé. Santrac est un beau nom de famille. Je m'y suis habitué. Je l'aime bien. Et je ne suis pas le seul...

– D'accord, mon ami, alors mon nom est William Santrac-Warrec-Dooh. C'est bon, cette fois ? Personne n'a quoi que ce soit à ajouter ?

– Je crois qu'il manque encore une pièce à ton puzzle, lui chuchota Célia à l'oreille. Bini ne serait pas content que tu l'oublies...

– Exact, dit William dans un soupir. Je suis décidément perturbé. Mon nom est William Santrac-Warrec-Dooh-Mana-Tanaha.

– C'est long, constata Victor, mais, au moins, c'est original.

Lou prit alors William dans ses bras.

– J'aime beaucoup ton nouveau nom, lui dit-elle en l'embrassant.

– Je t'aime, maman.

Moi aussi, je t'aime, mon trésor.

Deux jours après, une escouade de la Brigade de la paix débarqua sur l'île Sans-Nom. Le paysage avait été dévasté par le cyclone. La cargaison d'or des navires espagnols avait entièrement disparu.

Un mois plus tard, les sept épaves du convoi furent arrachées à leur lieu de naufrage et transportées au Musée de la marine de Piratopolis. Tous les habitants de la république de Libertalia purent alors avoir la certitude que le Trésor des sept galions avait bien existé. Ce n'était en rien le rêve d'un jeune capitaine qui n'avait pas encore quinze ans.

Je tiens à remercier pour leur patiente relecture et leur bienveillante critique du manuscrit du Trésor des sept galions *: ma femme Pascale, ainsi que Juliette, Joséphine, Deborah, Myriam et Emmanuel.*

Un grand merci également à Jack et Guénolée.

Tipik littérature

- *Tom Bursteen,* Emmanuelle Advenier :

Le gardien d'Oniriaa (tome 1)

Le signe de l'infini (tome 2)

- *La trilogie d'Arkandias,* Éric Boisset :

Le grimoire d'Arkandias (tome 1)

Arkandias contre-attaque (tome 2)

Le sarcophage d'outretemps (tome 3)

- *La trilogie des Charmettes,* Éric Boisset :

Le secret de tante Eudoxie (tome 1)

L'œil du mainate (tome 2)

L'antichambre de Mana (tome 3)

- *Nicostratos,* Éric Boisset

- *Les guetteurs d'Azulis,* Éric Boisset

- *La rue qui descend vers la mer,* Nicole Ciravegna

- *Carton noir,* Stéphane Daniel

- *Naotak,* Florian Ferrier :

L'ombre du corbeau (tome 1)

Complot à Lexington (tome 2)

Les fantômes du *Seagull* (tome 3)

- *Un nouveau monde,* Gilles Fontaine :

La survivante (tome 1)

Le dôme (tome 2)

La dernière tempête (tome 3)

- *L'oreille absolue,* Michel Honaker

- *La fiancée du Nil,* Christian Jacq

- *La légende des Drakel,* Yvan Lallemand :

L'enfant du Hors-Monde (tome 1)

Les Cigognes noires (tome 2)

- *Milo Forest,* François Larzem

La Citadelle des Vitreux (tome 1)

- *William Santrac,* David Pouilloux

La cité des pirates (tome 1)

Le trésor des sept galions (tome 2)

- *Les oiseaux de Kisangani,* Alain Surget

- *Le réseau Imbroglius,* Kim Tran Nhut

Imbroglius (tome 1)

Le baiser de l'Altérion (tome 2)

Collection animée par Jack Chaboud

20, rue Berbier-du-Mets - 75013 Paris
www.magnard.fr

Loi n° 49-956 du 16-07-1949 sur les publications destinées à la jeunesse.

Illustration de couverture : Frédéric Pillot
Photogravure : MCP/Jouve
N° d'éditeur : 2007/179 – Dépôt légal : mai 2007

N°ISSN : 1778-2686 /N°ISBN : 978-2-210-96925-4
Achevé d'imprimer en avril 2007 par la Société Nouvelle Firmin-Didot,
Mesnil-sur-L'Estrée (France).
N° d'impression : 84777